ullstein

BEATE MALY, geboren in Wien, ist Bestsellerautorin zahlreicher Kinderbücher, Krimis und historischer Romane. Ihr Herz schlägt neben Büchern für Frauen, die entgegen aller Widerstände um ihr Glück kämpfen.

Von Beate Maly sind in unserem Hause bereits erschienen:

Die Hebamme von Wien
Die Hebamme und der Gaukler
Der Fluch des Sündenbuchs
Die Donauprinzessin
Der Raub der Stephanskrone
Die Salzpiratin
Die Kräuterhändlerin
Fräulein Mozart und der Klang der Liebe
Die Frauen von Schönbrunn

BEATE MALY

DIE KINDER VON SCHÖNBRUNN

Träume von einer besseren Welt

Ullstein

Besuchen Sie uns im Internet:
www.ullstein.de

Originalausgabe im Ullstein Taschenbuch
1. Auflage Februar 2023

Umschlaggestaltung: bürosüd° GmbH, München
Titelabbildung: © Look and Learn / Bridgeman Images (Kinder auf der Wippe); © Joanna Czogala / Trevillion Images (Frau und Kind im Vordergrund); © pytyczech / Alamy Stock Photo (Haus); © www.buerosued.de (Rest)
Gesetzt aus der Quadraat Pro powered by *pepyrus*
Druck und Bindearbeiten: CPI books GmbH, Leck
ISBN 978-3-548-06676-9

Prolog

Magdalenengrund, Frühling 1924

Seit Stunden klatschten dicke Wassertropfen in den verbeulten Eimer neben dem Bett. Es hatte am Nachmittag zu regnen aufgehört, dennoch sickerte das Wasser vom Dach durch Ritzen und Rillen und bahnte sich einen Weg in den winzigen Raum des baufälligen Hauses. Emil starrte darauf. Er beobachtete, wie der Wasserpegel langsam, aber beständig anstieg. Alles war besser, als zum Bett zu schauen. Dort lag seine Mutter. Ihr Gesicht war grau. Es hatte alles Schöne verloren und sah aus wie eine entstellte Fratze. Bereits am Morgen hatte sie auf seine Stimme nicht mehr reagiert und kurz darauf zu atmen aufgehört. Auch als er ihre Schultern geschüttelt und in ihr Ohr geschrien hatte, war keine Reaktion gekommen. Kein angestrengtes Lächeln, kein Wort der Hoffnung und auch kein liebevolles Streicheln über seine eingefallenen Wangen. Emil hatte versucht, ihr Wasser einzuflößen, sie aufzusetzen, sie wach zu rütteln. Alles ohne Erfolg. Jetzt hockte er zusammengekauert am Boden und wartete. Neben ihm lagen die schmutzigen Tücher, die seine Mutter während der letzten Tage blutig gehustet hatte.

Wie lange würde Emil warten müssen, bis Hilfe kam? Der Mann, der bei ihnen gelebt hatte, war schon vor Wochen gegangen. Emil weinte ihm keine Träne nach. Der gewalttätige Steinmetz hatte nicht nur ihn, sondern auch seine Mutter geschlagen. Die alte Frau Pribil aus dem dritten Stock war die Einzige, die sich hin und wieder um Emil und seine Mutter kümmerte. Ab und an brachte sie Brot und Milch. Manchmal war ein Apfel für Emil dabei. Aber auch sie war seit Tagen nicht da gewesen. Hatte sie gesagt, dass sie ins Weinviertel zu ihrer Schwester fahren wollte? Emil konnte sich nicht mehr erinnern. Sein Kopf war völlig leer. Alles, worauf er sich konzentrieren konnte, waren die Tropfen im Eimer. Wenn er voll war, würde er aufstehen und ihn ausleeren. Danach würde er ihn wieder unter das Loch in der Decke stellen und zusehen, wie er sich erneut füllte. Die Tropfen waren die Tränen, die er nicht vergießen konnte. Sie steckten irgendwo in seinem Körper fest. Sie nahmen ihm jedes Gefühl für Hunger und Durst. Solange das Wasser tropfte, war alles gut, so lange musste er nicht zum Bett schauen.

1

Altgasse, Sommer 1924

Wie oft hatte die Standuhr im Wohnzimmer zuvor geschlagen? Greta war sich nicht sicher. Diesmal war es Maxls Bellen, das sie weckte. Aufgeregt rannte der Hund zur hinteren Tür, die in den Garten führte, und sprang dagegen. Dabei machte er so viel Lärm, dass die Hühner im Stall hinter dem Haus aufgeschreckt gackerten. Greta richtete sich schlaftrunken auf. Wahrscheinlich hatte sich wieder ein Fuchs oder ein Marder in den Innenhof geschlichen und strich jetzt um den Stall in der Hoffnung, irgendwo ein Schlupfloch zu finden. Besorgt drehte Greta sich zur anderen Betthälfte, wo ihre sechsjährige Tochter Gisela lag. Das Mädchen schlief tief und fest. Ihre schmale Brust hob und senkte sich in einem gleichmäßigen Rhythmus. Kein Lärm der Welt konnte diesen gesegneten Schlaf stören. Müde rollte sich Greta aus dem Bett und lief in den Flur.

»Psst, sei still Maxl«, forderte sie verärgert. Sie hielt ihren Finger gegen ihre Lippen. Der Hund reagierte nicht.

»Leg dich wieder hin!« Greta bückte sich und zog Maxl

zu seinem Platz zwischen Küche und Flur, wo seine Decke lag. »Du weckst mit deinem Gebell noch alle auf.« Mit »alle« meinte sie ihre Schwester Emma und ihren Schwager Julius, mit denen sie und ihre Tochter Gisela sich das kleine Haus in der Altgasse teilten.

Nur widerwillig hörte der Hund mit dem Kläffen auf und fügte sich dem Befehl.

»So ist es brav«, lobte Greta. Sie streichelte über sein struppiges Fell. »Die Hühner sind im Stall. Der ist abgesperrt. Es kann ihnen nichts passieren.«

Sie hatte es sich zur Gewohnheit gemacht, mit den Tieren zu sprechen, genau wie Emma und Julius es stets taten. Die beiden waren Veterinärmediziner und davon überzeugt, dass eine sanfte Stimme die Patienten beruhigte. Gretas Schwester Emma hatte sich nach dem schrecklichsten aller Kriege den Traum ihres Lebens erfüllt und das Studium der Veterinärmedizin in der Schweiz absolviert. Schon nach drei Jahren hatte sie ihr Diplom in der Tasche gehabt und war gemeinsam mit Julius zurück nach Wien gegangen, wo sie die Tierarztpraxis ihres verstorbenen Vaters neu eröffnet hatte.

Sanft drückte Greta Maxls Körper auf die Decke. Ihre Worte zeigten Wirkung. Der Hund rollte sich auf der Decke ein und bettete schnaufend seinen Kopf auf die Pfoten. Erst als Greta sicher war, dass er nicht erneut aufspringen würde, kehrte sie zurück in die winzige Kammer. Die Dielen des Holzfußbodens knarrten unter ihren Schritten. Sie hätte zuvor Schuhe anziehen sollen. Ihre Zehen waren eiskalt. Sie kroch zu ihrer Tochter unter die Decke, um sie zu wärmen.

Jetzt war sie hellwach. Es würde ewig dauern, bis sie

wieder in den Schlaf fand. Stundenlanges Wachliegen war nichts Ungewöhnliches für Greta. Sie hatte sich daran gewöhnt und gelernt, mit wenigen Stunden Erholung auszukommen. Sobald sich ihr Gedankenkarussell anfing zu drehen, war es schier unmöglich zu stoppen. Dann starrte sie im Dunkel an die Zimmerdecke, beobachtete die Schatten, die der Mond durch die schmalen Ritzen der Fensterläden an die Wände warf, und dachte an glücklichere, längst vergangene Jahre zurück. Dabei hatte sie immer dasselbe Bild im Kopf. Erst wenn die Tränen flossen und der Schmerz unerträglich zu werden drohte, erlöste sie der Schlaf. Heute hatte die Traurigkeit sie wieder einmal fest im Griff. Greta hoffte, dass Gisela ihr Schluchzen nicht hörte. Sie drehte sich zur Seite und fiel irgendwann in einen unruhigen Halbschlaf. Leider währte er nur kurz. Kaum lösten die Sonnenstrahlen den Mondschein ab, wachte Gisela auf.

»Mama, schnell, steh auf!« Gut gelaunt rüttelte das Mädchen an Gretas Schulter. »Gleich holt Tante Eli mich ab.«

Benommen rieb Greta sich die Augen. »Aber sie kommt doch erst in ein paar Stunden«, meinte sie gähnend. »Und sie nimmt dich erst am Nachmittag mit in die Südsteiermark.«

»Deshalb muss ich jetzt packen«, rief Gisela und hüpfte zur schmalen Kommode an der Wand. Dort zog sie die oberste Schublade auf. Es gab nicht viel zu packen, Gisela war im letzten halben Jahr so schnell gewachsen, dass ihr im Moment nur noch zwei Kleider, ein paar Strümpfe, Unterhosen und ein Wollpullover passten. Alle anderen Kleidungsstücke waren an den Armen und Beinen um einige

Zentimeter zu kurz. Auch Gisis Gesicht hatte sich verändert. Die pausbackigen Wangen waren verschwunden. Jetzt war zu erahnen, dass sie Greta einmal sehr ähnlich sehen würde. Sie hatte dieselben bernsteinfarbenen Augen, die kleine Stupsnase und die vollen Lippen. Auch ihr Haar war so dicht und lockig wie das von Greta, nur war es strohblond und nicht kastanienbraun wie ihres.

Hastig entleerte Gisi den Inhalt der Lade und legte alles auf den Boden.

»Halt!«, sagte Greta entschieden und schwang sich seufzend aus dem Bett. An Schlaf war nun sowieso nicht mehr zu denken. »Ich hole die Reisetasche.«

Während Greta in der Abstellkammer nach der Reisetasche ihres verstorbenen Vaters Karl Moser suchte, überlegte sie, ob sie am Vormittag noch rasch den Saum von Giselas feinem Sommerkleid herauslassen sollte, damit sie ihr wenigstens ein halbwegs passendes Kleidungsstück für Gut Winter mitgeben konnte. Aber dann fiel ihr ein, dass sie das Kleid bereits zweimal verlängert und eine schmale Borte angenäht hatte. Eleonore Winter würde darüber nicht sehr erfreut sein. Sie war die Mutter von Gretas Schwager Julius. Nur Gisi durfte die ehemals adelige Frau »Tante Eli« nennen. Eleonore Winter hatte Gretas Tochter ins Herz geschlossen wie ihr eigenes Enkelkind. Die innige Beziehung war verwunderlich, denn Eleonore Winter war eine Frau, die auf Stil, Etikette, Tradition und gute Manieren Wert legte. Begriffe, die Gisi völlig fremd waren. Sie war ein kleiner Wildfang, der sich nur für eines interessierte: Pferde. Und von denen gab es auf Gut Winter genug. Die Familie besaß ein

Pferdegestüt in der Südsteiermark. Gisis Begeisterung für die Tiere schien Eleonore Winters Herz ebenso zu erwärmen wie ihre goldgelben Zöpfe und ihre ungebremste Lebensfreude. Gisi war ihr die Enkelin, auf die sie bisher vergeblich wartete.

»Soll ich auch den Sonnenhut und die Taschentücher mitnehmen?«, rief Gisi in den Flur. Schon war sie dabei, die nächste Lade zu entleeren, und Greta eilte mit der verstaubten Reisetasche zu ihr. Sie hatte sich damit abgefunden, noch vor dem Frühstück fertig zu packen.

• • •

Eleonore Winter kam pünktlich zum Mittagessen und blieb bis zum frühen Nachmittag. In ihrem eleganten Kleid aus feinster Seide und mit den unzähligen Perlenketten um ihren schmalen Hals wirkte die vornehme alte Dame in der kleinen Küche wie ein Fremdkörper. Auch wenn sie nichts sagte, wussten alle, dass sie das bescheidene Häuschen nicht standesgemäß für ihren Sohn und seine Frau fand. In den letzten Jahren hatte sie wiederholt darauf gedrängt, dass Julius und Emma sich ein größeres, stattlicheres Haus kaufen sollten. An Geld mangelte es nicht. Julius war ein wohlhabender Mann, der gemeinsam mit seinem Bruder Bernd das Pferdegestüt samt riesiger Ländereien in der Südsteiermark erben würde. Die Pferde vom Gut Winter waren in den allerhöchsten gesellschaftlichen Kreisen sehr begehrt. Als Veterinärmediziner hatte Julius ein gutes Einkommen, und zusätzlich besaß er eine ansehnliche Wohnung in der

Lenaugasse, die er im Moment an einen pensionierten Hofrat vermietete. Doch Emma wollte von einem Umzug nichts wissen. Die Tierarztpraxis ihres verstorbenen Vaters, die sich auf der Rückseite des Hauses befand, war ihr heilig. Nie im Leben würde sie sie aufgeben. Um neuerlichen Diskussionen bezüglich des Hauses und der Praxis zu entgehen, hatte Julius sich nach dem Essen gleich verabschiedet und war in den Tiergarten Schönbrunn geeilt.

»Die Wasserschweine leiden an einer Magenkrankheit«, hatte er gesagt und war regelrecht geflüchtet. Emma war in die Praxis gerufen worden, wo Frau Geiger mit ihrer Katze auf sie wartete. Gisi hatte sich mit Maxl in den Garten verdrückt, und so saß Greta allein mit der Schwiegermutter ihrer Schwester bei Kaffee und Kuchen. Im Unterschied zum Rest der Familie hatte sie kein Problem, sich mit Eleonore Winter zu unterhalten. Sie mochte die Frau. Sie konnte gut über ihre kleinen Fehler und Macken hinwegsehen, da sie ihr dankbar war, dass sie ihrer Tochter die Großmutter ersetzte. Gretas Eltern waren tot, dasselbe galt für ihre eigenen Schwiegereltern.

»Kein Wunder, dass Emma immer noch nicht schwanger ist, wo sie ständig arbeitet.« Es war die dritte Bemerkung in diese Richtung, seit Eleonore am Küchentisch saß.

Greta räusperte sich verlegen und schaute zur Tür, um sicherzugehen, dass Emma sie nicht hören konnte. Doch die Verbindung zur Praxis war geschlossen. Das Thema »Schwangerschaft« war heikel. Seit Jahren wünschten Emma und Julius sich ein Kind. Jeden Monat, wenn Emmas

Blutung einsetzte, legte sich eine tiefe Traurigkeit über das ansonsten so glückliche Ehepaar.

»Emma liebt ihre Arbeit, das ist richtig so«, verteidigte Greta ihre Schwester. »Sie hat hart dafür gekämpft, Tierärztin zu werden.« Nur zu gut konnte Greta sich daran erinnern, wie schwierig es für Emma gewesen war, den Studienplatz in der Schweiz zu bekommen. In Österreich war das Institut für Veterinärmedizin Frauen bis vor Kurzem verwehrt gewesen.

Eleonore setzte zu einer weiteren spitzen Bemerkung an, als Gisi in die Küche stürmte und sich ungeduldig erkundigte, wann sie endlich fahren würden.

Greta vertröstete sie. »Gleich, mein Schatz, Tante Eleonore erzählt noch zu Ende.«

Und tatsächlich fing Eleonore Winter erneut an zu reden. Greta erfuhr Geschichten über Menschen, denen sie noch nie im Leben begegnet war. Julius' Mutter berichtete über Krankheiten, Skandale, ungewollte Schwangerschaften und heimliche Liebschaften. Erst als auch der Chauffeur nervös wurde, stand Eleonore Winter auf, strich ihr Kleid glatt und richtete ihre Perlenketten.

»Ich denke, dass es Zeit wird. Sonst kommen wir erst um Mitternacht zu Hause an.«

Die Abfahrt ließ sich nicht länger hinauszögern. Schlagartig verengte sich Gretas Kehle. In den letzten sechs Jahren war sie noch nie von Gisi getrennt gewesen. Und auch wenn sie wusste, dass es ihrer Tochter auf Gut Winter an nichts fehlen würde, so sorgte sie sich dennoch.

Als sie auf der Straße standen, fragte sie ihre Tochter

ängstlich: »Bist du dir sicher, dass du fahren willst?« Insgeheim hoffte sie, dass Gisi bleiben wollte. Aber das Mädchen war wild entschlossen, die Pferde zu besuchen.

»Unbedingt!«, sagte sie fröhlich, umarmte Greta fest und kletterte dann für Gretas Geschmack viel zu flink auf die Rückbank des Steyr II der ÖWG, der Österreichischen Waffenfabriks-Gesellschaft. Der Chauffeur hatte Giselas Reisetasche bereits im Kofferraum verstaut.

»Die Luftveränderung wird dem Mädchen guttun«, war Eleonore überzeugt. »Ein paar Gramm mehr auf den Rippen werden ihr nicht schaden. Unsere Erna kocht hervorragend. Sie wird heute Abend einen flaumigen Kaiserschmarrn zaubern.«

»Gisi ist gewachsen«, verteidigte sich Greta. In Gedanken fügte sie hinzu, dass sie auch eine gute Köchin war. Schließlich hatte Eleonore eben drei Stück ihres selbst gebackenen Topfenkuchens gegessen. »Ruft ihr an, wenn ihr angekommen seid?« Es war keine Frage, sondern viel mehr eine Aufforderung.

Trotz ihres fortgeschrittenen Alters war Eleonore Winter begeistert vom technischen Fortschritt und ließ sich keine neue Errungenschaft entgehen. Sie war eine der Ersten gewesen, die sich ein Automobil samt Chauffeur zugelegt hatte. Außerdem hatte sie bei der ersten Gelegenheit einen Telefonanschluss beantragt. Auch in der Altgasse hing ein Telefonapparat im Flur, den Julius und Emma für ihre Praxis benötigten.

»Du kannst uns jederzeit anrufen«, beruhigte Eleonore Winter. »Aber das wird kaum nötig sein, schließlich sehen wir uns am Freitag schon wieder. Ich erwarte euch pünktlich zu meinem Geburtstag.«

Am Wochenende war anlässlich des sechzigsten Geburtstags von Eleonore Winter ein großes Fest auf Gut Winter geplant. Zu diesem Anlass würde die ganze Familie in die Südsteiermark reisen.

»Davor muss ich Gisela ein passendes Kleid besorgen …«, meinte Eleonore nachdenklich. Greta hatte mit dieser Bemerkung schon viel früher gerechnet. Sie verkniff sich ein Schmunzeln.

»Mir geht es bei den Pferden ganz sicher gut, Mama!« Gisis Wangen glühten vor Freude. Sie schickte Greta eine weitere Kusshand. Was zuversichtlich stimmen sollte, machte den Kloß in Gretas Kehle nur noch größer. Reiß dich zusammen, sagte sie sich selbst. Gisi wird die Zeit genießen. Julius' Bruder Bernd hatte versprochen, Gisi erste Reitstunden zu geben. Seit Tagen sprach ihre Tochter von nichts anderem.

»Wir sehen uns am Wochenende«, sagte Eleonore Winter. Dann stieg auch sie in den Wagen, schloss die Tür, der Motor sprang an, und schon brauste das Automobil davon.

Greta lief noch ein paar Schritte mit und winkte, dann bog der Steyr II um die Ecke und war verschwunden. Mit einem Mal legte sich eine eisige Hand um Gretas Herz. Es war nicht das erste Mal in ihrem Leben, dass sie einem geliebten Menschen nachwinkte. Der Letzte war nie zu ihr zurückgekehrt.

Niedergeschlagen kehrte Greta ins Haus zurück. Sie musste

sich jetzt unbedingt ablenken. Planlos sah sie sich um und entschied sich schließlich, die Fenster zu putzen.

Mit Eimer und Tuch ausgestattet, machte sie sich ans Werk. Jede Rille im Fensterbrett wurde gereinigt, jede Schliere auf der Glasscheibe weggewischt. Wie eine Besessene konzentrierte sie sich auf den Dreck, der eigentlich kaum vorhanden war, denn schon im letzten Monat hatte sie sich sämtlichen Fenstern im Haus gewidmet. Erst als die Scheiben glänzten, gab sie sich zufrieden und suchte sogleich nach der nächsten Aufgabe. Zuerst scheuerte sie die Töpfe, dann ging sie in den Garten und nahm sich das Gemüsebeet vor. Jedes noch so kleine Unkrauthälmchen zupfte sie derart energisch aus, als gelte es, einen Urwald zu roden. Als Emma abends aus der Praxis kam, saß Greta erschöpft am Küchentisch. Die Angst, Gisi könnte etwas zustoßen, war der Müdigkeit gewichen.

»Hast du etwa schon wieder die Fenster geputzt?«, fragte Emma erstaunt. Sie ging in die Vorratskammer und kam mit Brot und Butter zurück. Beides stellte sie auf den Tisch. Dann holte sie Teller und Messer und setzte sich zu Greta.

»Willst du auch ein Butterbrot?«

Greta nickte stumm, während Emma sich daranmachte, zwei Scheiben mit einer dicken Schicht Butter zu bestreichen. Einen Teller schob sie Greta zu.

»Du machst ein Gesicht wie sieben Tage Regenwetter. Dabei hat meine Schwiegermutter dir eben deine Tochter für ein paar Tage abgenommen. Du solltest dich freuen und darüber nachdenken, was für schöne Dinge du mit deiner freien

Zeit machen kannst. Geh ins Lichtspieltheater, besuch eine Ausstellung …«

»Aber ich war noch nie von Gisi getrennt. Was ihr alles zustoßen kann! Ich hätte sie nicht fahren lassen dürfen …«, jammerte Greta besorgt.

»Was soll ihr denn auf Gut Winter zustoßen?«, fragte Emma. »Sie ist dort so sicher wie nirgendwo anders auf der Welt. Eleonore wird sie rund um die Uhr unterhalten. Sie wird das arme Mädchen mit ihren Geschichten überschütten, so lange, bis Gisi sich die Ohren zuhält und in den Stall flüchtet.«

»Es kann immer etwas passieren«, entgegnete Greta. »Pferde sind riesige Tiere, und Gisela ist noch so klein.«

Emma nahm den nächsten Bissen. Es hatte eine Zeit gegeben, wo ein dick bestrichenes Butterbrot im Haus der Moserschwestern ein Luxus gewesen war, den sie sich nicht leisten konnten. Noch vor ein paar Jahren hatte ganz Wien nach dem Krieg und der schrecklichen Niederlage gehungert. Nie würden Greta und Emma die Not vergessen. Tagelang hatte sie sich von dünner Kohlsuppe ernährt. Die Läden waren leer gewesen und das Gemüsebeet im Garten die einzige Quelle, aus der Essbares geschöpft werden konnte. Umso größer war jetzt die Freude über den wiederkehrenden Wohlstand.

»Bernd wird Gisi nur zu den Ponys lassen«, beschwichtigte Emma. »Niemand kennt sich besser mit Pferden aus als er.« Emmas Schwager verwaltete das Gut seit dem Tod seines Vaters mit großem Geschick und wirtschaftlichem Erfolg.

»Auch die können sich erschrecken und ausschlagen«, entgegnete Greta.

Statt einer Antwort schüttelte Emma bloß den Kopf und biss in ihr Brot. Greta wusste auch so, was ihre Schwester dachte. Sie war der Meinung, dass Greta ihre Tochter überbehütete und wie eine Glucke auf ihr saß.

Mit vollem Mund murmelte Emma: »Ich hoffe, dass Eleonore eines Tages auch auf mein Kind aufpassen wird.« Ein Schatten legte sich über ihr Gesicht. »Sollte ich irgendwann doch noch eins bekommen.«

Greta langte über den Tisch und ergriff Emmas Hand. »Selbstverständlich wirst du ein Kind bekommen«, versicherte sie. »Und du wirst eine großartige Mutter sein.«

Emma verzog den Mund. »Auf alle Fälle werde ich keine Bedenken haben, wenn Eleonore mein Kind ein paar Tage übernimmt.« Ihre Bemerkung entlockte Greta ein schwaches Lächeln.

»Du hast ja recht«, stimmte sie Emma zu.

»Und wenn ich kein Kind bekomme, dann gehe ich wie Julius in die Ausbildung und sorge dafür, dass mehr Frauen Veterinärmedizinerinnen werden. Das wäre eine sinnvolle Aufgabe neben der Tätigkeit in der Praxis.« Emma hatte ihre gute Laune wiedergefunden. Sie liebte ihren Beruf über alles. Schon als kleines Mädchen hatte sie in die Fußstapfen ihres Vaters treten und Tierärztin werden wollen. Jetzt hatte sie nicht nur die Praxis ihres Vaters übernommen, sondern sie kümmerte sich gemeinsam mit Julius auch um die Affen, Zebras und Giraffen und alle anderen exotischen Tiere im Tiergarten Schönbrunn – wie früher ihr Vater.

»Ich habe gestern mit Julius gesprochen«, sagte Emma. Greta sah ihre Schwester nachdenklich an. Ihre Wangen waren in den letzten Jahren voller geworden. Sie sah nun Greta sehr ähnlich. Sie hatte eine andere Haarfarbe. Aber ihre Gesichtszüge glichen sich. Das galt auch für die Form ihrer Augen, ihrer Nasen und die geschwungenen, vollen Lippen.

»Worüber habt ihr euch unterhalten?«, wollte Greta wissen. Immer noch wirkte Emma ernst.

Greta runzelte die Stirn, sie ahnte bereits, was kommen würde. Es war nicht das erste Mal, dass dieses Thema zur Sprache kam.

»Ihr braucht das Zimmer, in dem Gisi und ich schlafen?«, fragte sie.

Statt zu antworten, langte Emma über den Tisch und fasste nach Gretas Hand. Sie war eiskalt. Liebevoll drückte Emma sie.

»Es ist nicht das Zimmer«, gab Emma zu. »Julius und ich machen uns Sorgen um dich.«

»Dazu besteht keinerlei Grund. Es geht mir gut.« Gretas Antwort kam zu schnell, um überzeugend zu klingen.

Emma verzog den Mund. »Seit Gustavs Tod kümmerst du dich aufopfernd um Gisi, und du versorgst mich und Julius, als wären wir deine Dienstgeber.« In den letzten Jahren war es zur Selbstverständlichkeit geworden, dass Greta den Haushalt schmiss, kochte, die Wäsche wusch und sich um die Tiere im Hof, zwei Ziegen, ein paar Hühner, eine Katze und Maxl kümmerte, während Emma und Julius ihrer Arbeit nachgingen.

»Das mache ich gerne. Warum wollt ihr mir das wegnehmen?«

»Zum einen, weil du dir deine Arbeit nicht bezahlen lässt …«

Greta entzog Emma die Hand und machte eine wegwerfende Bewegung. »Das wäre ja noch schöner«, schnaufte sie. »Du bist meine Schwester. Da werde ich doch kein Geld von dir verlangen. Die regelmäßige Zahlung vom Staat reicht völlig.«

»Du meinst deine Witwenpension?«

Greta zuckte unter dem Wort zusammen. Schließlich nickte sie und fuhr fort: »Außerdem habe ich ja kaum Ausgaben. Julius und du, ihr übernehmt doch alle Kosten.«

»Das Geld ist nicht der einzige Grund«, fuhr Emma fort. »In dir steckt viel mehr als bloß eine Haushälterin. Du hast Talente und Begabungen.«

Greta presste die Lippen fest zusammen. »Was, wenn ich sie nicht nutzen will? Wenn ich zufrieden mit meinem Leben bin, so wie es ist? Nicht jeder ist für ein Studium geschaffen.«

»Ich sage nicht, dass du studieren sollst«, widersprach Emma. »Aber seit Jahren versteckst du dich hier in der Altgasse. Es gibt Tage, da gehst du nur noch zum Einkaufen hinaus.«

»Es gibt eben ständig etwas im Haus zu tun.« Verteidigend verschränkte Greta die Arme vor der Brust.

»Wie Fensterputzen?«, fragte Emma. Sie machte eine Pause und sah Greta lange an. Schließlich seufzte sie. »Ich wünsche mir so sehr, dass du eine Aufgabe findest, in der du aufgehst.«

»Ich habe eine Aufgabe. Gisi braucht mich.«

»Du kannst auch eine liebevolle Mutter sein, wenn du eine Aufgabe hast, die dich erfüllt und die dich glücklich macht. Früher hast du wunderschöne Kleider genäht. Jetzt flickst du bestenfalls ein Paar Socken.«

Betroffen wandte Greta den Kopf zur Seite. Es war nicht das erste Mal, dass Emma versuchte, sie von einer neuen Tätigkeit zu überzeugen. An manchen Tagen redete sie so lange auf sie ein, dass Greta sich am liebsten die Ohren zugehalten hätte, um ihre Worte nicht mehr hören zu müssen. »Geh raus, leb dein Leben, verkriech dich nicht ...« Grundsätzlich wusste Greta, dass Emma recht hatte. Aber irgendetwas hemmte sie. Greta bekam bei jedem Versuch, ihr Versteck zu verlassen, kalte Füße.

»Du solltest neue Menschen kennenlernen«, fuhr Emma überzeugt fort. Deutlich leiser fügte sie hinzu: »Gustav ist seit über sechs Jahren tot. Es ist höchste Zeit, einen Weg aus der Trauer zu finden.« Erneut fasste sie nach Gretas Händen, löste die Verschränkung und drückte sie liebevoll. »Es ist Zeit, ein neues Kapitel in deinem Leben aufzuschlagen.«

Allein der Name ihres Ehemanns schnürte Gretas Herz zusammen und ließ ihre Kehle eng werden. Gustavs Tod war nie bestätigt worden. Wie Tausende andere Soldaten war sein Körper vermutlich in einer der sinnlosen Schlachten zur Unkenntlichkeit entstellt worden, seither galt er als vermisst. Greta wusste, dass er nicht wiederkommen würde, dennoch konnte sie die Endgültigkeit nicht akzeptieren. Sie hoffte weiter darauf, dass er in Kriegsgefangenschaft geraten war oder an einer Amnesie litt und irgendwo in einem Bergdorf an der italienischen Grenze Unterschlupf gefunden hatte. Sobald er sich wieder an sein früheres Leben erinnern konnte, würde er zu ihr zurückkehren. Greta konnte und wollte diese Hoffnung nicht aufgeben.

»Solange du Gustavs Tod nicht annimmst, kannst du dich nicht für etwas Neues öffnen.«

Greta spürte, wie die ersten Tränen sich ihren Weg bahnten. Ihre Augen füllten sich damit.

»Wie soll ich ihn gehen lassen, wenn ich ihn immer noch so sehr liebe?« Die erste Träne tropfte schwer auf ihre Brust. »Er fehlt mir so schrecklich.«

Emma stand auf und nahm Greta in den Arm. »Ich weiß!«

Die Nähe ihrer Schwester fühlte sich gut an. Im Grunde wusste sie, dass es an der Zeit war, den Schritt zurück ins Leben zu wagen. Aber es fehlte ihr dazu an Kraft.

Eine Weile drückte Emma Greta sanft an sich, dann ließ sie sie wieder los.

»Besser?«, fragte sie.

Greta neigte den Kopf von einer zur anderen Seite. Der Trost, den die Umarmung eben noch gespendet hatte, währte nur kurz. Greta wusste selbst, dass es höchste Zeit war, aus dem Schatten ins Licht zurückzukehren. Die Frage war bloß, wie sie das anstellen sollte?

2

Zum ersten Mal in ihrem Leben spazierte Greta allein durch den Schlossgarten von Schönbrunn. All die Jahre, die sie in der Nähe wohnte, war sie immer in Begleitung hier gewesen. Als kleines Mädchen mit ihren Eltern, doch von dieser Zeit hatte sie kaum noch Bilder im Kopf. Ihre Mutter Hermine Moser war kurz nach Emmas Geburt gestorben. Der schreckliche Verlust hatte ihren Vater verändert und zu einem ernsten Mann gemacht. Aber Ausflüge in den Zoo hatte er trotzdem noch mit seinen Töchtern unternommen. Als junge Frau war Greta mit Gustav hergekommen und in den letzten Jahren mit Gisela. Ihre Tochter hatte die Leidenschaft für Tiere von ihrem Großvater und ihrer Tante übernommen. Grundsätzlich mochte Greta Tiere, aber sie empfand jedes Mal ein beklemmendes Gefühl, wenn sie die eleganten Giraffen, die mächtigen Elefanten oder Löwen in den winzigen Käfigen eingesperrt sah. Unruhig liefen die armen Kreaturen an den eng gesetzten Gitterstäben auf und ab, so als würden nicht nur ihre Körper, sondern auch ihr Geist darin gefangen gehalten. Viel lieber spazierte Greta durch den ehemals kaiserlichen Schlossgarten, der seit

Kriegsende für alle Wiener und Wienerinnen geöffnet war. Lange war darüber diskutiert worden, was aus den kaiserlichen Besitzungen werden sollte. Nach Kriegsende hatte man Kriegsinvaliden in den Räumlichkeiten des Schlosses untergebracht, aber als man sah, wie sehr das wertwolle Inventar darunter litt, war man wieder davon abgekommen. Der Schaden, der in wenigen Monaten entstanden war, war enorm. Greta lief den Weg vom Schloss zur Gloriette, wo Kaiser Franz Joseph einst mit seiner Geliebten Katharina Schratt gefrühstückt hatte. Von hier aus hatte man einen herrlichen Blick bis zum Stephansdom. Die akkurate Symmetrie ging auf Maria Theresias Architekten zurück. Die Kaiserin hatte Schönbrunn zu ihrer Lieblingssommerresidenz ausbauen lassen, und ihr Ehemann, Franz Stephan von Lothringen, der zeit seines Lebens an Naturwissenschaften interessiert gewesen war, hatte den Grundstein für die kaiserliche Menagerie gelegt. Greta hatte dieses Wissen nicht aus der Schule, sondern von ihrem Vater, der sie nicht nur mit Informationen über die Tiere, sondern auch über die Geschichte des Tiergartens gefüttert hatte.

Der weiße Kies knirschte unter ihren Schuhen, als sie die kleine Anhöhe bestieg. Sauber gestutzte Buchsbäume und in barocken Mustern gepflanzte Sommerblumen ließen den einstigen Glanz der Habsburgermonarchie erahnen. Seit zwei Jahren wurden die Parkanlagen wieder gepflegt. Kurz nach Kriegsende, als niemand so recht gewusst hatte, was mit dem Schloss und der Menagerie passieren würde, war die Anlage überwuchert worden. Auch die Zukunft des Zoos war ungewiss gewesen. Die Stadt Wien hatte geplant, auf dem Gelände eine Hühnerfarm zu errichten. Es war dem vehementen Widerstand der Wienerinnen und Wiener zu verdanken, dass die Pläne nicht umgesetzt worden waren. Für Greta war der Erhalt des Zoos ein Zeichen dafür, dass die winzige Republik eine Zukunft hatte. Auch wenn viele Österreicher daran zweifelten und sich nach der Monarchie sehnten.

Als Greta auf der Aussichtsplattform vor der Gloriette angekommen war, war sie etwas aus der Puste, und unter ihrem gelben Sonnenhut schwitzte sie. Greta nahm ihn ab und wischte mit dem Handrücken über ihre feuchte Stirn. Der Himmel war wolkenlos, und die Sonne nahm mit jeder Stunde an Kraft zu. Das war im August nicht ungewöhnlich. Es wäre vernünftiger gewesen, zum Donaukanal zu fahren, an die Alte Donau oder nach Kritzendorf, wo sich jetzt die Badehungrigen im kühlen Nass vergnügten. Doch allein hätte sie dazu nicht den Mut aufgebracht. Sie war stolz, dass sie sich zu einem Spaziergang in den Schlossgarten hatte überwinden können.

Greta lehnte sich an die Steinmauer und streckte das Gesicht dem lauen Wind entgegen, der ihr sanft über die Wangen strich und ihre erhitzte Haut abkühlte. Ihr Blick glitt über den Garten. Zwei Liebespaare flanierten Hand in Hand Richtung Schloss. Dahinter erblickte Greta eine Familie. Ein kriegsverwundeter Vater, dem der rechte Arm fehlte, seine Frau und zwei Kinder. Das Bild invalider Männer war zur Selbstverständlichkeit geworden. Ebenso die vielen Arbeitssuchenden, die mit einem Kartonschild in der Hand an den Straßenecken standen und darauf warteten, dass jemand ihnen eine Tätigkeit anbot. »Suche Arbeit jeder Art«, »Bin arbeitslos« oder »Habe Hunger« war auf den Schildern zu lesen. Zwei von ihnen hatten am Eingang zum Park gestanden. Greta wünschte, Gustav wäre mit dem Verlust eines Arms oder seines Arbeitsplatzes davongekommen.

Der Gedanke an ihren Mann ließ sie sich noch einsamer fühlen. Sie schaute sich um. Bis auf eine alte Frau, die allein auf einer Parkbank saß, war sie die einzige Person im ganzen Park, die ohne Begleitung unterwegs war. Als Greta die Augen zusammenkniff, erkannte sie, dass selbst die Frau nicht ganz allein war. Ein kleiner Dackel lag zu ihren Füßen im Schatten eines Kastanienbaums. Greta drehte sich weg. Spätestens am Wochenende würde sie wieder mit Gisi vereint sein. Erleichtert über diesen Gedanken, setzte sie ihren Sonnenhut auf und machte sich auf den Heimweg.

Diesmal ging sie langsamer, um nicht erneut aus der Puste zu kommen. Als sie die kleine Anhöhe hinter sich gelassen hatte, kam ihr eine Gruppe von zehn Frauen entgegen. Die meisten waren deutlich jünger als Greta. Sie lachten und scherzten miteinander und liefen direkt auf das Schloss zu. Durch einen der Nebeneingänge betraten sie das Gebäude. Greta fragte sich, was sie wohl im Schloss vorhatten, als sie von hinten angerempelt wurde. Vor Schreck ließ sie ihre Handtasche fallen.

»Verzeihung!« Eine helle Stimme entschuldigte sich.

Greta drehte sich um. Eine Frau in ihrem Alter stand vor ihr. Sie bückte sich nach der Tasche. Genau wie Greta hatte sie das dunkle Haar auf Kinnlänge gekürzt. Sie trug skandalös moderne Hosen. Sie waren gerade geschnitten und erinnerten an die Bilder, die man von glamourösen Schauspielerinnen aus Hollywood kannte. Das Gesicht der Frau war kantig und ihr Lächeln von einer einnehmenden Freundlichkeit. »Ich bin wieder einmal zu spät dran und mit meinen Gedanken ganz woanders«, sagte sie.

»Es ist nichts passiert«, beruhigte Greta. Sie unterließ es, sich die Seite zu reiben, wo der Ellbogen der Fremden gerade gelandet war.

»Gehören Sie zu den Frauen, die gerade ins Schloss gegangen sind?«

»Oh, mein Gott. Ich wusste, dass ich zu spät bin. Der Einführungsvortrag hat hoffentlich noch nicht begonnen.«

»Einführungsvortrag?«, wiederholte Greta neugierig.

»Ein neuer Ausbildungslehrgang der Schönbrunner Erzieherinnenschule beginnt im Herbst. Heute findet ein Informationsvortrag statt.«

»Ich wusste nicht, dass im Schloss eine Erzieherinnenschule untergebracht ist«, gab Greta zu. Sie hatte in der Zeitung gelesen, dass es ein Kinderheim im Schloss gab. Von einer Ausbildungsstätte hatte sie noch nichts gehört.

»Die Schule soll einzigartig sein«, meinte die Frau. »Hier werden völlig neue Wege in der Pädagogik beschritten.«

»Was für neue Wege?«, fragte Greta.

Die Fremde schaute auf eine hübsche goldene Armbanduhr an ihrem Handgelenk. »So schnell kann ich das alles nicht erklären. Warum kommen Sie nicht einfach mit und hören sich den Vortrag an?«

»Muss man denn nicht angemeldet sein?«

»Ich hoffe nicht«, sagte die Frau lachend. »Ich bin es

nämlich nicht, und ich will unbedingt an dem Kurs teilnehmen.« Jetzt erst bemerkte Greta, dass der Mund der Frau geschminkt war. Sie hatte ein dezentes Rot auf ihre Lippen aufgetragen. Auch das war ungewöhnlich. Es galt als verwerflich, die natürliche Schönheit mit künstlichen Hilfsmitteln nachzubessern.

Greta dachte nach. In einem Vortragssaal mit anderen Frauen zu sitzen erschien ihr deutlich erstrebenswerter, als allein durch den Park zu spazieren und sich dabei einsam zu fühlen.

»Ich komme gerne mit.«

»Sehr gut!« Die Freude der Fremden wirkte echt. »Ich bin übrigens Melanie.«

Greta ergriff die Hand, die ihr entgegengestreckt wurde. »Ich bin Greta.«

»Ist es in Ordnung, wenn wir uns duzen?«, fragte Melanie.

»Das fände ich schön.«

Gemeinsam liefen sie zum Seiteneingang. Es war das erste Mal, dass Greta das Schloss betrat. Sie hatte sich immer vorgestellt, dass die Wände aus purem Gold bestanden und die Decke mit Tausenden Spiegeln versehen waren. Möglich, dass es solche Räume in Schönbrunn gab. Aber dieser Seiteneingang schien den Dienstboten vorbehalten gewesen zu sein. Die Wände waren hell verputzt, der Treppenaufgang schlicht, ebenso der schmiedeeiserne Handlauf. Nur die reichlich mit Stuck verzierte Decke gab einen zarten Hinweis darauf, dass hier noch vor ein paar Jahren die Habsburger gewohnt hatten. Auf einer hellen Tür neben dem Eingang hing ein Zettel, darauf stand in handgeschriebenen Großbuchstaben: EINFÜHRUNGSVORTRAG IM ERSTEN STOCK.

»Na bitte«, sagte Melanie. »Nichts wie hoch mit uns.«

Rasch eilten sie die Treppe hinauf. Oben gab es einen weiteren Zettel mit einem Pfeil, der zu einer Tür wies. Melanie öffnete sie beherzt und stieß lautstark die Luft aus.

»Das nenne ich eindrucksvoll.«

Greta trat näher und verstand sofort, was Melanie meinte. Der breite Gang, der vor ihnen lag, war mit glänzenden Marmorfliesen ausgelegt. Goldgerahmte Ölgemälde mit ernst dreinschauenden Herrschern zierten die Wände. Eine Fenstergalerie zeigte zum Schlossgarten. Der gesamte Flur war sonnendurchflutet, die Decke mit goldenem Stuck verziert. Hier war der Prunk, den Greta erwartet hatte. Am Ende des Gangs stand eine Tür offen, aus dem Raum drangen Stimmen.

»Ich nehme an, dass wir dort hinmüssen«, sagte Melanie fröhlich und ging weiter. Greta folgte ihr. Etwas zögerlich betrat sie hinter Melanie den Raum. Er war ebenso beeindruckend wie der Gang. Die Wände waren mit roten Tapeten verkleidet. An manchen Stellen hatte die Struktur der Wandverkleidung bereits gelitten. Am hinteren Ende des Raums hingen hohe Spiegel. Zwei riesige Kristallluster hingen von der Decke. Mit dunklem Samt gepolsterte Stühle standen in mehrere Reihen vor einem Rednerpult. Mindestens dreißig Frauen hatten bereits darauf Platz genommen und tratschten aufgeregt miteinander. In der ersten Reihe waren noch drei Sessel nebeneinander frei.

»Komm«, forderte Melanie. Sie winkte Greta nervös mit sich.

»Sollen wir uns wirklich ganz nach vorne setzen?« Greta hätte sich lieber in der letzten Reihe unsichtbar gemacht. Sie hatte keine Ahnung, was sie erwartete.

»Ja, sicher, da hören wir besser.«

Kaum, dass sie saßen, betraten zwei Männer den Raum. Beide waren in etwa so alt wie Greta und trugen Anzüge ohne Westen. Der Kleinere der beiden hatte dunkles Haar und ein ausgeprägtes Kinn. Alles an ihm verriet, dass er es gewohnt war, anderen zu sagen, wo es langging. Der Mann neben ihm war rotblond. Seine Locken standen ihm wirr vom Kopf ab. Seine Wangen waren von unzähligen Sommersprossen übersät. Er hatte breite Schultern und wirkte ruhiger, zurückhaltender. Und tatsächlich war es der Dunkelhaarige, der ans Rednerpult trat, während der andere den letzten freien Stuhl heranzog und sich neben seinen Kollegen setzte. Kaum, dass der Redner die Stimme erhob, verstummte das aufgeregte Gemurmel und Lachen im Raum. Auch Greta richtete sich auf.

Melanie flüsterte hinter vorgehaltener Hand: »Das ist Otto Felix Kanitz.«

Greta hatte den Namen noch nie gehört. Aber sie wagte es nicht, weiter nachzufragen, denn Kanitz begann bereits mit seinem Vortrag.

»Guten Tag, meine Damen. Ich darf Sie alle mit einem herzlichen ›Freundschaft‹ begrüßen.«

Ein einstimmiges »Freundschaft« kam zurück. Nur Greta blieb stumm. Sie sah sich irritiert um.

»Es freut mich, dass Sie sich für unseren Ausbildungskurs interessieren. Seit fünf Jahren bilden wir in unserer Schule Pädagoginnen aus, die es sich zur Aufgabe machen, einen neuen Menschen zu erziehen.«

Greta verschränkte die Arme vor der Brust. Was bitte sollte ein neuer Mensch sein?

»Unser Ziel ist es, durch Bildung Abhängigkeiten und Zwänge aufzulösen und so für mehr Gerechtigkeit in der Gesellschaft zu sorgen. Ich darf mit Stolz sagen, dass es mir gelungen ist, in den letzten Jahren namhafte Wissenschaftler an unsere Schule zu holen. Sie werden in den nächsten Monaten von Männern wie Dr. Alfred Adler und Dr. Max Adler sowie Prof. Wilhelm Jerusalem, Marianne Pollak und Josef Luitpold Stern unterrichtet werden.« Er drehte sich zur Seite. »Mein geschätzter Kollege Michael Brenner wird den Lehrgang leiten. Er wird Sie durch die verschiedenen Seminare begleiten und Ihnen in der Praxis mit Rat und Tat zur Seite stehen.«

Alle Augen richteten sich auf den großen Mann, der aufgestanden war und nun verlegen lächelte. Seine Wangen färbten sich rosa. Er schien es nicht gewohnt zu sein, im Mittelpunkt zu stehen.

»Dank unseres engagierten Vizebürgermeisters Max Winter haben die Kinderfreunde 84 Räume des Schlosses zur Verfügung gestellt bekommen. Jetzt ist die Stadtregierung der Meinung, dass unser Kinderheim umgesiedelt werden muss, da man um die Substanz der Räumlichkeiten fürchtet. Aber wir werden trotzdem unsere Ausbildungskurse hier fortsetzen. Bis zum Jahresende bleiben auch die

Kinder noch hier, dann ziehen sie ins Schloss am Wilhelminenberg. Die Räumlichkeiten dort werden im Moment umgestaltet. Am Wilhelminenberg entsteht ein modernes Kinderheim, das den Ansprüchen unserer Pädagogik entspricht. Die Kinder haben dort deutlich mehr Bewegungsfreiheiten. Die Übersiedelung ist also ein Gewinn für uns.«

Greta dachte an Gisi und musste innerlich lächeln. Ihre Tochter würde rote Wandtapete mit Sicherheit schön finden. Aber sie hätte kein Verständnis dafür, sich jedes Mal die Hände waschen zu müssen, bevor sie darüber strich.

»Zentrales Ziel unserer Pädagogik ist die Erziehung zu demokratischem Denken und Handeln. Das körperliche Wohl der Kinder liegt uns ebenso am Herzen wie das geistige.«

Greta ließ den Blick durch den Raum gleiten. Alle Augen waren fasziniert auf Kanitz gerichtet, der ein hervorragender Redner war. Niemand wagte es zu sprechen. Einige junge Frauen schienen vor Aufregung sogar die Luft anzuhalten. Die meisten machten sich Notizen auf einem Block. Als Greta zu Brenner sah, erschrak sie und wandte den Blick sofort wieder ab. Seine hellen Augen waren auf sie gerichtet. Beschämt senkte sie den Kopf und konzentrierte sich wieder auf Kanitz' Rede. Doch es gelang ihr nur bedingt. Sie spürte, dass Brenner sie immer noch beobachtete. So, als wollte er sichergehen, dass sie weiter zuhörte.

Genau das Gegenteil war nun der Fall. Greta nahm nur noch Schlagworte wahr. Die Phrasen »Proletarisches Kind in der bürgerlichen Gesellschaft« und »sozialistische Erziehung« zogen an ihr vorbei, ohne etwas in ihr auszulösen. Irgendwann war der Vortrag zu Ende. Alle applaudierten begeistert. Einige junge Frauen standen dabei auf.

Auch Melanie neben ihr klatschte, wenn auch verhalten. Als der Applaus abebbte, fragte sie leise: »Na, was meinst du? Wirst du dich für den Kurs anmelden? Wir könnten gemeinsam die Schulbank drücken.«

Noch bevor Greta antworten konnte, stürmten die ersten Frauen nach vorne zum Rednerpult, wo Kanitz eine Liste bereithielt, in die man sich eintragen konnte. Der Saal war von Sesselrücken und einem wilden Stimmengewirr erfüllt.

»Willst du Erzieherin werden?«, fragte Greta.

»Eigentlich bin ich Künstlerin«, seufzte Melanie. »Leider kann ich damit kein Geld verdienen. Aber ich brauche dringend welches. Ganz egal, wofür ich mich beworben habe, ich habe bloß Absagen bekommen. Das ist für mich eine Möglichkeit, mich über Wasser zu halten.«

Melanie stellte sich ans Ende der Warteschlange. Greta blieb an der Seite. Sie hatte nie vorgehabt, Erzieherin zu werden. Überhaupt hatte sie sich bisher wenige Gedanken über ihre berufliche Zukunft gemacht. »Einen neuen Menschen erziehen« – was sollte das überhaupt bedeuten. Was war falsch mit dem alten?

»Wollen Sie sich auch in die Liste eintragen?« Erschrocken fuhr Greta herum. Sie hatte nicht bemerkt, dass Michael Brenner sich neben sie gestellt hatte und sie nun erwartungsvoll ansah. Seine Augen waren von einem außergewöhnlich strahlenden Blau. In den Ecken lagen kleine Lachfältchen. Er war um einen Kopf größer als Greta, und seine Sommersprossen leuchteten förmlich.

»Ich weiß es nicht«, sagte Greta ehrlich.

»Warum nicht?« Sein Lächeln war einnehmend.

»Ich bin nur zufällig in diesem Vortrag gelandet«, gab Greta zu. »Bis vor einer Stunde wusste ich gar nicht, dass es die Erzieherinnenschule im Schloss gibt.«

»Wohnen Sie in Wien?«

»Nur ein paar Gehminuten von hier entfernt.«

»Oh, das tut weh«, sagte Brenner. »Dabei geben wir uns solche Mühe, dass man uns in ganz Wien kennt und unser Ruf auch über die Stadtgrenze hinausschallt.«

Greta bemühte sich um Schadensbegrenzung. »Ich bin sicher, dass der Ruf der Schule hervorragend ist und viele Wiener sie kennen. Es liegt an mir. Ich habe mich in den letzten Jahren zu wenig für meine Umwelt interessiert.«

Er musterte sie neugierig. »Wie schön, dass Sie das nun ändern wollen.«

Sein Interesse ließ Greta erröten. Sie kam sich lächerlich vor.

»Wir verfolgen einen neuen Ansatz in der Erziehung und wollen die Kinder zu mündigen Bürgern mit einem hohen Demokratieverständnis erziehen.« Er wiederholte Kanitz' Rede. »Nie wieder darf ein Krieg wie der letzte über Europa fegen.« Der Schatten, der sich über sein Gesicht legte, zeigte, dass auch ihm die Kriegsjahre noch tief im Nacken saßen. »Stellen Sie sich vor, die Mächtigen würden einen Krieg ausrufen, und die Menschen würden sich weigern, ihn zu führen. Ein großer Streik aller Männer im wehrfähigen Alter. Wäre das nicht großartig?«

Die Idee gefiel Greta, sie hatte selbst oft darüber nachgedacht, was der Kaiser wohl getan hätte, wenn alle seine Soldaten ihm den Dienst verweigert hätten. Einzelne Deserteure konnte er hinrichten lassen, aber eine ganze Armee?

»Ihre Freundin trägt sich bereits in die Liste ein«, meinte Brenner.

»Wissen Sie, ich habe eine kleine Tochter, auf die ich aufpassen muss. Ich kann nicht mit einer Ausbildung beginnen.« Warum hatte sie das Gefühl, sich rechtfertigen zu müssen?

»Es gibt zwei Kurse«, erklärte Brenner. »Einer findet am Vormittag statt, einer am Abend. Die Praxisstunden im Kinderheim werden am Nachmittag eingeteilt. Dafür werden Sie bezahlt. Wenn Sie darauf nicht angewiesen sind, reicht auch ein kurzes Praktikum.« Offenbar verriet Gretas Kleidung, dass sie keine Geldprobleme hatte. Ihr Kleid war neu, ihre Schuhe von guter Qualität.

»Ich werde darüber nachdenken.« Hatte sie das gerade wirklich gesagt? Greta erschrak über sich selbst.

»Wir können nur eine beschränkte Zahl an Teilnehmerinnen aufnehmen.« Brenner ging zu seinem Kollegen und blinzelte über dessen Schulter auf die Liste. Dann hob er den Kopf und zeigte Greta einen ausgestreckten Zeigefinger. »Es gibt noch einen freien Platz.«

»Sie wollen sich anmelden?«, fragte Kanitz. »Wie heißen Sie?«

»Greta Weber, aber ich will …« Weiter kam sie nicht, denn Melanie grinste von einem Ohr zum anderen. »Oh, wie schön, du hast dich dafür entschieden.« Sie klatschte in die

Hände. Schon schrieb Kanitz Gretas Name auf. Greta wollte protestieren.

»Der Eignungstest findet nächste Woche statt«, erklärte Brenner.

»Es gibt einen Eignungstest?«, fragte Greta erschrocken.

»Es geht um Ihre Kenntnisse in Lesen, Rechnen und Schreiben. Sowie Fremdsprachen und Sport. Für gewöhnlich wird in etwa die Hälfte der Bewerberinnen aufgenommen.«

»Sie prüfen sportliche Leistungen ab?« Worauf ließ Greta sich da ein? Die ganze Situation entglitt ihr gerade.

»Keine Angst!« Brenner lachte. »Sie sehen gesund und fit aus. Sie werden diesen Teil bravourös meistern.«

Greta wollte ihm sagen, dass sie gar nicht vorhatte, irgendetwas zu meistern.

Melanie kam näher, beugte sich zu ihr und flüsterte hinter vorgehaltener Hand: »Angeblich fallen jedes Mal einige Teilnehmerinnen durch. Du musst Sportkleidung einpacken. Ich freu mich riesig, dass ich den Test nicht allein machen muss.«

Erneut wollte Greta die Sache aufklären, aber sie brachte es nicht übers Herz, Melanie zu enttäuschen. Sie wirkte so erleichtert, dass Greta sich einen Ruck gab und nach dem Füllhalter griff, den Kanitz ihr entgegenhielt, um ihre Unterschrift neben ihren Namen zu setzen. Er stand in der untersten Spalte der Liste. Dunkelblau leuchtete ihr ihr Schriftzug entgegen. Sie würde an einem Aufnahmetest teilnehmen.

Mit einem Mal spürte sie ein Kribbeln, das direkt aus ihrer Mitte zu kommen schien und sich über den ganzen Körper ausbreitete. So als erinnerte eine Stimme sie daran, dass sie lebendig war.

Erstaunt legte sie den Füllhalter weg. Sie war angemeldet.

• • •

»Hast du noch Zeit für einen Kaffee?«, fragte Melanie. Sie hatten gemeinsam das Schloss verlassen und standen nun im sonnigen Garten. »Ich bin ja so froh, dass du dich angemeldet hast. Gemeinsam wird die Aufnahmeprüfung halb so wild.«

Greta konnte immer noch nicht fassen, was sie eben getan hatte. Ein Kaffee war jetzt eine gute Idee.

»Lass uns ins Dommayer gehen«, schlug sie vor.

»Ich dachte, den Tanzsaal gibt es schon lange nicht mehr«, meinte Melanie überrascht.

»Stimmt«, sagte Greta. »Wo früher Strauss seine Walzer zum Besten gegeben hat, steht heute das Parkhotel.«

»Eben, wie willst du dort Kaffee trinken?«

»Vor ein paar Wochen hat die Familie Schneider ein Kaffeehaus in der Dommayergasse eröffnet. Am Wochenende gibt es Musik in einem Pavillon, und um fünf wird im Garten ein Tee serviert. Dafür sind wir zu früh dran. Aber für eine Melange wird es reichen.« Greta hatte ihr Wissen von der Greißlerin. Frau Mitzi versorgte sie beim täglichen Einkauf mit den Neuigkeiten aus Hietzing.

»Mehr Geld habe ich ohnehin nicht«, sagte Melanie.

»Sollen wir den Weg durch den Zoo nehmen?«, fragte Greta.

»Ich liebe den Tiergarten. Als Kind konnte ich nicht oft genug herkommen. Seit Eintritt verlangt wird, gönne ich mir diesen Luxus nur mehr selten«, gab Melanie zu.

»Meine Schwester arbeitet im Zoo. Ich habe da gute Verbindungen. Wir kommen ohne Eintritt am Eingang vorbei.«

»Wirklich?« Melanie war begeistert. »Dann unbedingt!«

Schon liefen sie durch den Schlossgarten und durchquerten die gesamte Menagerie bis zum Hietzinger Tor.

»Ich finde Tiere unglaublich inspirierend«, sagte Melanie. Sie kramte in ihrer Handtasche nach einem silbernen Etui und klappte es im Gehen auf. Geschickt holte sie eine Zigarette heraus und hielt das Etui Greta entgegen.

»Nein, danke.«

Melanie zuckte mit den Schultern, steckte das Etui wieder weg und entzündete ein Streichholz. Kurz blieb sie stehen, hielt die Flamme an die Zigarette und machte einen tiefen Zug.

»Ah, das tut gut!« Sie seufzte. »Sieh nur, die Zebras. Die Musterung von ihrem Fell ist genial. Stell dir mal vor, du würdest die Streifen in einer anderen Farbe in ein Stoffmuster einbauen. Wäre das nicht schick?«

Melanie blieb vor dem Gehege stehen und bewunderte die eleganten Tiere. Greta hatte die Zebras in ihrem Leben schon so oft gesehen, dass sie sich noch nie Gedanken über das Muster des Fells gemacht hatte.

»Bist du Künstlerin?«, fragte sie.

»Ich habe die Kunstgewerbeschule besucht. Ich war in der Klasse von Koloman Moser.«

»Tatsächlich?« Greta war beeindruckt. Sie kannte den Namen des Künstlers, der gemeinsam mit Gustav Klimt in der Secession gemalt und ausgestellt hatte. Vor dem großen Krieg war Greta gerne gemeinsam mit Gustav in Ausstellungen gegangen. Seit Giselas Geburt hatte sie keine einzige mehr besucht.

»Meine Eltern waren davon überzeugt gewesen, dass ich einmal eine große Malerin werden würde. Ich durfte immerhin die Kunstgewerbeschule besuchen. Alle anderen Kunstausbildungen sind Frauen ja verwehrt.« Melanie verzog bitter den Mund. »Es ist jungen Damen nicht zuzumuten, nackte Menschen zu malen.« Melanie lachte. »So als hätte noch keine von uns einen nackten Mann gesehen. Dass wir uns vor ihnen ausziehen, damit sie uns malen, damit haben sie kein Problem.«

»Was ist passiert?«, fragte Greta. »Warum arbeitest du nicht in deinem Fach?«

»Der Krieg.« Melanie verzog den Mund. »Mein Vater hatte eine Tapetenmanufaktur. Wenn die Menschen kein Geld für Brot haben, interessieren sie sich auch nicht für neue Tapeten. Wir haben im Krieg alles verloren. Wirklich alles.« Sie wurde ernst. »Den Betrieb, das Haus, meinen Bruder und im letzten Kriegsjahr meine Mutter. Letztes Jahr ist auch noch mein Vater gestorben.«

»Das tut mir leid!« Greta war betroffen. »Jetzt bist du ganz allein?«

»Das Leben ist kein Wunschkonzert«, sagte Melanie.

»Ich muss schauen, dass ich mich über Wasser halte. Die Erzieherinnenschule hat den Vorteil, dass ich arbeiten kann, während ich die Seminare besuche.«

Sie gingen weiter zu den Giraffen. Auch hier hielt Melanie an und studierte das Muster ihres Fells. Die Zigarette war nur noch ein Stummel. Sie warf ihn auf den Boden und trat ihn aus. Dann holte sie ein abgegriffenes, zerfleddertes Heft aus ihrer Handtasche, schlug es auf und zeichnete mit einem Stift das Muster des Fells gemeinsam mit der Silhouette einer Giraffe auf eine der leeren Seiten. »Das mache ich immer, wenn ich etwas Interessantes entdecke«, erklärte sie. »Man weiß nie, wofür man die Idee mal gebrauchen kann.«

Zu gerne hätte Greta Melanies Heft durchgeblättert, aber im nächsten Moment war es auch schon wieder zugeschlagen und in der Handtasche verstaut. Melanie lief weiter, und Greta hastete ihr hinterher.

»Ist der Tiergarten nicht ein herrlicher Ort?«, rief Melanie begeistert. »Ich könnte hier Stunden und Tage verbringen.«

»Du solltest meine Schwester kennenlernen.«

»Ist sie Pflegerin?«

»Sie ist Tierärztin.«

»Eine Tierärztin? Na, so was!«

»Sie hat in der Schweiz studiert.«

»Ach so. Alles andere hätte mich gewundert …« Melanie schnaufte verächtlich.

»Zumindest haben Frauen in Österreich das Wahlrecht«, sagte Greta. »In der Schweiz wird das nicht einmal in Erwägung gezogen.«

»Stimmt auch wieder«, lachte Melanie. »Ist es noch weit? Ich kann den Kaffee kaum noch erwarten.«

Kurz darauf saßen sie im schattigen Gastgarten des neu eröffneten Kaffeehauses. Zwei Tassen Melange und zwei Gläser mit frischem Leitungswasser standen vor ihnen auf dem Tischchen. Daneben zwei Teller mit je einem Schokoladenkeks.

»Ich finde es großartig, dass du dich so spontan für eine Ausbildung entschieden hast«, sagte Melanie. »Denkst du schon lange über einen Beruf mit Kindern nach?«

»Die Idee war bis vor einer Stunde nicht in meinem Lebensplan vorhanden«, gab Greta zu. In Gedanken fügte sie hinzu, dass sie das eigentlich immer noch nicht war.

Melanie lachte fröhlich. »Umso schöner, dass dein Name jetzt auf der Liste steht.«

Greta antwortete nicht. Sie dachte darüber nach, was Emma wohl zu ihrer Anmeldung sagen würde. Mit Sicherheit würde sie begeistert sein.

»Bist du Sozialdemokratin?«, fragte Melanie.

Überrascht stellte Greta ihre Tasse zurück. »Nein.«

»Aber es stört dich nicht, eine zu werden.«

»Ich bin ein unpolitischer Mensch«, gab Greta zu.

»Das wird sich in den nächsten Monaten ändern. Die Erzieherinnenschule in Schönbrunn ist ein durch und durch sozialistisches Projekt.«

»Bist du Mitglied in der Partei?«, wollte Greta wissen.

»Ja, natürlich. Ohne Mitgliedschaft geht es nicht. Spätestens beim Aufnahmetest wird man dich darum bitten.«

Gretas Zweifel wuchsen. Was hatte sie eben nur getan? Sie neigte doch sonst auch nicht zu unüberlegten, spontanen Entscheidungen.

»Keine Sorge«, sagte Melanie. »Es tut nicht weh, und die Werte, die sie vertreten, stimmen. Außerdem bekommt man in der Partei mit etwas Glück eine der neu errichteten Gemeindewohnungen.«

Greta wollte nicht zugeben, dass sie ein eigenes Haus mit Garten besaß, das sie mit ihrer Schwester teilte.

»Wo wohnst du?«, wollte Greta wissen.

»Ich teile mir mit drei anderen Frauen ein Zimmer in der Taborstraße. Wohnung kann man das Loch eigentlich nicht nennen. In den Ecken wächst der Schimmel, Wasser und Klo sind am Gang, und die Fenster sind so undicht, dass sich bei jedem Regen das Wasser am Boden darunter sammelt.«

»Das klingt entsetzlich«, sagte Greta. Sie erinnerte sich an das vorletzte Kriegsjahr, in dem Emma und sie knapp davor gewesen waren, ebenfalls alles zu verlieren. Eine überraschende Erbschaft und Emmas Ehe hatten sie davor bewahrt. Sonst würden sie heute vielleicht auch wie Melanie wohnen.

»Die Sozialdemokraten sind in Ordnung«, sagte Melanie.

Greta hatte sich bis jetzt nie mit Politik auseinandergesetzt. Würde der Kaiser noch im Schloss residieren, wäre es ihr gleich, solange er keinen Krieg anzettelte. Auch diesen Gedanken behielt sie wohlweislich für sich.

»Wenn mein Vater wüsste, dass ich bei den Roten bin,

würde er sich im Grab umdrehen«, schmunzelte Melanie. »Er war Unternehmer und hat mit den Rechten für Arbeiter nichts am Hut gehabt. Er war immer der Meinung, dass er als Arbeitgeber selbst am besten wisse, was gut für seine Mitarbeiter sei. Jetzt sehe ich das anders. Besonders, seit ich arbeitslos bin.«

»Hast du Geldprobleme?«, fragte Greta.

Melanie lachte. »Immer!« Sie trank ihre Melange aus.

»Komm, ich lade dich auf den Kaffee ein!«

Melanie winkte ab. »So schlimm ist es nicht. Solange ich für meine Zigaretten bezahlen kann, werde ich mir auch meine Melange leisten können.«

Greta holte ihre Geldbörse aus der Tasche. »Ich lade dich wirklich gerne ein«, sagte sie. »Schließlich hast du mich zu dem Vortrag geschleppt.«

»Nein, lass nur«, meinte Melanie. »Lade mich ein, wenn du dir sicher bist, dass es eine gute Entscheidung war mitzukommen. Vielleicht verfluchst du mich in den nächsten Wochen und Monaten.« Wieder lachte sie. Ihre Fröhlichkeit war ansteckend. Gretas Mundwinkel rutschten wie automatisch nach oben.

»Das hoffe ich nicht.« Eine kleine, leise Stimme in ihr sagte ihr, dass sie eine gute Entscheidung getroffen hatte.

3

Lustkandlgasse, Wien

Emil hatte sich bis auf die Unterhose ausziehen müssen. Er befand sich in einem Gebäude, das KÜST hieß. Es war die Abkürzung für Kinderübernahmestelle. Emil hatte keine Ahnung, was das genau bedeutete. Wer würde ihn übernehmen? Jetzt saß er auf einer Untersuchungspritsche in einem Raum, dessen Wände ab Hüfthöhe aus Glas bestanden. Die Menschen, die am Gang vorbeigingen, konnten problemlos zu ihm schauen. An jedem anderen Tag hätte er sich wegen seiner Nacktheit geniert. Heute war sie ihm kaum bewusst. Die Bilder der letzten beiden Tage hatten sich tief in sein Gedächtnis gebrannt und ließen ihn nicht los. Ständig sah er das graue Gesicht seiner Mutter und den Eimer, der sich stetig mit Regenwasser füllte. Tropfen für Tropfen. Emil konnte das regelmäßige Klatschen immer noch hören. Es war lauter als die Stimme des Arztes, der sich neben ihm an einem Tisch über ein dickes Buch gebeugt Notizen machte.

»Der Junge ist völlig unterernährt. Er braucht zusätzliche

Aufbaukost«, sagte der Mediziner streng und ohne dabei aufzublicken. Er hatte zuvor Emils Brustkörper abgehört und mit kühlen Fingern seinen Bauch abgetastet.

Seine Worte zogen an Emil vorbei. Er begriff nicht, dass es um ihn ging. Wie lange war es her, dass Frau Pribil ihn gefunden hatte? Die alte Dame hatte ihn vom Bett und von seiner Mutter weggezerrt. Emil hatte sich nicht gewehrt. Er hatte auch keinen Widerstand geleistet, als ihn zwei Frauen mit ernsten Gesichtern aus der Wohnung der Nachbarin geholt hatten. Das Wort »Fürsorgerinnen« war gefallen. Jetzt war Emil hier. In einem Haus mit Zimmern aus Glaswänden.

»Wie alt ist der Bub?«

Die Frau neben ihm, eine Krankenschwester in weißer Uniform, musterte ihn eingehend. Sie war klein und dick. Als sie ihn vorhin auf die Waage gestellt hatte, hatte sie geseufzt und gemeint: »Dürr wie eine Bohnenstange.«

»Kann er denn nicht sprechen?«, fragte die Schwester neben ihr. Sie wirkte deutlich mitfühlender, hatte einen freundlichen Blick und blondes langes Haar, das Emil an seine Mutter erinnerte. Seine Kehle schnürte sich zusammen. Er blickte zu Boden. Die hellen, blank polierten Fliesen waren besser als das Mitleid der fremden Frau.

»Er scheint immer noch unter Schock zu stehen«, sagte der Arzt. »Laut Leichenbeschauung hat er zwei Tage neben seiner toten Mutter ausgeharrt. Dabei scheint er weder gegessen noch getrunken zu haben. Er ist völlig erschöpft.«

»Wird er jemals wieder sprechen?«, fragte die ältere Krankenschwester.

»Wir werden sehen«, meinte der Arzt. »Es wird auf alle

Fälle schwer werden, eine Pflegefamilie für ihn zu finden. Wer will schon ein schweigendes Kind aufnehmen. Es wird wohl ein weiterer Heimplatz werden.«

»Vorerst bleibt er ohnehin bei uns auf der Beobachtungsstation«, meinte die junge Krankenschwester. Sie reichte Emil ein frisches Hemd. Der Stoff war hell und sauber. Zögerlich nahm er es entgegen.

»Na los, zieh dich an«, forderte die dicke Schwester. Doch noch bevor Emil das Hemd überstreifen konnte, ging ihm die jüngere hilfreich zur Hand. Der Stoff fühle sich kratzig auf seiner Haut an. Emil kam sich wie ein kleines Kind vor, dabei war er doch schon acht. Hatten sie ihn zuvor nach seinem Alter gefragt?

»Der Speisesaal ist geschlossen«, sagte die dicke Krankenschwester.

»Macht nichts, ich nehme ihn mit in die Küche«, meinte ihre Kollegin. Sie half Emil von der Pritsche, reichte ihm ihre Hand und verließ mit ihm das Glaszimmer. Draußen wartete bereits ein anderer Junge. Er war älter als Emil. Sein Gesicht war verheult. Eine fette rote Strieme zog sich über seine Wange, sein rechtes Auge war zugeschwollen.

»Nicht schon wieder einer, der von seinem Vater halb tot geprügelt wurde«, meinte die dicke Krankenschwester düster. »Gibt es nur noch Gesindel in dieser Stadt?«

Der Junge zuckte unter ihren Worten beschämt zusammen, und Emil war froh, dass er von der deutlich netteren Schwester ans andere Ende des Gangs geführt wurde. Was immer ihn dort erwartete, es konnte nur besser sein als der Untersuchungsraum.

4

Südsteiermark, Gutshof Winter

Eleonore Winters Chauffeur holte Greta, Emma und Julius vom Bahnhof in Fürstenfeld ab. Zuvor hatten sie mit der Südbahn nach Graz fahren und dort in einen kleineren Zug umsteigen müssen. Mit dem Automobil ging es weiter zum Gut Winter. In den vergangenen Jahren war Greta mehrmals hier gewesen. Sie mochte die sanfte Hügellandschaft, die jetzt im Spätsommer in ein warmes oranges Licht getaucht wurde. Das freundliche pannonische Klima eignete sich hervorragend für den Obst- und Weinbau. Der Duft reifer Früchte schwebte in der Luft. Die Bäume bogen sich unter der Last saftiger Äpfel. Die Hecken am Straßenrand waren voller Brombeeren, und auch die Weintrauben hingen bereits prall an den Rebstöcken. Es würde noch ein paar Wochen dauern, bis sie erntereif waren und gepflückt werden konnten.

Das Gut der Familie Winter war schon von Weitem zu erkennen. Der hell gestrichene Gutshof und das dazu passende Herrenhaus mit dem rot gedeckten Dach lagen hinter den niedrigen Stallungen. Das Gut thronte erhaben am höchsten Punkt einer Kuppe. Einige Pferde grasten auf der Koppel, die sich unterhalb des Hofs befand. Über eine unbefestigte Straße holperte der Steyr II zum Herrenhaus. Zu Gretas großer Freude wartete Gisi bereits auf sie. Fröhlich winkte ihr ihre Tochter entgegen. Kaum, dass das Automobil stand, lief sie zur Tür und fiel Greta um den Hals, als sie ausstieg.

»Hattest du eine schöne Zeit?«

Greta hätte sich die Frage sparen können, denn Gisis Gesichtsausdruck verriet mehr, als tausend Worte es vermochten. Das Mädchen strahlte von einem Ohr zum anderen. Ihre Wangen waren rosig, und sie wirkte rundherum zufrieden.

»Es war wundervoll«, schwärmte sie.

»Das freut mich!« Greta drückte ihre Tochter noch einmal an sich und küsste sie aufs Haar. Es roch nach Heu und Stall. Sie riss sich zusammen und blinzelte die Tränen weg, die drohten, sich ihren Weg zu bahnen.

»Onkel Bernd hat mir Reitstunden gegeben. Er sagt, ich sei ein Naturtalent.«

Julius' Bruder trat aus dem Haus und begrüßte ebenfalls die Gäste. Er war ein passabel aussehender, sehr gepflegter Mann, der im Krieg seinen rechten Unterschenkel verloren hatte. Dank einer gut sitzenden Prothese konnte er problemlos reiten. Beim Gehen konnte er seine Beeinträchtigung jedoch nicht so gut verbergen. Er humpelte ihnen entgegen. Bernd hatte den Verlust seines Beines gut verkraftet. Vor drei Jahren hatte er einen viel schlimmeren Schicksalsschlag hinnehmen müssen. Sein Gutsverwalter, den er innig geliebt hatte, war der Spanischen Grippe erlegen. Bernd hätte seine Homosexualität niemals offen ausleben können. Sein Partner war Ehemann und Familienvater gewesen. Doch der Tod hatte ein riesiges Loch hinterlassen. Seither lag ein düsterer Schatten auf Bernds Gesicht. Die Traurigkeit tat seiner Attraktivität keinen Abbruch. Viele Menschen deuteten die Schwere, die ihn umgab, als geheimnisvolle Aura. Greta sah den Schmerz. Nur zu gut konnte sie nachvollziehen, wie er sich fühlte.

»Schön, dass ihr hier seid«, hieß er sie willkommen und reichte einem nach dem anderen die Hand. Als er bei Greta ankam, sagte er: »Deine Tochter wird eines Tages dieses Gestüt führen.«

»Jetzt muss sie erst mal in die Schule«, entgegnete Greta. Es war schön, dass die Winters Gisi dermaßen ins Herz geschlossen hatten, dass sie sie ganz selbstverständlich als Familienmitglied ansahen.

»Mutter hat eine Jause richten lassen. Ich hoffe, ihr seid alle hungrig«, sagte Bernd. Er führte die Gäste in den Garten hinter dem Haus, wo im Schatten einer Edelkastanie ein Tisch mit reichlich Kuchen, Kaffee und Saft angerichtet war. Eleonore Winter erwartete sie bereits.

»Endlich!«, rief sie vorwurfsvoll. »Ich dachte schon, ihr würdet nie kommen. Wo seid ihr so lange geblieben?«

»Wir freuen uns auch alle riesig, dich zu sehen, liebe Mutter.« Julius ging auf sie zu und küsste sie auf beide Wangen.

Als alle saßen, wurde Kaffee eingeschenkt und Kuchen

aufgeteilt. Greta entschied sich für einen Rosinengugelhupf. Es war ihre Lieblingsmehlspeise. Eleonore hatte ihn nur für Greta backen lassen, da alle anderen am Tisch keine Rosinen mochten. Die Geste rührte sie.

Greta schaute in die Runde. Lauter freundliche Gesichter blickten ihr entgegen. Bis jetzt hatte sie keine Gelegenheit gehabt, vom Lehrgang in Schönbrunn zu erzählen. Am Abend waren alle zu müde gewesen, und zuvor im Zug hatte Emma geschlafen und Julius einen wichtigen Vortrag für die Fakultät vorbereitet. Vielleicht war jetzt eine gute Gelegenheit. Morgen würde sich alles um Eleonores Geburtstag drehen, und am Sonntag würden sie wieder im Zug Richtung Wien sitzen. Im Moment waren alle entspannt und satt, Gisi war schon zu den Fohlen vorgelaufen. So als hätte sie ihre Gedanken erraten, stellte Eleonore Winter genau die richtige Frage: »Und was hast du in den letzten Tagen getrieben, Greta?«

»Ich war gestern im Schloss Schönbrunn.«

»Im kaiserlichen Schloss?«, erkundigte sich Eleonore erstaunt. »Kann man da so einfach hineinspazieren?«

»Ich war in der Erzieherinnenschule.«

Nun waren alle Augen neugierig auf sie gerichtet.

Greta fühlte sich verlegen. Sie war es nicht gewohnt, im Mittelpunkt zu stehen.

»Sollte ich die Aufnahmeprüfung schaffen, werde ich im September vielleicht wieder die Schulbank drücken.« Während der letzten Tage hatte Greta immer wieder über den Nachmittag im Schloss nachgedacht. Sie war nur durch Zufall in den Vortrag gestolpert und hatte nie vorgehabt, Erzieherin zu werden. Sie wusste immer noch nicht, ob dieser Weg der richtige für sie sein würde, aber es fühlte sich aufregend an, sich auf etwas völlig Neues einzulassen. Mittlerweile wollte sie die Aufnahmeprüfung schaffen. Ihr Ehrgeiz, der jahrelang irgendwo verschüttet in ihr geschlummert hatte, meldete sich wieder zu Wort.

Einen Moment lang waren alle still.

Emma reagierte als Erste. Sie stand auf, umarmte Greta spontan und lachte glücklich.

»Das sind großartige Nachrichten. Ich freu mich so für dich. Ich habe zwar keine Ahnung, was das für eine Erzieherinnenschule ist, aber es klingt aufregend. Erzähl uns alles darüber.«

»Seit wann befindet sich im Schloss des Kaisers denn eine Schule?«, fragte Eleonore spitz.

»Den Kaiser gibt es nicht mehr«, erinnerte Bernd seine Mutter.

Sie beachtete ihn nicht.

»Die Schule wird von den Kinderfreunden betrieben. Die Stadt Wien hat ihnen einige Räume zur Verfügung gestellt. Darin ist ein Kinderheim untergebracht und die Erzieherinnenschule. Dort versucht man, völlig neue Wege in der Pädagogik zu gehen.«

Augenblicklich veränderte sich die Stimmung am Tisch. Eleonore Winters schmal gezupfte Augenbrauen zogen sich zusammen. Auch Bernd und Julius sahen sie konsterniert an. Nur Emma blieb entspannt.

»Die Kinderfreunde? Ist das nicht ein Verein der Sozialdemokraten?«, fragte Bernd misstrauisch.

»Ja«, antwortete Greta ehrlich.

»Sicher werden dir dort die sozialdemokratischen Ideale eingetrichtert.«

»Du wirst Parteimitglied werden müssen, um an dem Lehrgang teilzunehmen«, gab Julius zu bedenken.

»Das weiß ich noch nicht«, log Greta. Melanie hatte sie bereits auf die Parteimitgliedschaft vorbereitet. »Aber es ist durchaus möglich.«

Emma sprach die Frage aus, die ihr auf der Zunge lag.

»Wo liegt das Problem? Seit wir in Wien eine sozialdemokratische Regierung haben, wird in den sozialen Wohnungsbau, in die Gesundheit, in die Kinderbetreuung und in die Bildung investiert. Das macht die Stadt zu einem besseren Ort für uns alle. Ich finde das Programm der Sozialdemokraten gut.«

»Und wer, denkst du, finanziert das alles?«, fragte Bernd finster. »Es sind unsere Steuergelder, mit denen all die großartigen neuen Projekte bezahlt werden.«

»Aber das ist doch gut«, wandte Emma ein. »So weiß man wenigstens, dass das Geld sinnvoll verwendet wird und nicht in korrupten Taschen versickert.«

»Die Sozialdemokraten haben es auf unseren Besitz abgesehen«, empörte sich Eleonore. »Sie wollen den Reichtum umverteilen. Was soll diese absurde Idee, Waisenkinder im Schloss des Kaisers unterzubringen? Was kommt als Nächstes? Schicken sie uns reihenweise die Kinder von Arbeitern, damit wir ihnen das Reiten beibringen?«

»Aber das wäre doch eigentlich eine schöne Idee«, sagte Greta leise.

Nun meldete sich Julius zu Wort. »Vieles von dem, was die Sozialdemokraten machen, ist lobenswert und gut. Aber es gefällt mir nicht, dass sie den Menschen vorschreiben wollen, wie sie leben, was sie lernen und was sie denken sollen. Mit ihren Fürsorgeeinrichtungen versuchen sie, alles zu kontrollieren. Manchmal habe ich den Eindruck, sie sprechen den Menschen jede Form der Eigenverantwortung ab.«

»Das ist zynisch, Julius«, schimpfte Emma. »Du kannst dir nicht vorstellen, wie es ist, wenn du trotz Arbeit deine Kinder nicht ernähren kannst und in einer feuchten Einzimmerwohnung hausen musst. Da geht es nicht darum, ein selbstbestimmtes Leben zu führen, sondern den nächsten Tag zu überleben.«

Betroffen schwieg Julius. Emma hatte die große Not angesprochen, die kurz nach dem Krieg geherrscht hatte und für viele lange noch nicht überwunden war. In schier endlosen Schlangen hatten unterernährte Kinder barfuß im Schnee auf eine Schüssel wässriger Suppe gewartet. Ihre Knochen hatten sich wegen mangelnden Sonnenlichts verformt. Das Elend war allgegenwärtig gewesen. Seit die Roten Wien regierten, sah man solche Szenen nur noch selten. Aber es gab immer noch unzählige Menschen, die um ihre Existenz fürchteten. Die Wohnungsknappheit zwang Tausende Wiener und Wienerinnen dazu, für viel zu viel Geld in lausigen Behausungen zu leben. Greta musste an Melanies Erzählungen denken.

Sie musterte ihren Schwager. Julius wusste von den Missständen und fand es wichtig, dagegen anzugehen. Dennoch war er skeptisch. Sein liberaler Geist sträubte sich gegen Reglementierungen. Es war nicht die erste Diskussion dieser Art. Emma und er diskutierten häufig darüber. Bei jeder Auseinandersetzung bewunderte Greta ihre Schwester, die vehement ihre Meinung vertrat. Nicht nur gegenüber ihrem Mann, sondern auch gegenüber jedem Besucher, Patienten und Freund.

»Ich hoffe, du wirst diese Erzieherinnenschule nicht besuchen«, sagte Eleonore. »Die sozialistischen Ideen würden nachher noch auf Gisi abfärben.«

Aus ihrem Mund klang es, als handelte es sich dabei um eine gefährliche Krankheit, die es zu bekämpfen galt.

»Ich freue mich schon auf die Diskussionen«, meinte Emma und wischte damit die Bemerkung ihrer Schwiegermutter vom Tisch. »Wenn du nachmittags jemanden für Gisi brauchst, kannst du sie jederzeit in die Ordination schicken.«

»Wenn ich in Wien bin, schaue ich auf das Mädchen«, ergänzte Eleonore. »Wir haben uns während der letzten Tage prächtig verstanden. Auch wenn ich wirklich hoffe, dass du dir die Ausbildung noch einmal überlegst. Solltest du Geldnöte haben, so zögere nicht. Ich bin jederzeit bereit, dich zu unterstützen. Am Geld soll es wirklich nicht liegen.«

»Das ist nicht notwendig«, schoss es aus Gretas Mund. Die Vorstellung, auf Eleonores finanzielle Unterstützung angewiesen zu sein, kratzte an ihrem Selbstwert.

Emma schien ihre Gedanken zu lesen und lenkte vom Thema ab.

»Weißt du schon, was unterrichtet wird?«

»Nein«, gab Greta zu. »Aber die Vortragenden sind namhafte Wissenschaftler. Alfred Adler ist zum Beispiel für das Fach Psychologie zuständig.«

»Ist das nicht der Begründer der Individualpsychologie?«, fragte Julius.

Verblüfft drehte sich Emma zu ihrem Mann: »Seit wann interessierst du dich für Psychologie?«

»Ich habe eben einen vielseitig interessierten Geist.«

»Du erstaunst mich täglich aufs Neue«, sagte Emma.

Julius lächelte seine Frau an. »Das hoffe ich sehr.« Er und Emma teilten einen Blick mit einem Gefühl, das nur ihnen beiden gehörte.

Das Knistern zwischen den beiden war bis zu Greta spürbar. Jedes Mal, wenn Greta die beiden so verliebt beobachtete, freute sie sich für ihre Schwester, fühlte aber gleichzeitig einen feinen Stich der Traurigkeit. Sie selbst hatte dieses Glück gehabt und verloren.

Doch heute fiel der Schmerz sanfter aus als sonst. Ihre Gedanken waren nicht in der Vergangenheit, sondern in der Zukunft. Ob sie nächste Woche die Aufnahmekriterien erfüllen würde?

5

Schönbrunn

Greta presste die dunkelblaue Mappe mit ihren Dokumenten und Zeugnissen fest gegen ihre Brust und lief mit schnellen Schritten Richtung Schlosspark. Sie war spät dran, weil sie noch rasch das Frühstücksgeschirr weggeräumt hatte.

»Lass es einfach stehen«, hatte Emma sie aufgefordert. »Wir erledigen das später.« Mit »wir« hatte sie Gisi und sich selbst gemeint. Ihre Nichte würde ihr heute in der Praxis »helfen«. Gisi war deshalb so aufgeregt, dass sie kaum Zeit gehabt hatte, ihre Frühstückssemmel aufzuessen.

»Darf ich die kranken Tiere streicheln?«, hatte sie gefragt.

»Wenn sie das beruhigt, musst du es sogar tun.« Emmas Antwort hatte Gisis Augen zum Leuchten gebracht.

Kaum waren Gisela und Emma im vorderen Teil des Hauses verschwunden, hatte Greta doch zu den schmutzigen Tellern gegriffen. Es war eine Gewohnheit, von der sie sich verabschieden musste, wenn sie nicht jedes Mal zu spät kommen wollte. Aber war das wirklich ihr Wunsch? Letzte Nacht hatten sie Zweifel gequält und vom Schlafen abgehalten. Sie war sich nicht mehr sicher, ob es richtig war, zur Aufnahmeprüfung anzutreten. Hätte sie auf Gut Winter nicht davon erzählt, wäre sie vielleicht zu Hause geblieben, so groß waren ihre Bedenken. Was, wenn sie nicht bestand? Was, wenn sie keine Zeit mehr für Gisi haben würde?

Auf der anderen Seite stellte sie es sich schön vor, mit Kindern zu arbeiten, die alles verloren hatten. Vielleicht konnte sie einen Teil der Liebe, die ihr in den letzten Jahren widerfahren war, zurückgeben. War die Arbeit ein Weg, mit der eigenen Traurigkeit besser umzugehen?

Doch Emma wusste vom Termin und hätte es nicht akzeptiert, würde Greta heute kneifen. Deshalb rannte sie jetzt durch den Zoo, vorbei an Giraffen, Löwen und Elefanten, ohne den Tieren Beachtung zu schenken. Von Weitem sah sie das leuchtende Gelb des Schlosses. Sie beschleunigte ihre Schritte.

Abgehetzt und mit roten Wangen betrat sie schließlich den Raum, in dem der Vortrag stattgefunden hatte. Diesmal stand statt des Rednerpults ein Schreibtisch an der rechten Wand. Dahinter saßen Otto Kanitz und Michael Brenner. Beide hatten ihre Sakkos ausgezogen und die Ärmel ihrer Hemden hochgekrempelt wie Handwerker.

Eine junge Frau legte mehrere Zettel auf den Tisch, die Kanitz begutachtete, während Brenner etwas notierte. Alle Kandidatinnen hatten auf den rot gepolsterten Sesseln Platz genommen. Sie plauderten mit aufgeregten Stimmen. Greta wandte sich zum Tisch, als Melanie sie von hinten antippte.

»So ein Glück«, keuchte sie. Auch sie war außer Atem. »Ich hatte schon Angst, dass ich die Letzte bin.«

»Ich war ebenso spät dran«, gab Greta zu.

»Sehr gut, dann lass uns gemeinsam den Papierkram erledigen.« Melanie zog Greta zum Schreibtisch.

»Bitte eine nach der anderen«, sagte Otto Kanitz. Er nahm Greta die dunkelblaue Mappe ab und blätterte ihre Dokumente durch.

»Welche Schule haben Sie besucht?«, wollte Kanitz wissen.

»Eine Hauswirtschaftsschule.« Greta tippte auf eines der Zeugnisse.

»Sehr schön«, meinte Kanitz. »Der theoretische Prüfungsteil sollte also kein Problem für Sie darstellen.«

Warum sprach er nur vom theoretischen Teil? Zweifelte er etwa, dass Greta die sportlichen Leistungen erbringen konnte? Ihre Nervosität wuchs.

»Was sind denn die Aufnahmekriterien beim Sport?«, erkundigte sie sich vorsichtig.

»Wir wollen sehen, ob Sie körperlich in der Lage sind, sportliche Aktivitäten mit den Kindern durchzuführen. Können Sie schwimmen?«

»Ja.« Nur zu gut konnte Greta sich daran erinnern, wie ihr Vater darauf bestanden hatte, dass sie und Emma es erlernten. Zwei Nachmittage hat es gedauert, bis sie sich im kühlen Nass der Alten Donau über Wasser hatten halten können.

»Wunderbar. Dann haben Sie die größte Hürde bereits geschafft«, sagte Kanitz. Er legte Gretas Zeugnisse auf einen

Stapel und schob ihn zu Brenner, der den Namen der Schule und Gretas Abschlussnoten in eine Liste eintrug. Dann nahm Brenner das nächste Dokument zur Hand.

»Sie sind verheiratet?«, fragte er.

Greta zögerte: »Ja.«

Erst als sie Melanies Irritation aus den Augenwinkeln wahrnahm, Greta hatte ihr bei ihrer ersten Begegnung kurz von Gustav erzählt, fügte sie hinzu: »Er gilt als verschollen.«

»Das tut mir sehr leid.« Er blickte auf. Dabei rutschte eine seiner rotblonden Locken in die Stirn. Er schob sie nach hinten. In seinen hellblauen Augen lag echtes Mitgefühl.

»Danke«, sagte Greta leise.

»Sie haben eine Tochter, nicht wahr?« Überrascht, dass er sich diese Information gemerkt hatte, zog Greta Gisis Geburtsurkunde aus dem Stapel und legte sie obenauf.

»Sie kommt im Herbst in die Schule«, sagte Brenner mit Blick auf Gisis Geburtsdatum.

Greta nickte.

»Zu den Praxisstunden am Nachmittag können Sie sie gerne mitnehmen. Sicherlich hat das Mädchen Spaß am gemeinsamen Sport und an den Freizeitaktivitäten.«

Damit hatte Greta nicht gerechnet. Die Vorstellung gefiel ihr.

»Sie könnte Mitglied bei den Roten Falken werden.«

»Rote Falken?«, fragte Greta.

»Das ist ein Verein für Arbeiterkinder.«

»Oh!« Greta verstummte. Sie malte sich aus, was Eleonore, Bernd und Julius dazu sagen würden.

Bevor sie länger darüber nachdenken konnte, wurde sie

von Kanitz auch schon zur Seite gebeten, damit mit Melanie auch die letzte Teilnehmerin ihre Unterlagen abgeben konnte.

Kurz darauf wurden alle Bewerberinnen durch eine Tapetentür in einen Nebenraum geführt. Er war schlicht und deutlich kleiner. Auch hier gab es eine üppige Stuckverzierung. Pausbackige, Posaune spielende Engel lachten von der Decke herab. Mehrere Schreibtische waren entlang der Wände aufgestellt worden. Kanitz bat die Frauen, Platz zu nehmen.

»Wir wollen Ihre Kenntnisse im Rechtschreiben, Rechnen und Allgemeinwissen überprüfen«, kündigte er an. Ein Raunen ging durch den Raum. Gretas Hände wurden feucht. Es war Jahre her, dass sie sich einem Test unterzogen hatte.

Brenner hielt mehrere Fragebögen unterm Arm. Als alle saßen, ging er von Tisch zu Tisch und legte die Bögen verdeckt vor den Frauen hin. »Meine Damen, es kann losgehen«, sagte er. Dabei glitt sein Blick zu Greta. Lächelte er ihr zu? Sie zwinkerte nervös zurück.

Mit klopfendem Herzen las Greta die erste Aufgabenstellung. Sie sollte in ein paar Sätzen erläutern, warum sie sich für diesen Lehrgang entschieden hatte. Ihre Zuversicht sank. Was sollte sie bloß schreiben? Dass sie nicht allein durch den Schlossgarten hatte spazieren wollen und deshalb dem Einführungsvortrag zugehört hatte? Greta übersprang die erste Aufgabe und ging zur nächsten über. Es handelte sich um allgemeine Fragen über europäische Hauptstädte, Künstler, Politiker und Geschichte. Es galt Lebensmittel Gruppen zuzuordnen und Tiere ihren Herkunftsländern. Greta beantwortete die Fragen in Windeseile. Auch die Rechenaufgaben löste Greta problemlos. Sie war weit vor den anderen mit allen Punkten durch. Nur das Feld der ersten Aufgabe war noch anklagend leer.

Brenner schien ihre Unschlüssigkeit zu bemerken. Er kam zu ihr und stellte sich neben den Tisch. Sein Blick glitt auf ihren Testbogen.

»Schreiben Sie einfach die Wahrheit«, riet er.

»Ich glaube nicht, dass Sie die lesen wollen.«

»Das kann ich mir nicht vorstellen.«

Greta sah sich um. Nun schienen auch die anderen Teilnehmerinnen mit den Aufgaben zu einem Ende zu kommen. Sie musste sich mit ihrer Erklärung beeilen. Also gut, dachte sie. Dann eben die Wahrheit.

»Ich habe mich sehr kurzfristig und spontan zur Teilnahme an diesem Lehrgang entschieden. Ob die Wahl richtig war, wird sich in den nächsten Wochen zeigen. Im Moment kann ich mir noch nicht genau vorstellen, was mich erwarten wird. Daher bin ich gespannt, sehr neugierig und ein wenig bange.«

Greta setzte ihren Namen darunter. Dann legte sie ihren Füllhalter zur Seite und reichte Brenner den Bogen. Er nahm ihn entgegen und sammelte auch die restlichen Tests ein.

»So, meine Damen. Die erste Hürde wäre geschafft!« Kanitz klatschte in die Hände. »Während Herr Brenner und ich die Tests auswerten, können Sie sich für den sportlichen Eignungstest umziehen. Unsere Kollegin Gerti Prammer wird Sie zu den Garderoben führen.«

Greta steckte ihren Füllhalter ein und stand auf. Gemeinsam mit den anderen folgte sie einer jungen, drahtigen Frau in kurzen schwarzen Sporthosen. Greta besaß keine Shorts. Sie hatte nicht einmal Hosen. Für den Sport hatte sie ein altes bequemes Kleid dabei, das sie im Herbst zum Wandern verwendete. Mit einem Mal kam sie sich furchtbar albern und altbacken vor.

»Wie ist es dir beim Test ergangen?« Melanie war an ihre Seite getreten.

»Bis auf die erste Frage ganz gut.«

»Was war an der ersten Aufgabe schwierig?« Eine junge Frau, die Mitte zwanzig war, drehte sich zu ihnen um. »Da wollen sie doch nur hören, dass man unbedingt mit Kindern arbeiten will. Dass man von den Ideen der Sozialdemokratie begeistert ist und dass man sich nichts mehr wünscht, als aktiv die Veränderung unserer Gesellschaft mitzugestalten.«

»Hast du das geschrieben?«, fragte Greta.

»Ja, natürlich.« Selbstbewusst warf sie ihr Haar in den Nacken. Sie wirkte siegessicher. So als hätte sie die Prüfung bereits bestanden.

»Und du?« Die Frage war an Melanie gerichtet.

»So in etwa«, sagte sie.

Gretas Mut sank. Sie sah ihre Chancen auf einen Ausbildungsplatz schwinden. Warum war sie bloß ehrlich gewesen? Und jetzt noch ein Sporttest im Kleid. Sie fühlte sich wie eine Versagerin.

Melanie schien ihre Gedanken zu erraten. »Mach dir keine Sorgen«, sagte sie und stieß sie aufmunternd mit dem Ellbogen in die Seite. »Ich habe gesehen, wie schnell du alle

Fragen beantwortet hast. Ein paar der anderen zögerten bereits bei der Hauptstadt von Schweden.« Sie kicherte schadenfroh.

»Wenn ich jetzt das alte Baumwollkleid zum Wandern auspacke, mache ich mich zur Lachnummer.«

»Ich borge dir meine kurzen Hosen«, bot Melanie kurzerhand an. Sie blickte an Greta herab. »Ich bin mir sicher, dass sie dir stehen werden.«

»Und was ziehst du an?«

»Ebenfalls meine Hosen. Aber eben nach dir. Wir können ohnehin nicht alle auf einmal über den Rasen laufen.«

Erleichterung und Dankbarkeit machten sich in Greta breit.

Kurz darauf befand sie sich in den ehemaligen Garderoben der kaiserlichen Gärtner. Jetzt dienten sie zum Umziehen vor den Sporteinheiten. Greta schlüpfte zum ersten Mal in ihrem Leben in Hosen, noch dazu in kurze. Sie kam sich vor, als sei sie halb nackt. Ihre Beine waren völlig unbedeckt. Wie beim Schwimmen. Beschämt betrachtete sie sich in einem der Spiegel. Zu ihrer großen Überraschung standen ihr die kurzen Hosen tatsächlich gut. Sie sah sportlich und fit aus. Die viele Hausarbeit hatte ihre Muskeln gestärkt.

»Die solltest du öfter tragen«, riet Melanie. »Mit deinen Beinen kannst du es dir leisten.«

Greta versuchte, sich vorzustellen, wie Eleonore Winter reagieren würde, wenn sie das nächste Mal in kurzen Hosen auf Gut Winter erscheinen würde. Der Gedanke entlockte ihr ein Schmunzeln. Doch eine Trillerpfeife riss sie aus ihren Überlegungen. Schon winkte Gerti Prammer sie zu sich.

»Oh, mein Gott«, stöhnte Greta. »Müssen wir jetzt auf Zeit durch den Park laufen?«

Tatsächlich war das die Aufgabe. In kleinen Gruppen galt es, eine gewisse Strecke zurückzulegen. Greta lief neben zwei jungen Frauen, die schnell starteten, denen aber rasch die Luft ausging, weshalb sie an Geschwindigkeit verloren. Greta war vom vielen Fensterputzen, Bodenaufwischen, Kochen und Wäschewaschen erstaunlich ausdauernd. Mühelos rannte sie die Strecke in einem langsamen, aber kontinuierlichen Tempo. Überraschend entspannt kam sie im Ziel wieder an, während ihre beiden Mitläuferinnen völlig aus der Puste waren und hochrote Köpfe hatten. Gerti Prammer erwartete sie mit einer Stoppuhr. »Nicht die beste Zeit«, sagte sie und trug das Ergebnis in eine Liste auf einem Klemmbrett ein. »Aber auch nicht die schlechteste.« Sie lachte sie fröhlich an.

Danach musste Greta mit einer Springschnur springen. Das hatte sie erst letzte Woche mit Gisi geübt. Als Abschluss galt es, einen Ball über eine Schnur und gegen einen auf die Wand gemalten Punkt zu werfen. Letzteres gelang Greta erst beim dritten Versuch. Aber dann klappte auch das, und sie sprang jubelnd in die Höhe. Voller Freude drehte sie sich einmal im Kreis. Sie hatte die sportliche Hürde geschafft. Es fühlte sich großartig an.

»Ich brauche meine Hosen«, rief Melanie ihr von der Garderobe aus zu. Rasch lief Greta zu ihr.

»Vielen Dank«, sagte sie und schlüpfte wieder in ihr Kleid. Sollte sie einen der begehrten Ausbildungsplätze erhalten, würde sie sich auch so eine Hose kaufen. Der Gedanke gefiel ihr.

Als alle Bewerberinnen den Sporttest hinter sich hatten, ging es wieder zurück ins Schloss. Erneut stieg Gretas Nervosität. War sie am Morgen noch der Meinung gewesen, es wäre ihr egal, ob sie aufgenommen wurde oder nicht, sah die Sache jetzt ganz anders aus. Sie wollte dringend zu jenen gehören, die am Lehrgang teilnehmen durften. Genau wie nach dem Gespräch auf Gut Winter. All ihre Bedenken waren verpufft.

Der Raum, in dem die Prüfung stattgefunden hatte, war verschlossen. An der Tür hing ein Zettel, darauf fanden sich die Namen der Frauen, die die Prüfung bestanden hatten. Aufgeregt bildeten die Prüflinge eine Traube rund um den Aushang. Michael Brenner stand etwas abseits. Er hatte die Hände vor der Brust verschränkt und lehnte lässig an der Wand. Enttäuscht zogen die ersten Frauen mit eingezogenen Köpfen an ihm vorbei. Greta wagte es kaum, zur Tür zu treten. Was, wenn ihr Name nicht darauf zu lesen war? Die erste Aufgabenstellung fiel ihr wieder ein, und ihre Übelkeit wuchs.

»Ich gratuliere Ihnen, Greta Weber, Sie haben die Prüfung bestanden.«

Erstaunt drehte sie sich zu ihm um. Michael Brenner lächelte sie an. Auf seinen Wangen bildeten sich kleine Grübchen, die ihm ein jungenhaftes Aussehen verliehen. Er hatte sich ihren Namen gemerkt. Sollte sie sich geschmeichelt fühlen?

»Sie haben beim schriftlichen Teil die höchste Punktzahl

erreicht.« Er legte den Kopf schräg. »Beim sportlichen Teil haben Sie die erforderliche Punktzahl, und somit sind Sie Teilnehmerin des Lehrgangs.«

»Aber die erste Aufgabe …«, stotterte Greta verlegen.

»Was ist damit?«

»Na ja, ich war sehr …«

»Ehrlich?«

Greta nickte.

»Genau das imponiert uns. Wir brauchen keine Studentinnen, die bloß sagen, was wir hören wollen, sondern solche, die mitdenken und ihren ehrlichen Beitrag zum Lehrgang leisten. Ein kritischer Geist ist uns lieber als einer, der bloß im Klassenraum sitzt und schweigt.«

Greta wagte es nicht, ihm zu gestehen, dass sie gerne ein kritischer Geist wäre, ihr dazu aber der Mut fehlte. Da umarmte Melanie sie stürmisch von hinten.

»Wir sind beide aufgenommen! Ist das nicht großartig?«

Michael Brenner stieß sich schwungvoll von der Wand ab. »Dann lasse ich Sie mal allein. Wir sehen uns in drei Wochen wieder.« Er tippte sich zum Gruß an die Schläfe und ging.

»Wollen wir wieder ins Dommayer?«, fragte Melanie.

Greta schaute auf die Uhr. Es war kurz nach zwölf. Sie wurde erst am Nachmittag zu Hause erwartet. Sicher hatte Gisi Spaß mit Emma in der Praxis und vermisste sie nicht. Ein Kaffee ging sich locker noch aus.

»Aber diesmal lade ich dich ein«, bestand sie. »Du hast mir deine Sporthosen geliehen.«

»Wenn das so ist, borge ich sie dir bei jeder Sporteinheit«, stimmte Melanie fröhlich zu. Sie hakte sich bei Greta unter, und sie verließen gut gelaunt das Schloss, um die bestandene Aufnahmeprüfung zu feiern.

6

Kinderheim Schloss Schönbrunn

Seit mehreren Wochen war Emil nun im Kinderheim. In der KÜST war man rasch zu dem Schluss gekommen, dass man ihn nach Schönbrunn schicken wollte. Eigentlich sollte er sich längst eingewöhnt haben. Aber Emil weigerte sich, das Heim, den Schlafsaal und das trostlose Bett als sein neues Zuhause anzuerkennen. Er wollte wieder auf den Magdalenengrund. Leider wusste er, dass es kein Zurück gab. Was ihn nicht abhielt, davon zu träumen.

»He, Schwachkopf. Bring mir meine Schuhe!« Eine hohe Stimme riss ihn aus seinen Gedanken.

Der Junge, der auf dem Bett in der Mitte des schlauchähnlichen Schlafsaals saß, war um einen Kopf größer als Emil. Er hatte schmale Schultern und jede Menge Pickel im Gesicht. Er war ebenso dürr wie die restlichen Buben und wahrscheinlich nicht viel stärker, aber es wohnte ihm eine brutale Entschlossenheit inne, die alle anderen dazu brachte, seine Befehle auszuführen. Er hieß Ferdl, wollte aber Tank genannt werden, genau wie sein Idol, der erfolgreiche Fußballstürmer Pepi Uridil. Weil der Ausnahmestürmer wie ein Panzerwagen durch die gegnerische Mannschaft jagte, hatte man ihm diesen Namen verliehen. Ferdl hatte keinerlei Ähnlichkeit mit Pepi Uridil, aber das hielt ihn nicht davon ab, sich so nennen zu lassen wie er.

»Bist du taub, Schwachkopf?«

Ferdl stand auf und ging langsam auf Emil zu, der ebenfalls auf seinem Bett saß, einem einfachen Stahlrohrgerüst mit einer harten Matratze und einer Decke, die auf der Haut kratzte. Es war Mittagsruhe, eine Stunde, in der die Kinder zum Lesen oder Schlafen angehalten wurden. Die wenigsten hatten Lust auf diese erzwungene Pause.

»Bring ihm die Schuhe«, flüsterte Fritz, der neben Emil auf seinem eigenen Bett hockte. »Der Tank macht keine Scherze. Der schlägt zu, wenn du ihm nicht gehorchst.«

Emil hörte die warnenden Worte und sah Ferdl auf sich zukommen. An den Schuhen, die er ihm hätte bringen sollen, war der dürre Junge längst vorbeigegangen. Es machte keinen Sinn, jetzt noch aufzustehen und sie ihm zu reichen. Schon baute sich Ferdl vor Emil auf, verschränkte die Arme vor der Brust und starrte ihn hasserfüllt an. Emil hatte keine Angst. Wovor sollte er sich fürchten? Er kannte das Grauen. Es hatte nichts mit einem wütenden Heimkind zu tun.

»Da hat man uns einen ins Zimmer gesteckt, der sich für was Besseres hält.«

Ferdl steckte Daumen und Zeigefinger in den Mund und pfiff laut. Der grelle Ton zerriss die stickige Luft im Schlafsaal. Sofort sprangen zwei Burschen, deren Namen Emil vergessen hatte, auf. Sie eilten herbei wie gehorsame Hunde und stellten sich rechts und links von Ferdl auf. Dem einen fehlte ein Vorderzahn, der andere hatte ein kreisrundes Gesicht mit Pausbacken, die an einen Barockengel erinnerten.

Aus den Augenwinkeln sah er, dass Fritz seinen Kopf einzog und sich duckte. Er presste seinen Körper gegen die Wand, wie um sich unsichtbar zu machen. Dabei hielt er den Kopf gesenkt und schaute Emil nicht an. Emil wagte einen Blick durch den Raum. Auch die anderen Buben wirkten mit einem Mal nervös. Ein paar hingen sensationsgierig an der Szene, die Spannung versprach. Andere taten so, als ginge sie das alles nichts an, blätterten scheinbar interessiert in einem Buch oder widmeten sich mit gespitzten Ohren einer Hausaufgabe.

Emil reagierte nicht. Er blieb unbeweglich auf seinem Bett sitzen und schwieg beharrlich. Seine Passivität schien Ferdl noch weiter anzustacheln. Er ballte die Rechte zur Faust und schlug damit in seine offene linke Handfläche. Das klatschende Geräusch ließ Fritz zusammenzucken. In Ferdls Augen lag ein Glitzern, das Emil hätte warnen sollen. Noch vor ein paar Wochen hätte er reagiert, hätte vielleicht die Schuhe gebracht oder sich sonst irgendwie mit dem selbst ernannten Anführer arrangiert. Aber jetzt war ihm alles gleich. Sollte Ferdl ihn doch schlagen. Es spielte keine Rolle.

Und genau das tat der Tank. Er sprang blitzschnell nach vorne. Seine beiden Helfer waren an seiner Seite und zogen Emil hoch. Der mit dem runden Gesicht nahm ihn in den Schwitzkasten, der andere drückte ihn von hinten in die Knie, sodass Ferdl bequem zuschlagen konnte. Jemand im

Saal schrie auf. Ein anderer Junge wimmerte leise. Aber niemand half Emil. Alle waren wie gelähmt vor Angst und Faszination.

Emil spürte den Schmerz, der erst durch seinen Kopf zuckte und sich von dort über den ganzen Körper verbreitete. Er sollte weinen, um Hilfe rufen. Aber er tat nichts. Geduldig nahm er die Schläge entgegen. Sie waren bedeutungslos. So wie alles in Emils Leben.

Ferdl schlug erneut zu und lachte dabei boshaft. Die beiden anderen stimmten in das Gelächter ein. Emil hörte ein Knacken. Hatten sie ihm eben die Nase gebrochen? Dicke dunkelrote Blutstropfen klatschten auf das helle Bettlaken. Emil sah sie nur verschwommen. Ferdls Faust war zuvor auf seinem linken Auge gelandet.

»Verdammt, der Schwachkopf blutet«, rief der Junge, der ihn im Schwitzkasten hatte, und ließ ihn angewidert los. Emil kippte nach vorne und landete unsanft auf dem kalten Steinfußboden.

»Was ist los, du Zniachtl«, schimpfte Ferdl seinen Helfer. »Machst du dir wegen ein bisserl Blut in die Hosen?«

»Ich will keinen Ärger kriegen«, raunte dieser.

»Den kriegst du nicht«, versicherte Ferdl. Er blickte mit finsterem Blick in die Runde. »Wenn einer von euch auch nur ein Wort sagt und uns verpfeift, dann ist er der Nächste. Ist das klar?«

Zustimmendes Murmeln war die Antwort.

Emil lag reglos am Boden. Wozu sollte er aufstehen? Warum sein Gesicht waschen? Besser, er blieb einfach dort, wo er jetzt war. Das Pochen in seinen Schläfen wurde heftiger.

Als Ferdl zu ihm trat und mit dem Fuß in seine Seite stieß, stöhnte Emil auf. Für einen Moment blieb ihm die Luft weg.

Dann ließen der Tank und seine Helfer von ihm ab. Emil verharrte zusammengekauert neben dem Bett. Er schloss die Augen, doch statt Dunkelheit sah er helle Blitze und Kreise. Niemand kam zu ihm und half ihm auf. Emil legte die geschundene Wange auf den kalten Boden. Die Kälte tat gut. Das Pochen in seinem Kopf erinnerte ihn an die Regentropfen, die in den Putzkübel tropften. Genau wie damals bei Mama. Für einen unsinnigen Augenblick wünschte Emil, der Tank hätte kräftiger zugeschlagen, sodass er wenigstens das Bewusstsein verlor. Aber es kam keine erlösende Ohnmacht. Da spürte er ein sanftes Kitzeln an seiner Wange. Er blinzelte. Es war Stoff. Emil drehte den Kopf zur Seite. Fritz hielt ihm ein Taschentuch entgegen.

»Wisch dir das Blut weg«, flüsterte er. Bevor einer der anderen Buben sehen konnte, was er tat, kletterte er wieder in sein Bett zurück. Emil hielt das Tuch in der Hand und war unschlüssig, was er damit tun sollte. Das Bild der Regentropfen rückte in den Hintergrund. Was blieb, war der Schmerz.

7

Altgasse

»Ich habe die allerliebste Frau Lehrerin der Welt«, schwärmte Gisi. »Sie hat goldenes Haar wie die Prinzessin im Märchenbuch, und sie schimpft nie.«

»Nie?«, fragte Emma belustigt.

»Niemals«, versicherte Gisi. »Auch zu dem Rudi ist sie immer nett. Obwohl der echt garstig ist. Ständig tratscht er und kann nicht still sitzen.«

»Es ist ja auch nicht einfach, still zu sitzen, wenn man viel lieber draußen herumlaufen würde«, meinte Julius. »Ich kann mich noch gut an meine eigene Schulzeit erinnern. Leider waren unsere Lehrer nicht so verständnisvoll.«

»In der Pause hat er mich an meinen Zöpfen gezogen«, erzählte Gisi.

»Das war nicht nett«, sagte Emma. »Hast du es der Frau Lehrerin gesagt?«

Empört schüttelte Gisela den Kopf. »Nein, natürlich nicht. Ich hab ihn geschubst und ihm gesagt, wenn er das noch einmal macht, schneid ich ihm ein Stück von seinen

Stirnfransen ab.« Sie tippte auf ihr Federpennal und grinste. »Tante Eli hat mir für den Werkunterricht eine neue Schere gekauft.«

»Und das hat gewirkt?«, fragte Emma.

Gisela nickte stolz.

»Wenn er dich weiter belästigt, musst du es mir sagen«, meinte Greta besorgt. Die Vorstellung, dass sie ihre Tochter nicht vor jedem Schaden bewahren konnte, schmerzte. »Dann muss ich ein ernstes Wort mit Fräulein Schneider sprechen.«

Ernestine Schneider war Gisis Lehrerin. Grundsätzlich hatte Greta einen guten Eindruck von ihr. Aber sie erwartete, dass die Pädagogin ihre Tochter vor frechen Klassenkameraden schützte.

»Ich glaube nicht, dass Gisela deine Hilfe benötigt«, war Julius überzeugt. »Sie ist imstande, ihre Probleme selbst zu lösen.«

Greta setzte zu einem Widerspruch an, als die Küchenuhr halb schlug. Höchste Zeit, Gisi zur Schule zu schicken und sich selbst fertig zu machen. Sie fasste nach dem Jausenbrot, das sie ihrer Tochter geschmiert hatte, wickelte es in eine hübsche Stoffserviette und steckte es in Giselas Schulranzen.

»Hopp, hopp! Du willst doch nicht gleich in den ersten Wochen zu spät kommen.« Sie machte Gisi ein Zeichen, sich zu beeilen. Rasch stopfte das Mädchen den letzten Rest ihrer Buttersemmel in den Mund, spülte mit Milch nach, griff nach ihrer Schultasche und sauste aus dem Haus.

»Bis später!«

Greta sah ihr mit einer Mischung aus Stolz und Sorge hinterher.

»Sollte ich sie nicht doch begleiten?«

»Unsinn«, sagte Emma. »An der nächsten Straßenecke trifft sie ihre Freundin Maria. Die beiden gehen das letzte Stück gemeinsam.«

»Was, wenn die beiden diesem unartigen Rudi begegnen?«

»Dann werden sie ihm zeigen, wo es langgeht«, war Julius überzeugt. Auch er stand vom Esstisch auf. »Ich muss los. Heute komme ich schon am frühen Nachmittag nach Hause. Ich werde meinen Vortrag hier vorbereiten. An der Universität fehlt mir die Ruhe dazu.«

Greta schaute auf die Uhr. In einer Stunde begann ihr Unterricht. Bis dahin galt es, die Reste des Frühstücks wegzuräumen, die Küche zu säubern und die Suppe fürs Mittagessen vorzukochen. Die Zeit, bevor sie das Haus verließ, war immer vollgepackt mit Arbeit.

»Das Kochen übernehme heute ich«, erklärte Emma.

»Hast du denn Zeit dafür?«, fragte Greta erstaunt.

»Nein, nein.« Emma schmunzelte. »Ich habe beim Wirt an der Ecke einen Braten bestellt, den kann man warm oder kalt essen. Brot hole ich von der Bäckerin Reuz, und schon haben wir eine nahrhafte Mahlzeit.«

»Auf Dauer ist das keine Lösung«, meine Greta.

»Warum denn nicht? Magst du den Braten vom Ganslwirt nicht?«

»Wir können nicht jeden Tag Essen aus dem Wirtshaus holen. Das wird zu teuer.«

»Es ist ja bloß eine Notlösung, bis sich alles eingespielt hat. Ich will auf keinen Fall, dass du weiter alle Arbeiten im Haushalt erledigst. Ich habe dich die letzten Tage beobachtet. Wenn du weiter so schuftest, brichst du zusammen. Es reicht, wenn du dich auf deine Ausbildung und Gisela konzentrierst. Julius und mich zu versorgen ist nicht notwendig.«

Seit drei Wochen besuchte Greta die Erzieherinnenschule. Bis jetzt hatte sie das gut mit der Haushaltsführung und Gisis Betreuung unter einen Hut bekommen. Nach wie vor versorgte sie die Tiere, kochte abends vor und putzte.

»Wir könnten endlich eine Haushaltshilfe einstellen«, schlug Emma vor. »Das wollte ich schon lange tun.«

»Die Haushaltshilfe ist nicht mein Problem«, meinte Greta. Sie versuchte, sich vorzustellen, wie ihre Studienkolleginnen reagieren würden, wenn sie zugab, jemanden dafür zu bezahlen, dass er hinter ihr herräumte. Sie wurde jetzt schon schräg angesehen, wegen ihrer teuren Kleidung und ihrer erstklassigen Schuhe. Auch ihrer Frisur sah man an, dass eine ausgebildete Friseurin sie geschnitten hatte. Katharina, die Studentin, die sich bei der Aufnahmeprüfung so siegessicher gefühlt hatte, ließ besonders gerne spitze Bemerkungen über Greta fallen. Wohlstand und Reichtum wurden in den Reihen der Arbeiterbewegung mit Skepsis betrachtet. Nur bei den führenden Parteimitgliedern wurde ein gewisses Maß davon kritiklos akzeptiert. Doch angehende Erzieherinnen hatten aus ärmlichen Verhältnissen zu stammen. Anderenfalls passten sie nicht in die Schublade, die für sie vorgesehen war.

»Was langsam zum Problem wird, ist der Platzmangel«, sagte Greta. »Die Kammer, die ich mir mit Gisi teile, ist einfach zu klein. Ich wünschte, ich hätte abends einen Platz, wo ich ungestört lernen kann.«

»Julius hat gestern mit Hofrat Meier gesprochen.« Es dauerte eine Weile, bis Greta verstand, wen Emma meinte. Julius hatte seine Wohnung vor einigen Jahren vermietet, als er zu den Schwestern nach Hietzing gezogen war.

»Der Hofrat wird demnächst ausziehen. Er will zu seiner Schwester ins Waldviertel.«

»Aha.« Greta richtete sich auf. Wollte Emma ihr vorschlagen, in die Lenaugasse zu ziehen? Das konnte sie nicht ernst meinen. Jetzt, wo Greta in der Erzieherinnenschule begonnen hatte und nur ein paar Schritte von ihrer Ausbildungsstätte entfernt wohnte.

So als könnte sie ihre Gedanken lesen, hob Emma beruhigend die Hände. »Ich will dich auf gar keinen Fall loswerden«, sagte sie rasch. »Das Haus gehört uns beiden. Und abgesehen davon, du bist meine Schwester und einer der wichtigsten Menschen in meinem Leben. Ich wünsche mir, dass du in meiner Nähe bleibst. Die Lenaugasse ist viel zu weit weg.«

Greta wartete auf ein Aber. Schon folgte es.

»Aber genau wie du sagst, könnt du und Gisi nicht ewig gemeinsam in einem Bett schlafen. Das Mädchen braucht einen eigenen Raum. Genau wie du selbst.«

Greta war auf der Hut. Die Vorstellung, das Haus, in dem sie bis auf die paar Jahre mit Gustav ihr gesamtes Leben verbracht hatte, zu verlassen, fühlte sich bedrohlich an.

»Was hältst du davon, wenn wir die Wohnung in der Lenaugasse verkaufen und hier in Hietzing eine neue suchen? Gestern hat mir eine Patientin erzählt, dass die Wohnung über ihr verkauft wird. Sie ist nur drei Gehminuten von hier entfernt, in der Fasholdgasse.«

Greta kannte die Gasse. Sie lief sie immer wieder entlang, wenn sie zum Bäcker wollte. »Frau Berger wohnt in dem kleinen Häuschen neben der Villa Rosenstein. Ihr gehört das Erdgeschoss, der erste Stock des Hauses wird jetzt verkauft, weil der Besitzer verstorben ist und seine Tochter für die Wohnung keine Verwendung hat. Neben einem hübschen Balkon gehört die Hälfte des Gartens dazu.«

»Hast du dir die Wohnung etwa schon angeschaut?« Greta erstarrte. War Emma hinter ihrem Rücken auf Wohnungssuche für sie und Gisi?

Abwehrend schüttelte Emma die Hände. »Nein, ich war noch nicht dort. Ich wollte dir bloß davon erzählen. Ich weiß es selbst erst seit gestern.«

»Hm.«

»Du musst jetzt keine Entscheidung treffen«, meinte Emma. »Denk in Ruhe darüber nach. Vielleicht findest du die Idee in ein paar Wochen oder Monaten erstrebenswert.«

»Und wenn nicht?«

»Dann bleibt alles, wie es ist, versprochen.«

Greta wusste, dass Emma sie nicht anlog. Dennoch blieb ein bitterer Nachgeschmack. Das Haus war für zwei Familien zu klein. Auch wenn Gisi und sie nur eine Minifamilie bildeten. Irgendwann würde Emma selbst Mutter werden, zumindest hoffte Greta das für ihre Schwester. Und so wie

Emma richtig sagte: Gisi konnte nicht ewig bei ihr im Bett schlafen. Eine Veränderung würde über kurz oder lang unumgehbar sein.

»Aber jetzt muss ich in die Praxis. Sicher ist das Wartezimmer schon voll mit Patienten.« Sie wandte sich zum Gehen, drehte sich aber noch einmal zu Greta um. »Bitte lass das Frühstücksgeschirr stehen. Ich kümmere mich in der Mittagspause darum.« Dann lief sie los.

Kaum hatte Emma die Küche verlassen, fing Greta an, im Eiltempo abzuwaschen. Sie verzichtete darauf, die Tassen abzutrocknen, und begnügte sich damit, sie bloß auf eine Abtropftasse zu stellen. Dann machte sie sich fertig, packte Stift, Notizblock und eigenes Pausenbrot in die Tasche und sauste ins Vorzimmer.

Rasch wagte sie einen Blick in den Spiegel. Das hatte sie seit Jahren nicht mehr getan, wenn sie das Haus verließ. Erstaunlich, was die Erzieherinnenschule bewirkte. Auf einmal war es wieder wichtig, wie sie aussah. Erfreut stellte sie fest, dass ihre Wangen rosig waren und ihre Augen glänzten.

Trotz aller Zweifel freute sie sich auf den Unterricht. Vieles von dem, was sie Tag für Tag hörte, hatte sie schon in sich getragen und versucht, bei ihrer eigenen Tochter umzusetzen. Sie hatte das Ziel, Gisela zu einer selbstständig denkenden Frau zu erziehen, und behandelte sie stets mit Respekt. Jetzt erhielt sie die offizielle Bestätigung, dass das, was sie in den letzten sieben Jahren praktiziert hatte, richtig gewesen war. Das tat gut. Natürlich erfuhr sie täglich viel Neues und nahm die Lerninhalte mit Begeisterung auf. Es war interessant, sich theoretisch mit neuen Themen auseinanderzusetzen. Was löste Gewalt bei einem Kind aus? Welche Folgen konnte Machtmissbrauch haben? All das waren unglaublich spannende Fragen, auf die sie Antworten bekommen wollte. Außerdem freute sie sich jeden Morgen darauf, Melanie wiederzusehen. Greta schätzte die Ungezwungenheit der neuen Freundin. Melanies Lebensfreude war ansteckend. Die beiden verbrachten jede freie Minute zwischen den Unterrichtseinheiten miteinander. Mittlerweile wussten sie viel von der jeweils anderen. Greta hatte Melanie von Gustavs Abgängigkeit erzählt und von ihrer tiefen Trauer. Melanie war nie verheiratet gewesen. Sie hatte zahlreiche Liebhaber gehabt, sich aber nie binden wollen. »Ich brauche meine Freiheit«, hatte sie gesagt und dabei gelacht. Greta vermutete, dass es eine Geschichte gab, die Melanie ihr noch verschwieg. Sie bohrte nicht nach und war davon überzeugt, dass irgendwann der Zeitpunkt kommen würde, an dem Melanie sie mit ihr teilte.

Als Greta das Haustor öffnete, hörte sie das anklagende Meckern der Ziegen. Sie hätte fast vergessen, die Tiere zu füttern.

»Entschuldigt«, flüsterte Greta, lief schnell in den Stall, dann zischte sie los.

• • •

Kurz darauf saß sie neben Melanie in der hintersten Reihe des Vortragssaals. Auch nach drei Wochen hatte Greta sich noch nicht an die prunkvolle Ausstattung der Räume gewöhnt. Während das Kinderheim sich in einem Nebengebäude befand, waren die Vortragssäle direkt im Schloss untergebracht. Inmitten kaiserlichen Prunks wurden die Ideologien der Sozialdemokratie gelehrt. Greta war immer noch kein Parteimitglied. Bisher hatte man sie nicht danach gefragt, und um den Familienfrieden zu wahren, würde sie sich hüten, freiwillig um Aufnahme zu bitten. Doch sie wusste, dass es bloß eine Frage der Zeit war, bis man an sie herantreten würde.

Heute war ein Vortrag über eine italienische Pädagogin auf dem Lehrplan. Eine Dozentin, die Greta bisher noch nicht kannte, stand am Pult und erzählte von den Prinzipien der Reformpädagogin. Ihr Name war Rosa Tesarek.

»Im Mittelpunkt befindet sich das Kind«, dozierte sie. »Wir müssen verstehen, dass das Kind von sich aus lernen will. Kein Kind möchte ungebildet bleiben. Es ist die Aufgabe der Erzieherinnen, eine Umgebung zu schaffen, in der das Kind genügend Anregungen findet, um selbstständig zu lernen.«

Katharina hob die Hand, wartete nicht darauf, ein Zeichen zu bekommen, sondern stellte ihre Frage sofort. Sie war eine der aktivsten Studentinnen, die zu jedem Thema etwas zu sagen hatte.

Greta bewunderte sie für ihren Mut. Sie selbst wog ihre Worte immer genau ab und hielt sich meist zurück.

»Das würde bedeuten, dass schlechte Noten nicht das Ergebnis fauler Schüler sind, sondern schlechter Lehrer.«

»Genauso ist es.«

Ein Raunen ging durch den Raum. Ein paar Frauen nickten zustimmend. Die meisten aber schüttelten ungläubig die Köpfe.

»Was soll das denn heißen: ›selbstständig lernen?‹«, fragte Katharina weiter. »Natürlich braucht es einen Lehrer, um die Lerninhalte zu vermitteln.«

»Das Material, mit dem Kinder lernen, sollte so gestaltet sein, dass es bloß einer Einführung durch den Pädagogen bedarf, die Arbeit damit kann das Kind selbst durchführen.«

»Das verstehe ich nicht.«

»Ich werde Ihnen in den nächsten Unterrichtseinheiten Material mitbringen, damit Sie eine Idee davon bekommen, wie die Pädagogik von Maria Montessori umgesetzt werden kann.« Die Dozentin blätterte ihre Unterlagen durch. »Wenn wir nun davon ausgehen, dass Kinder aus eigenem Antrieb heraus lernen wollen, bedarf es keines Lobes durch die Erwachsenen.«

»Wie bitte?« Entsetztes Aufschreien war die Antwort.

»Lob macht Kinder abhängig. Wenn es ständig ausgesprochen wird, lernen die Kinder nur noch, um das Lob zu erhalten, nicht aber, weil sie die Fertigkeit, die es zu erwerben gilt, beherrschen wollen.«

Rosa Tesarek schaute auf ihre Armbanduhr.

»Bitte nehmen Sie diesen Gedanken mit, und diskutieren Sie ihn mit Ihren Kolleginnen. Wir werden uns in den nächsten Unterrichtseinheiten damit beschäftigen. Für heute ist die Zeit um. Ich wünsche Ihnen noch einen interessanten Arbeitstag.«

Sie packte ihre Unterlagen zusammen und verließ den Raum, bevor weitere Fragen gestellt werden konnten.

Kaum, dass sie durch die Tür war, erhoben sich die ersten Stimmen.

Greta schaute zu Melanie, die heute ungewöhnlich still war. Ob sie über Lob und Eigenständigkeit nachdachte? Greta bezweifelte es. Auf Melanies Notizblock befand sich ein buntes Muster aus Giraffenköpfen und Elefantenohren.

»Was meinst du zum Thema ›Lob‹?«, fragte Greta.

»Lob?« Melanie hob ihren Kopf. Es war genau, wie Greta vermutet hatte. Melanie hatte nicht den blassesten Schimmer davon, was sie eben gehört hatte. »Ich denke, dass ich mir welches verdient habe. Oder?« Sie ergänzte ihr Muster um ein paar Hibiskusblüten und drehte den Block zu Greta. »Das Muster würde sich herrlich auf einem Sommerkleid machen. Natürlich bräuchte es gedeckte Farben. Oder lieber als Einband für Mappen und Schachteln?«

Greta betrachtete die Tierköpfe, die sich harmonisch in die Blüten und Blätter fügten. »Ich könnte mir vorstellen, dass man Kaffeebohnen darin abpackt.«

Melanie riss die Augen auf und grinste. »Eine hervorragende Idee. So werde ich das Muster anbieten. Du bist ein Genie.«

»Wovon redest du? Wem willst du dein Muster anbieten?«

Melanie steckte den Block weg. »Lass uns in den Park gehen, ich muss dir sensationelle Neuigkeiten erzählen.«

»Wir haben bloß eine Viertelstunde Pause«, meinte Greta.

»Das reicht. Komm!«

Schon stand Melanie auf und zog Greta mit sich. Gemeinsam liefen sie die Stufen hinunter und suchten nach einer Sonnenbank unter einem der großen Kastanienbäume.

»Du hast heute gar nicht zugehört«, meinte Greta vorwurfsvoll.

»Stimmt«, gab Melanie fröhlich zu. »Gestern habe ich einen Brief von der Wiener Werkstätte erhalten. Endlich hat man meine Bewerbung gelesen. Ich darf mich heute am späten Nachmittag vorstellen.«

»Du willst keine Erzieherin mehr werden?« Die Nachricht traf Greta wie ein Schlag ins Gesicht.

»Ich wollte nie Erzieherin werden, das habe ich dir doch gesagt.«

»Aber du hast dich für den Kurs angemeldet und bist jetzt mittendrin.«

»Ich wollte immer nur so lange bleiben, bis ich etwas Besseres, Passenderes gefunden habe.« Melanie strahlte. Sie war eine attraktive Frau, aber heute sah sie besonders gut aus. Ihr Haar glänzte im warmen Herbstlicht. Sie war glücklich.

»Hoffentlich werden sie mich nehmen. Es gibt so viele Bewerberinnen. Meine Designs müssen überzeugen.« Melanie presste die Handflächen gegeneinander und hielt sie Richtung Himmel. »Ich bete zu Gott. Ich bin zwar nicht gläubig, aber ein bisschen Unterstützung kann nicht schaden. Drück auch du mir die Daumen.«

»Ja, natürlich«, sagte Greta. Sie gönnte der Freundin die Aufnahme in der Werkstätte, doch sie wusste jetzt schon, dass sie sie vermissen würde. Ohne Melanie würde die ganze Ausbildung nur halb so viel Spaß machen.

»Sollte man mich nehmen, bleiben wir unbedingt in Kontakt«, sagte Melanie. Sie legte den Arm um Greta und drückte sie an sich. Es war erstaunlich, wie schnell sich eine innige Beziehung zwischen den beiden entwickelt hatte. Es gab nur einen Menschen, der Greta so nah war: ihre Schwester Emma.

»Ich muss deine Tochter noch kennenlernen und will natürlich wissen, wie es dir im Kinderheim ergeht.«

»Und wenn sie dich nicht nehmen?«, fragte Greta.

»Dann bleibe ich.« Melanie zog die Mundwinkel nach unten. »Wobei ich inständig hoffe, dass das nicht der Fall sein wird. Die Diskussionen über Pädagogik sind ja ganz interessant, aber die Arbeit mit den Kindern finde ich schrecklich.« Melanie war seit einer Woche im Kinderheim tätig. Da sie Geld verdienen musste, waren ihre Tage in der Erzieherinnenschule doppelt so lang wie die von Greta, die schon am frühen Nachmittag wieder nach Hause ging.

»Was war so schrecklich?«, wollte Greta wissen.

»Die Kinder selbst«, stöhnte Melanie. »Sie sind laut, und sie folgen nicht. Ein paar von ihnen sind rotzlöffelfrech. Ständig muss man sie ermahnen ›Tu dies nicht, mach das‹. Ich finde das unglaublich anstrengend. Noch dazu sind es zum Teil unsinnige Regeln, an die sie sich halten müssen. Kannst du mir etwa erklären, warum Schuhe geputzt sein und akkurat nebeneinander unter dem Bett stehen müssen? Das ergibt doch keinen Sinn.«

»Ich kann mir vorstellen, dass es zu Verwechslungen und Chaos kommt, wenn jeder seine Schuhe irgendwo liegen lässt.«

»Pah!« Melanie machte eine wegwerfende Handbewegung. »Mir ist das alles zu starr. Gemeinschaftsgedanke hin oder her. Wir sind alle Individuen. Ich will nicht mit Kindern streiten, weil sie ihre Schuhe nicht putzen wollen. Es ist mir völlig wurscht, ob ihre Schuhe dreckig sind.«

»Aber irgendwann müssen sie lernen, dass geputzte Schuhe zum guten Ton gehören«, widersprach Greta.

»Warum? Wer sagt das? Wer legt diese Regel fest?« Melanie zeigte auf ihre eigenen Schuhe. Sie waren vom Kies staubig. »Ich putze sie ausnahmsweise heute Nachmittag und auch nur, weil ich zum Vorstellungsgespräch gehe«, sagte sie. »Dass die Kinder das jeden Tag tun müssen, ist reine Schikane.«

Greta gingen die Argumente aus. Eigentlich wollte sie auch gar nicht über schmutzige Schuhe diskutieren. Sie dachte darüber nach, wie traurig es war, dass sie Melanie bald nicht mehr täglich sehen würde. Mit Melanie konnte sie ungezwungener reden als mit Emma. Ihr konnte sie auch ihr Herz ausschütten, wenn sie sich über ihre Schwester ärgerte. Was selten vorkam, aber hin und wieder eben doch.

»Hast du schon eine Wohnung gefunden?«, fragte Greta.

Melanies gute Laune schmolz dahin. »Nein, bis jetzt noch nicht. Aber ich gebe die Hoffnung nicht auf. Mit dem Vorstellungsgespräch in der Wiener Werkstätte habe ich auch nicht gerechnet. Wer weiß, vielleicht ergibt sich demnächst etwas mit einer Wohnung. Die Stadt plant weitere Sozialbauprojekte. Mein Name steht auf allen Listen, die es dazu gibt. Leider wird er jetzt um einige Plätze nach unten rutschen, wenn man erfährt, dass ich die rote Erzieherinnenschule ohne Abschluss verlasse.«

Eine vage, sehr abenteuerliche Idee formte sich in Gretas Kopf. Sie dachte an das Gespräch mit Emma heute Morgen und erinnerte sich ans Abendessen gestern. Emma und sie wären fast ineinandergerannt, weil kein Platz in der Küche war, und Julius hätte beinahe den Inhalt seines Milchbechers über Giselas Schultern verschüttet, als er sich setzen wollte. Das kleine Häuschen war einfach nicht für zwei Familien ausgerichtet. Vielleicht sollte Greta einen unverbindlichen Besuch in der Fasholdgasse abstatten.

»Könntest du dir vorstellen, mit einer alleinerziehenden Mutter samt Kind zusammenzuwohnen?«, fragte Greta.

Es dauerte einen Moment, bis Melanie begriff, worauf Greta hinauswollte.

»Ich dachte, dass du mit deiner Tochter in einem Bett schläfst«, sagte Melanie. »Ist das so breit, dass noch Platz für eine dritte Person ist?«

Greta lachte herzhaft. »Um Himmels willen, nein. Es ist jetzt schon so eng, dass ich jeden Morgen mit Gisis Füßen im Bauch aufwache. Die Frage war allgemein gedacht. Sollte ich irgendwann doch ausziehen.«

»Ich könnte mir nichts Besseres vorstellen«, sagte Melanie. Ihre Augen wurden feucht. Sie schien gerührt über Gretas Vorschlag und drückte die Hand ihrer Freundin.

»Komm, wir müssen los!« Melanie sprang auf. »Wie ich dich kenne, willst du nicht zu spät kommen.«

»Da liegst du völlig richtig.«

Auch Greta stand auf. Ein Blick auf die Uhr veranlasste

sie zum Laufen. Die nächste Stunde hatte mit Sicherheit schon begonnen.

• • •

Am Ende des Vormittags kam Michael Brenner in die Klasse. Wie immer trug er nur ein Hemd ohne Sakko zu seinen dunklen Hosen. Die Ärmel waren bis zu den Ellbogen hochgekrempelt, was ihm das Aussehen eines einfachen Arbeiters verlieh.

»Ich muss einige von Ihnen bitten, noch kurz hierzubleiben«, sagte er. »Wir werden die Einteilung für die Praktikumsplätze vornehmen.«

»Betrifft das auch diejenigen von uns, die am Nachmittag im Heim arbeiten, Herr Brenner?«, säuselte Katharina.

Sie machte kein Geheimnis daraus, dass sie den Vortragenden anziehend fand. Sie suchte seine Nähe, wann immer sich die Gelegenheit dazu bot. Ständig verwickelte sie ihn in ein Gespräch und versuchte dabei ungeniert, sein Interesse für sich zu wecken. Auch jetzt war sie aufgestanden und hatte sich dicht zu ihm gestellt. Wenn Brenner ihre Intention erkannte, so ließ er es sich nicht anmerken. Er behandelte die Studentin genauso distanziert und höflich wie alle anderen.

»Nein«, sagte er höflich. »Alle, die bereits Erfahrungen im Kinderheim oder in anderen Institutionen sammeln, können ihre Unterlagen zusammenpacken und gehen. Ich wünsche Ihnen einen schönen Nachmittag.«

»Ach, nein. Jetzt musst du noch bleiben«, raunte Melanie

Greta enttäuscht ins Ohr. »Ich hatte gehofft, dass wir gemeinsam noch einen Kaffee trinken gehen. Ich will dir auch noch meine anderen Entwürfe zeigen.«

»Komm doch am Abend bei mir vorbei«, schlug Greta vor. »Dann lernst du Gisi kennen und kannst mir von deinem Vorstellungsgespräch erzählen.«

»Deine Schwester und ihr Mann haben nichts dagegen?«

»Die sind heute im Carltheater. Emma hat Karten für ein Nestroystück.«

»Wenn das so ist, sehr gerne.« Melanie grinste von einem Ohr zum anderen. »Altgasse, stimmt's?«

»Ja, das Haus mit dem grünen Balkon.«

»Wunderbar, dann bis später! Ich hoffe, dass ich nicht jammern muss.«

»Und wenn, ist es auch kein Problem. Ich bin eine geduldige Zuhörerin.«

Melanie warf ihrer Freundin eine Kusshand zu und verließ gut gelaunt den Raum.

Greta und zwei andere Kursteilnehmerinnen blieben sitzen. Alle anderen arbeiteten bereits im Heim oder in anderen Institutionen. Katharina ging nur widerwillig. Es war ihr anzusehen, dass sie Brenners Nähe nur ungern aufgab.

Rosa und Friederike hatten genau wie Greta eigene Kinder, weshalb ihnen nur die Vormittage für den Unterricht zur Verfügung standen.

»Ich kann Ihnen drei verschiedene Praktikumsstellen anbieten«, erklärte Brenner. »Eine bei den Roten Falken, eine in der Kinderübernahmestelle, der KÜST, und eine hier im Kinderheim.«

»Ich nehme die Stelle in der KÜST«, meldete Friederike sich schnell zu Wort. »Ich habe schon so viel Spannendes darüber gehört, dass ich die Einrichtung unbedingt kennenlernen möchte.«

Brenner blickte von Rosa zu Greta: »Ist das für Sie in Ordnung?«

Beide zuckten mit den Schultern.

»Gut, dann werde ich Sie für die KÜST einteilen.« Brenner schrieb Rosas Name in eine Liste. »Sie werden dort mit den ganz Kleinen arbeiten«, erklärte er. »In der Übernahmestelle landen all jene Kinder, die von der Fürsorge betreut werden.«

»Sind das viele Kinder?«, erkundigte sich Greta.

»Leider ja«, sagte Brenner. »Die Zahl der Eltern, die sich die Versorgung ihrer Kinder nicht leisten können, steigt. Das Leben ist trotz aller Bemühungen der Stadt sehr teuer. Die hohe Arbeitslosigkeit tut ihr Übriges. Die meisten Kriegsinvaliden können nur noch Hilfsdienste verrichten, und viele sind vollkommen arbeitsunfähig. Sie können ihre Kinder einfach nicht mehr ernähren.«

»Wäre es nicht klüger, die Eltern finanziell zu unterstützen, sodass sie ihre Kinder selbst versorgen können, anstatt die Kleinen in ein Heim oder eine Pflegefamilie zu stecken?« Greta erschien es unsinnig, andere Menschen dafür zu bezahlen, auf Kinder aufzupassen, wenn es die Eltern tun könnten, hätten sie bloß mehr Geld.

Brenner lächelte traurig. »Genau das wird im Moment versucht. Aber es ist alles nicht so einfach. In vielen Familien gibt es noch andere Probleme, die allein mit Geld nicht zu lösen sind. Arbeitslosigkeit führt zu Gewalt, und viele greifen dann zur Flasche. Die Kinder leiden nicht nur an Mangelerscheinungen, häufig werden sie geschlagen und misshandelt. Wenn Mütter allein für ihre Kinder sorgen, wird ihnen eine Fürsorgerin zur Seite gestellt. Bei Ehepaaren passiert das erst, wenn jemand eine Meldung macht. Besorgte Nachbarn oder eine engagierte Lehrerin. Zum Glück haben wir heute Einrichtungen, die den Kindern helfen.«

Greta fragte sich, was daran gut sein konnte, Kinder von ihren Eltern zu trennen. Sie selbst war froh, dass ihr die Kontrolle einer Fürsorgerin erspart geblieben war. Das lag daran, dass sie gemeinsam mit Emma und Julius lebte. Vielleicht wäre eine Fürsorgerin vor ein paar Jahren zu dem Schluss gekommen, dass sie nicht in der Lage war, Gisi allein zu erziehen. Es hatte eine Zeit gegeben, in der sie sehr viel geweint hatte. Wie das sein würde, sollte sie jemals ausziehen, wollte sie sich gar nicht ausdenken. Würde man ihr eine Fürsorgerin zur Seite stellen? Oder hätte man sie inzwischen vergessen? Greta hoffte auf Letzteres. Es gab so viele bedürftige Kinder in der Stadt, da standen die Chancen gut, dass man Gisela und sie übersah, schließlich hatte es bis jetzt keine Probleme gegeben.

»Die KÜST ist also vergeben …« Brenner kehrte zur Vergabe der Praktikumsplätze zurück und holte Greta aus ihren Überlegungen. »Jetzt bleiben noch die Roten Falken und das Kinderheim.«

»Dann nehme ich die Roten Falken«, sagte Rosa. »Da kann ich meine eigenen Kinder mitnehmen.«

Eigentlich hatte auch Greta das vorgehabt. Sie war zu

langsam gewesen. Enttäuscht schaute sie zu Rosa, die entschuldigend die Handflächen nach außen drehte. So als könnte Brenner Gretas Gedanken lesen, sagte er: »Die freie Stelle befindet sich auf der anderen Seite der Donau. In Floridsdorf.«

»Genau deshalb will ich die Stelle ja«, meinte Rosa. »Ich wohne an der Alten Donau.«

»Können Sie sich vorstellen, im Kinderheim zu arbeiten, Frau Weber?« Seine Worte richteten sich an Greta.

Hatte sie noch eine andere Wahl?

»Ja, natürlich«, sagte sie. »Aber ich habe eine kleine Tochter, die ich versorgen muss. Wie sehen meine Arbeitszeiten aus?«

»Sie müssen eine gewisse Anzahl von Stunden absolvieren. Wenn Sie ein paar Nachtdienste übernehmen, haben Sie die Zahl am schnellsten beisammen.«

Greta fand die Vorstellung, nachts nicht zu Hause zu sein, nicht schlimm. Dann würden Emma und Julius eben auf Gisela aufpassen und sie hatte tagsüber mehr von ihrer Tochter.

»Selbstverständlich würden Sie nicht ausschließlich nachts arbeiten«, beruhigte Brenner. »Mit einem Nachtdienst und ein paar Nachmittagsdiensten haben Sie Ihr Wochenpensum schnell erfüllt.«

Greta schwieg immer noch, was Brenner weitere Zugeständnisse entlockte.

»Sie können am Nachmittag gerne Ihre Tochter mitnehmen. Vielleicht hat sie Freude an den Aktivitäten, die angeboten werden. Im Herbst nutzen wir zwar das Schwimmbecken nicht mehr, dafür gibt es seit Kurzem eine Fußballgruppe.«

»Auch für Mädchen?«, fragte Greta erstaunt.

»Selbstverständlich. Wir machen da keinen Unterschied.« Er zwinkerte ihr belustigt zu.

»Fein, dann nehme ich den Platz im Kinderheim«, sagte Greta.

Sichtlich zufrieden trug Brenner ihren Namen in die Liste ein. Rosa und Friederike verabschiedeten sich, auch Greta wandte sich zum Gehen, als Brenner sie noch zurückhielt.

»Wir werden uns in den nächsten Wochen vermehrt sehen«, sagte er und lächelte dabei schief.

»Ach ja?«

»Ich bin seit gestern der stellvertretende Leiter des Heims.«

Greta errötete. War das der Grund, warum er ihr die Stelle so schmackhaft gemacht hatte?

»Wann darf ich Sie für den ersten Dienst einteilen?«

Greta musste zuerst mit Emma und Julius sprechen. Aber da die beiden heute im Theater waren, war anzunehmen, dass sie den Rest der Woche nicht mehr ausgingen.

»Kann ich Ihnen morgen Bescheid geben?«

»Selbstverständlich.« Seine Augen ruhten eine Spur zu lange auf ihrem Gesicht. Oder bildete Greta sich das bloß ein?

Als sie sich von ihm verabschiedete, bemerkte sie, dass ihre Hände vor Aufregung feucht waren. Irritiert rieb sie sie am Stoff ihres Kleides trocken. Was war nur los mit ihr? Der

Mann hatte ihr bloß eine Praktikumsstelle übergeben, kein Grund, deshalb nervös zu werden.

8

Kinderheim Schloss Schönbrunn

»Wir haben den Jungen am Boden des Schlafsaals gefunden. Er ist einfach nicht aufgestanden.«

Die Stimme der Frau war laut und schrill, das Gesicht gerötet. Emil mochte sie nicht. Sie erinnerte ihn an die böse Marktfrau, die ihm im letzten Sommer auf die Finger geklopft hatte, als er einen Apfel angefasst hatte. Dabei hatte seine Mutter ihn kurz darauf bezahlt. Er kannte nicht einmal den Namen der Erzieherin. Und er war ihm auch herzlich egal.

»Er will nicht verraten, wer ihn so zugerichtet hat.« Die Frau rang die Hände. Sie befanden sich in einem Büro, das prächtiger war als alles, was Emil je gesehen hatte. Die Decke war mit Stuckarbeiten ausgestattet. An den Wänden hingen Gemälde von finster dreinblickenden Männern. Ähnlich wie der verkniffene Ausdruck der Erzieherin.

»Haben Sie mit den anderen Buben aus dem Schlafsaal gesprochen?«, wollte der Mann wissen.

Emil kannte ihn vom Sehen. Er ging immer mal durch

die Schlafsäle, dabei unterhielt er sich mit dem einen oder anderen Kind und erkundigte sich, wie es ihnen ging. Sein Haar war rotblond, seine Augen sanft und freundlich. Er hatte jede Menge Sommersprossen im Gesicht und strahlte eine Ruhe aus, die Emil nach all der Aufregung als wohltuend empfand. Aber auch er würde ihn fragen, wie es zu den Verletzungen gekommen war, und auch ihm würde Emil keine Antwort geben können. Nicht, dass er Ferdl und seine Kumpel mit seinem Schweigen schützen wollte. Die drei waren ihm völlig gleichgültig. Es war die Leere in ihm, die ihn wortlos machte. Emil hatte seine Heimat, seine Mutter, seinen Halt und auch seine Worte verloren. Er schwebte im dunklen Nichts.

»Natürlich haben wir mit allen geredet«, verteidigte sich die Erzieherin. »Aber die Kinder schweigen. Niemand will etwas gehört oder gesehen haben. So als hätte der Bub sich allein so zugerichtet. Das ist doch völliger Unfug. Wir sollten sie alle bestrafen.«

Der Mann hob abwehrend beide Hände und schüttelte den Kopf. »Das werden wir auf keinen Fall tun«, sagte er streng. »Ich halte grundsätzlich nichts von Bestrafung und schon gar nichts von kollektiven Maßnahmen.«

»Aber wir müssen handeln«, empörte sich die Erzieherin. »Wenn wir so tun, als wäre nichts passiert, dann wird der Bub erneut verdroschen. Es geht nicht, dass alle ihren Mund halten und die Täter schützen.«

Der Mann legte den Kopf schräg. Er schien zu überlegen. Dabei musterte er Emil. Sein Blick war anders als der der übrigen Erwachsenen im Heim. Echtes Interesse lag darin. Emil wandte sich verlegen ab.

»Hat der Junge gesprochen, seit er zu uns gekommen ist?«

»Nein. Ich glaube, er ist nicht ganz richtig im Kopf.« Die Frau tippte sich gegen die Stirn. »Er gehört in eine Anstalt. Dort bekommt er Medikamente, ein Bett mit Gitterstäben und was es sonst noch für schwachsinnige Kinder gibt. Wir sind mit ihm überfordert.«

»In seinen Unterlagen steht, dass er ein kluger Bursche sei. Wie kann man das feststellen, wenn er nicht spricht?«

Die Erzieherin zuckte mit den Schultern. »Keine Ahnung. Er scheint gute Schulnoten zu haben.«

»Geht er denn in die Schule?«

»Ja.«

»Und was sagt der Lehrer, oder hat der Junge eine Lehrerin?«

»Woher soll ich das wissen? Ich bin Erzieherin.« Die Frau schnaufte genervt. »Meine Aufgabe ist es, dafür zu sorgen, dass die Kinder am Nachmittag ihre Hausaufgaben machen, sich an der frischen Luft bewegen, ausreichend essen, ordnungsgemäß schlafen gehen und am nächsten Tag gewaschen in die Schule marschieren.«

Der Mann zog die Augenbrauen zusammen. War er mit der Antwort etwa nicht zufrieden? Für gewöhnlich starrte Emil bloß auf den Boden, wenn Erwachsene über ihn redeten, so als wäre er nicht im Raum. Aber dieses Gespräch weckte sein Interesse. Er sah zuerst zu dem Mann, dann zu der Erzieherin. Die Stimmung im Raum war angespannt.

»Nun ja, wir sollten doch wissen, wie es unseren Schützlingen im Unterricht ergeht.«

»Warum? Das ist Sache der Schule. Mich interessieren die Noten nicht. Diejenigen, die einen Abschluss schaffen, kann man ohnehin an einer Hand abzählen.«

»Die Kinder sind uns anvertraut worden«, entgegnete der Mann. »Wie sollen wir sie denn umfangreich unterstützen, wenn wir nicht wissen, wie es ihnen abseits des Heims ergeht?«

Die Frau wirkte kurz irritiert. Abwehrend verschränkte sie die feisten Arme vor der Brust. »Wann kommt Direktor Grünspan wieder zurück?«

»Der Herr Direktor hatte einen Unfall und wird frühestens vor Weihnachten wieder bei uns sein«, antwortete der Mann. »Vorläufig müssen Sie sich mit mir als Vorgesetztem zufriedengeben.«

Die Frau presste die Lippen fest zusammen.

»Bevor wir den Jungen in eine Anstalt stecken, werden wir ihn eingehend beobachten, Kontakt mit der Schule aufnehmen und noch einmal die Unterlagen von der KÜST einfordern. Die Akte, die wir bekommen haben, ist sehr karg. Hier steht bloß, dass der Junge den Tod seiner Mutter aktiv miterlebt hat. Das kann alles Mögliche bedeuten. Ich will mehr erfahren.«

»Wozu?«

»Um zu verstehen.« Die Antwort kam überraschend barsch.

Die Frau schwieg für einen kurzen Moment. Emil konnte die Abneigung spüren, die sie ihm entgegenbrachte. Es erging ihm mit ihr genauso. Auch er konnte sie nicht ausstehen.

»Was machen wir mit den schweigenden Kindern, die den Schläger decken?«, fragte sie schließlich. »Wollen Sie die auch ›verstehen‹? Oder wäre es nicht besser, sie zum Reden zu bringen?«

»Es wird uns nur gelingen, wenn wir ein Verständnis für ihr Schweigen entwickeln. Mit Druck erzeugen wir bloß Gegendruck.«

Die Frau verdrehte die Augen.

»Haben Ihre Drohungen irgendetwas bewirkt?«, wollte der Mann wissen.

»Ich habe ihnen gesagt, dass sie keinen Nachtisch mehr bekommen, nicht mehr Fußball spielen dürfen und ab sofort alle Waschräume säubern müssen. Offenbar war das zu wenig. Die Bälger brauchen noch härtere Strafen.«

Nun verfinsterte sich das Gesicht des Mannes. »Was wollen Sie den Buben denn noch nehmen?«

»Eine Tracht Prügel würde die Wahrheit wohl aus ihnen herauslocken. Aber das ist hier ja nicht erwünscht ... «

Nun zogen sich die buschigen Augenbrauen des Mannes zusammen. Der geduldige, sanfte Ausdruck verschwand.

»Ich denke, dass Ihre Vorstellungen von Erziehung überholt sind und hier eindeutig keinen Platz mehr haben«, sagte er ernst. »Bitte überdenken Sie Ihre Einstellung, anderenfalls sehe ich mich gezwungen, Sie durch eine andere Mitarbeiterin zu ersetzen.«

Die Frau schnappte nach Luft. »Sie drohen mir?«

Es kam keine Antwort.

»Ich bin seit über dreißig Jahren Erzieherin. Ich muss mir von Ihnen nicht erklären lassen, wie ich meine Arbeit zu erledigen habe.«

»Es liegt mir fern, Ihnen zu drohen. Aber ich hätte gerne, dass Sie Ihre Ansichten überdenken. Das Wohl der Kinder liegt uns am Herzen. Mir ebenso wie Ihnen.« Er machte eine kurze Pause und fügte ernst hinzu: »Das hoffe ich zumindest.«

»Sie können mich nicht einfach entlassen. Es gibt eine Gewerkschaft. Ich habe mir nichts zuschulden kommen lassen.« Sie schien seine letzte Bemerkung gar nicht gehört zu haben.

Verärgert starrte die Frau zuerst Emil an, dann den Mann, der im Moment der Direktor des Heims war.

»Ich denke, das reicht für heute. Ich werde mich selbst um die Buben kümmern und versuchen, die Sache zu klären«, sagte er. »Sie werden in den nächsten Tagen in der Essenausgabe arbeiten.«

»Sie schicken mich in den Speisesaal wie eine einfache Küchenmagd?«

Der Mann blickte auf das Namensschild auf ihrer Arbeitskleidung: »Veronika? Oder?«

Sie nickte widerwillig.

»Ich fühle mich für das Wohl der Kinder und meiner Mitarbeiter gleichermaßen verantwortlich. Da Sie offenbar im Moment mit der Gruppe Kinder, die Ihnen anvertraut wurde, überfordert sind, sorge ich dafür, dass Sie eine Pause einlegen dürfen. Die Essensausgabe ist eine ehrenwerte Aufgabe, die Ihnen vielleicht die Ruhe verschafft, die Sie benötigen.«

»Sie werden sehen, die kleinen Gfraster werden auch bei Ihnen schweigen.« Die Frau drehte sich auf dem Absatz um, stapfte aus dem Raum und schlug die Tür laut hinter sich zu.

Emil zuckte unter dem Geräusch zusammen. Erst als es wieder still war, wandte der Mann sich an Emil.

»Dein Gesicht schaut ziemlich mitgenommen aus. Wir werden dich erst mal zur Krankenschwester schicken«, meinte er besorgt. Seine Stimme hatte nun wieder einen sanften, ruhigen Ton angenommen.

»Ich hoffe, dass wir herausbekommen, wer dir das angetan hat. Fürs Erste werden wir dich in einen anderen Schlafsaal verlegen.«

Er stand auf und umrundete seinen Schreibtisch. Mehrere Unterlagen stapelten sich dort. Zielgerecht zog er eine Mappe aus dem höchsten Stapel heraus.

»Gemeinsam mit Fritz Pointer. Ich denke, dass ihm ebenfalls ein Zimmerwechsel guttun könnte. Ihr zwei geht in dieselbe Klasse. Es macht Sinn, wenn ihr gemeinsam in einem Schlafsaal seid.«

Emils Augen weiteten sich. Zum ersten Mal seit Wochen spürte er so etwas wie Freude. Es war bloß eine winzig kleine Flamme, die unruhig flackerte und beim geringsten Luftzug drohte zu erlöschen. Aber sie war da und durchbrach die finstere Leere in ihm.

»Mein Name ist Michael Brenner. Du kannst mich Michael nennen.«

Fühlte sich so Hoffnung an?

Ganz leise, sodass es kaum hörbar war, antwortete Emil: »Ich heiße Emil.«

Michael hörte es trotzdem. Das Lächeln auf seinem Gesicht gab der kleinen Flamme neue Nahrung. »Was für ein schöner Name.«

9

Altgasse

»Muss ich wirklich schon schlafen gehen?« Gisela langte erneut nach einer Schnitte Butterbrot mit Schnittlauch und schenkte sich eine dritte Tasse Kräutertee ein, nur um den Zeitpunkt noch ein bisschen hinauszuzögern.

»Ja, es ist schon spät«, sagte Greta. »Nach dem Brot gehst du ins Bad und putzt deine Zähne. Danach heißt es ab ins Bett. Morgen früh läutet der Wecker.«

»Och, ich habe noch nie Probleme gehabt aufzustehen.«

Gisi war wirklich immer vor Greta munter, was damit zusammenhing, dass sie tief und fest durchschlief, während Greta ständig aufwachte und sich unruhig hin und her wälzte.

»Das mag stimmen«, sagte Greta. »Aber nur, wenn du erholt bist, kannst du dich den ganzen Vormittag in der Schule konzentrieren.«

Auch dagegen wollte Gisi Protest einlegen, doch Melanie hielt sie davon ab. »Was hältst du davon, wenn ich dir noch ein paar meiner Zeichnungen zeige, sobald du im Bett liegst, und du erzählst mir eine Geschichte dazu.«

»Oh ja!« Gisi schob das Brot wieder weg, sprang auf und lief ins Bad. Kaum war sie außer Hörweite, beugte sich Melanie über den Tisch. »Deine Tochter ist entzückend.«

»Ich weiß«, sagte Greta. »Sie scheint dich ebenso schnell ins Herz geschlossen zu haben wie ich.«

Noch bevor die beiden ein Gespräch anfangen konnten, stand Gisi bettfertig in der Küche. »Wo sind die Zeichnungen?«

»In meiner Mappe.« Melanie schob ihren Sessel zurück, nahm ihre Tasche und folgte Gisi ins Schlafzimmer. Unterdessen räumte Greta das Geschirr weg, spülte ab und setzte noch einmal frischen Kräutertee auf. Als sie fertig war, kehrte Melanie zu ihr zurück.

»Gisi hat eine lebhafte Fantasie. Sie hat mir eben eine wundervolle Geschichte über ein verwunschenes Krokodil erzählt, das in Wahrheit ein sprechender Papagei ist.«

»Sie liebt Bücher und kann es kaum erwarten, endlich richtig lesen und schreiben zu können. Wenn es nach ihr ginge, würde sie die Buchstaben doppelt so schnell lernen und dafür die Zahlen weglassen.«

»Das kann ich gut verstehen. Ich mag auch keine Zahlen«, meinte Melanie. Sie setzte sich zu Greta und nahm die Teetasse dankbar entgegen.

»Wer hat eigentlich die wunderschöne Decke genäht, die auf eurem Bett liegt? Das Blumenmuster ist einzigartig. Ich habe noch nie so etwas Schönes gesehen.«

»Ach, das ist doch nichts Besonderes!« Greta machte

eine wegwerfende Handbewegung. »Das habe ich aus alten Stoffresten genäht.«

»Das sehe ich anders. Du bist wirklich begabt.«

»Findest du?« Greta lächelte verlegen.

»Ganz bestimmt. Hast du immer schon genäht?«

»Früher habe ich meine Kleider alle selbst entworfen«, gab Greta zu. »Aber seit dem ...« Sie stockte.

»Seit dem Tod deines Mannes«, half Melanie aus.

Greta schüttelte den Kopf. »Seit dem Krieg habe ich damit aufgehört.«

Kurz hatte es den Anschein, als wollte Melanie etwas erwidern, schließlich sagte sie: »Das solltest du schleunigst wieder ändern. Ich will unbedingt ein Kleid von dir bekommen.«

»Nur, wenn du mir im Gegenzug ein Bild zeichnest.«

»Das lässt sich einrichten«, meinte Melanie.

»So, und jetzt erzähl mir endlich von deinem Vorstellungsgespräch«, forderte Greta sie auf.

»Es lief einfach großartig«, schwärmte Melanie. »Sie waren von meinen Entwürfen begeistert und wollen mich haben.«

»Tatsächlich?« Greta schluckte. Sie freute sich für die Freundin, aber irgendwo tief in ihrem Inneren hatte sie auch gehofft, dass Melanie in der Erzieherinnenschule bleiben würde. Sie wusste, dass dieser Gedanke egoistisch war, und schob ihn zur Seite.

»Das ist wunderbar«, sagte sie.

Melanie strahlte übers ganze Gesicht, und jetzt stellte sich auch bei Greta Freude ein.

»Was wirst du in der Werkstätte tun?«, fragte sie.

»Ich werde Stoff- und Tapetenmuster entwerfen. Außerdem bekomme ich eine Schulung zum Stoffdruck. Das ist genau das, was ich immer machen wollte. Ich kann dir nicht sagen, wie glücklich ich bin.« Eine Welle positiver Energie ging von Melanie aus und schwappte auf Greta über.

»Ich kann es kaum erwarten, mit der Arbeit zu beginnen.«, fuhr Melanie leidenschaftlich fort. »Es fühlt sich einfach großartig an. Die Menschen in der Werkstätte sprühen förmlich vor Kreativität und Elan. Es ist ein Ort der Kraft und der grenzenlosen Fantasie. Endlich, endlich darf ich tun, wozu ich mich berufen fühle.«

»Das klingt sehr erfüllend.«

»Ja, das ist es.«

Bei Melanies Worten musste Greta an Emma denken. Sie sah genauso glücklich aus, wenn sie über ihren Beruf sprach. Greta fragte sich, wofür sie brannte. Würde sie nach ihrem ersten Dienst die gleiche Befriedigung verspüren wie Melanie? War die Erzieherinnenschule das Richtige für sie, und war sie überhaupt für irgendeinen bestimmten Beruf geschaffen? Oder hätte die Rolle als Hausfrau und Mutter sie ausgefüllt, und wenn ja, musste sie sich deshalb genieren? So als könnte Melanie ihre Gedanken lesen, fragte sie. »Und du? Bist du mit deinem Praxisplatz zufrieden? Wo bist du gelandet?«

»Im Kinderheim Schönbrunn.«

»Bei Michael Brenner?« Belustigt hob Melanie die Augenbrauen. »Warum überrascht mich das jetzt nicht …«

»Wie bitte?«

»Wenn du mich fragst, der Mann hat eine Schwäche für dich. Jedes Mal, wenn er an dir vorbeigeht, kleben seine Augen sprichwörtlich auf dir.«

Greta errötete. »Unsinn«, sagte sie rasch.

Melanie zuckte mit den Schultern. »Ich habe einen Riecher für so etwas.« Sie tippte sich mit dem Zeigefinger an die Nase. »Der Kerl ist attraktiv. Also freu dich über sein Interesse.«

»Er hat kein Interesse«, wiederholte Greta jetzt ungewohnt barsch. »Und selbst wenn, ich bin immer noch mit Gustav verheiratet und habe keinerlei Wunsch nach irgendeiner Liebelei.«

»Greta … dein Ehemann ist tot«, sagte Melanie sanft.

»Vermisst«, widersprach Greta erneut.

Entschuldigend hob Melanie beide Hände. »Schon gut! Ich wollte dich nicht verärgern. Vergiss die Sache wieder. Er interessiert sich nicht für dich. In Ordnung?«

Greta nickte versöhnlich.

»Du bist also im Kinderheim gelandet. Das ist gut. Da hast du einen kurzen Weg zur Arbeit.«

»Stimmt«, sagte Greta. »Ich werde ein paar Nachtdienste übernehmen. Auf diese Weise habe ich rasch meine Praktikumsstunden beisammen.«

»Magst du denn die Arbeit?«, fragte Melanie.

»Das weiß ich noch nicht«, gab Greta zu. »Ich bin sehr aufgeregt, wie es morgen läuft. Anders als du bin ich mir nicht sicher, was ich tun will. Ich bin erst dabei, es herauszufinden.«

»Auf alle Fälle kann ich es nicht erwarten, dass du mich

mal in der Werkstätte besuchen kommst. Ganz bestimmt wird es dir dort gefallen. Sobald ich mich richtig eingearbeitet habe, vereinbaren wir einen Termin.«

Nun lachte Greta herzhaft. »Vor ein paar Wochen hast du mich zur Erzieherinnenschule überredet, jetzt lockst du mich in die Wiener Werkstätte. Wohin soll das noch führen? Als Nächstes willst du, dass ich mich probeweise als Lokomotivführerin versuche?«

Melanie stimme ins Lachen ein. »Keine schlechte Idee«, sagte sie. »Höchste Zeit, dass auch Frauen Eisenbahnen lenken.« Deutlich ernster fügte sie hinzu: »Muss es immer für alles einen Plan geben? Wichtig ist doch nur, dass wir Spaß im Leben haben.«

Auch Greta hörte zu lachen auf. »Wenn man ein Kind hat, ist das nicht so einfach.«

»Aber auch nicht unmöglich«, widersprach Melanie.

»Ich wünschte, ich könnte ein Stück deiner Unbeschwertheit abbekommen.«

»Kein Problem, ich gebe dir eine Portion ab.« Melanie tat so, als schneide sie einen Teil ihrer Schulter ab, und reichte sie Greta. »Hier.«

»Danke schön.«

»Sobald ich sicher in der Werkstätte gelandet bin, werde ich mein nächstes Projekt angehen: eine neue Wohnung. Meine Chance auf eine Gemeindewohnung habe ich nun leider vertan.«

»Wie meinst du das?«

»Als Erzieherin bei den Roten Falken oder den Kinderfreunden hätte ich mir den Platz ganz vorne auf der Warteliste gesichert. Der wird jetzt wackeln.«

»Das ist weder gerecht noch sozial«, empörte sich Greta. »Die Vergabe der Gemeindewohnungen sollte sich nach der Bedürftigkeit der Menschen richten und nicht nach einem Parteibuch oder dem Arbeitgeber.«

»Es gibt eben so viele Wohnungssuchende in der Stadt, dass man bestimmte Vergabekriterien festlegen muss. Es ist eben so, dass die Partei ihre eigenen Mitglieder bevorzugt und denen, die in ihren Reihen arbeiten, einen besonderen Bonus zugesteht.«

»Ich sehe das anders«, widersprach Greta.

In dem Moment hörte sie, wie die Haustür sich öffnete. Emma und Julius kamen vom Theater zurück.

»Oh, du hast Besuch«, sagte Emma überrascht.

Greta stand auf und stellte alle einander vor.

»Es freut mich, dass wir Sie endlich kennenlernen dürfen«, begrüßte Emma Melanie herzlich. »Greta hat schon so viel von Ihnen erzählt.«

»Wirklich?« Melanie wirkte erstaunt. »Ich hoffe, nur Gutes.«

»Selbstverständlich«, versicherte Emma.

»Die Damen entschuldigen mich. Ich muss noch einen Vortrag für morgen vorbereiten.«

Julius küsste Emma aufs Haar und verabschiedete sich von den anderen. Dann zog er sich ins Schlafzimmer zurück, wo er seinen Schreibtisch hineingepfercht hatte. Greta wusste, dass Emma jetzt so lange bei ihnen sitzen musste, bis Melanie gegangen war. Wäre sie nicht hier, hätte Julius wenigstens in der Küche arbeiten können.

Emma sah müde aus, sie gähnte. Melanie war einfühlsam genug, um den Wink richtig zu deuten.

»Ich werde mich mal verabschieden«, sagte sie und stand auf. Greta war ihr dankbar dafür. Gleichzeitig fand sie es schade, dass die Freundin schon aufbrechen musste. Der Abend war so nett gewesen.

Als Melanie gegangen war, setzte Greta sich erneut an den Tisch und schenkte Emma eine Tasse Tee ein.

»Wie heißt die Patientin, die das Haus in der Fasholdgasse besitzt?«

»Willst du die Wohnung besichtigen?«, fragte Emma überrascht.

»Ich denke, dass es nicht schaden kann. Vielleicht passt sie ja zu uns, und sie ist bloß einen Katzensprung von dir entfernt.«

»Soll ich bei der Besichtigung mitkommen?«

»Das wäre schön«, sagte Greta. »Zu zweit sieht man mehr. Und wer weiß, vielleicht wird es mein neues Zuhause.«

Beim Begriff »Zuhause« zuckten sowohl Greta als auch Emma zusammen. Bis auf ein paar Jahre war das elterliche Haus immer das Heim der beiden gewesen. Emma fasste nach Gretas Hand.

»Wir müssen wirklich nichts überstürzen. Sollte die Wohnung dir nicht gefallen, gehen wir auf der Stelle wieder.«

Greta nickte tapfer.

»Wenn die Wohnung passt, könnte ich Melanie fragen, ob sie bei Gisi und mir einziehen möchte …«, murmelte Greta nachdenklich.

»Die Studienkollegin, die du erst seit ein paar Wochen kennst?« Emma zog ihre Hand zurück.

»Ja!« Greta richtete sich auf. »Wir könnten voneinander profitieren.«

»Aber du weißt doch gar nicht, ob ihr zusammenwohnen könnt. Ob sie unordentlich ist, viele Männerbesuche empfängt oder die Miete nicht rechtzeitig bezahlt.«

Überrascht hob Greta die Augenbrauen. Für gewöhnlich war sie die Zögerliche, die immer neue Bedenken aus dem Hut zauberte.

»Keine Sorge, das kann ich alles herausfinden«, beruhigte Greta sie. »Aber glaube mir, ich habe ein wirklich gutes Gefühl dabei.«

»Also ich weiß nicht …« Emma zweifelte. »Mit einer Wildfremden zusammenziehen. Das ist sehr riskant.«

»Sagst du nicht immer, dass man nur gewinnen kann, wenn man auch mal was riskiert?«

Je mehr Bedenken Emma äußerte, umso sicherer fühlte Greta sich. Es war, als hätten sie die Rollen vertauscht. Ihre neue gefiel Greta. Sie hoffte inständig, dass ihre Risikobereitschaft morgen früh nicht wieder verschwunden sein würde.

10

Kinderheim Schloss Schönbrunn

Emils Bett stand an der Wand, ein Nachtkästchen befand sich daneben. Darin lag ein Buch, das er beim letzten Besuch aus der Bibliothek mitgenommen hatte. Es war das erste Buch, das er las, seit er hier gelandet war: Karl Mays *Der Schatz am Silbersee*. Emil hatte die Geschichte förmlich verschlungen. Bis zum nächsten Bibliotheksbesuch musste er eine ganze Woche warten. Er würde das Buch erneut lesen und dann noch einmal und noch einmal. Die Geschichte über Winnetou und seinen Freund Old Shatterhand lenkte ihn von seinem eigenen Leben ab. Während er mit dem Indianer über Prärien ritt, vergaß er das Bild seiner Mutter, und das Platschen der Regentropfen in seinem Kopf wurde leiser.

Emil beugte sich zum Nachtkästchen, um das Buch herauszuholen, als er ein leises Seufzen neben sich wahrnahm. Es stammte von Fritz. Man hatte dem Jungen das Bett neben Emil zugeteilt. Gleich am ersten Tag nach der Übersiedelung hatte Fritz damit begonnen, unentwegt auf Emil einzureden. Zuerst hatte Emil bloß schweigend reagiert. Doch die beiden teilten seit einer Woche dieselbe Schulbank. Fritz hatte beharrlich weitergeplappert, ihm vom Fußballspiel vorgeschwärmt, die Namen aller Schulkollegen aufgezählt und ihn ständig um irgendetwas gebeten, das er im Unterricht vergessen hatte. Fritz war ein lausiger Schüler, vergesslich und schlampig. Aber er schien Emil zu mögen, und er war ihm ganz offensichtlich dankbar, dass er den Schlafsaal hatte wechseln dürfen.

Jetzt hockte er seit einer Stunde über seinem Hausaufgabenheft.

»Was ist los?«, fragte Emil.

»Ich kann die Textaufgabe nicht lösen«, gab Fritz zu. »Ich hasse die Schule.«

Emil stand auf und setzte sich neben Fritz. Eigentlich war es nicht erlaubt, Schulaufgaben im Schlafsaal zu erledigen. Aber Fritz war am Nachmittag wieder einmal nicht damit fertig geworden.

»Gib her«, sagte Emil. Erst gestern hatte Fritz einen Eintrag im Mitteilungsheft erhalten, weil er keine Hausaufgaben abgegeben hatte. Frau Veronika hatte ihm gedroht, dass er nicht mehr Fußball spielen durfte, wenn das noch einmal vorkam.

Emil zog das Heft zu sich und löste die kniffelige Rechenaufgabe. Für ihn waren Schlussrechnungen ein Kinderspiel. »Die Antwort musst du selbst schreiben«, sagte er. »Die Lehrerin erkennt sonst meine Handschrift.«

Fritz strahlte Emil dankbar an. »Vielen Dank.«

Ohne darauf zu reagieren, kroch Emil in sein eigenes

Bett zurück. In einer halben Stunde war die Mittagsrast vorbei, dann würden die anderen Kinder wieder Fußball spielen, basteln oder in den Freizeitklub der Roten Falken gehen. Emil hatte darauf keine Lust.

»Hier.« Fritz stand vor ihm und reichte ihm ein Buch. »Das habe ich aus der Bibliothek für dich mitgenommen. Ich werde es nicht lesen. Ist mir viel zu dick.«

»*Durchs wilde Kurdistan* von Karl May.« Emils Augen weiteten sich vor Aufregung. Offenbar hatte Fritz sich gemerkt, welchen Autor er gerade las.

»Danke«, sagte er überrascht.

»Gerne.« Fritz grinste breit.

Er war ebenso dürr wie Emil. Sein schwarzes Haar stand ihm bürstenartig vom Kopf ab. Emil fragte sich, ob Winnetou als Kind wohl ähnlich ausgesehen haben mochte. Er selbst sah sich eher als Old Shatterhand. Der Gedanke gefiel ihm.

11

Fasholdgasse

Goldgelb fiel das Sonnenlicht durch die hohen Fenster auf den glänzenden Parkettboden. In der Ecke des großen Wohnzimmers befand sich ein dunkelgrüner Kachelofen mit einer Holzbank im selben Farbton wie der Boden. Ansonsten war der Raum vollkommen leer. Die Wände waren frisch gestrichen und strahlten jungfräulich weiß. An der Decke befand sich eine zierliche Stuckverzierung aus gewundenen Weinblättern. Eine hohe Glastür führte auf einen Balkon. Dort standen die einzigen Möbelstücke: dunkelgrün gestrichene Stühle und ein Tisch aus Metall.

»Die Wohnung ist hinreißend«, sagte Greta erstaunt. Nie hätte sie damit gerechnet, sich auf Anhieb in die Räume zu verlieben. Vom Balkon aus hatte sie einen herrlichen Blick auf den alten wildromantischen Garten mit knorrigen Obstbäumen. Die Hälfte davon würde ihr gehören. Neben dem geräumigen Wohnzimmer gab es eine große Wohnküche, ein Badezimmer mit Toilette und drei kleine Schlafzimmer.

»Die Wohnung ist wie geschaffen für mich und Gisi.« Begeistert ging sie von einem Zimmer zum anderen und konnte ihr Glück kaum fassen. In Gedanken sah sie bereits die Einrichtung. Sie würde alles ganz genau nach ihren Wünschen gestalten.

»Eine praktische Küche ist das Allerwichtigste«, sagte sie schmunzelnd. »Ich habe kürzlich in einer Zeitschrift ein Bild einer Frankfurter Einbauküche gesehen. Genau so eine will ich haben.«

Emma, die immer noch im Wohnzimmer stand und sich keinen Zentimeter vom Fleck rührte, schien Gretas Begeisterung nicht teilen zu können.

»Was ist los?«, fragte Greta. »Gefällt dir die Wohnung nicht?«

»Doch«, sagte Emma. »Aber ist sie nicht ein bisschen groß?«

»Nein, auf keinen Fall. Ich werde Melanie fragen, ob sie in eines der Schlafzimmer ziehen will.«

»Hältst du immer noch daran fest? Ich finde das keine so gute Idee.« Emma ging zum Balkon, öffnete die hohe Glastür und setzte sich auf einen der Gartenstühle.

»Mach dir keine Sorgen«, beschwichtigte Greta. »Melanie ist ein wirklich netter Mensch, mit dem ich gerne zusammenwohnen möchte.«

»Hm.« Emmas Mundwinkel zogen sich nach unten. Sie wirkte niedergeschlagen.

»Etwas bedrückt dich«, sagte Greta. Sie setzte sich zu ihr. Vom Garten drang Vogelgezwitscher zu ihnen. Ein paar späte Insekten gesellten sich mit ihrem Brummen dazu.

»Ich habe heute Morgen meine Blutung bekommen«, sagte Emma niedergeschlagen. »Dabei war ich diesmal so sicher, dass ich schwanger bin. Ich war drei Wochen überfällig.« Sie senkte ihren Kopf, Greta konnte dennoch sehen, dass ihre Augen feucht waren. Betroffen ergriff sie Emmas Hände. Trotz der ungewöhnlich warmen Temperaturen für die Jahreszeit waren sie eiskalt.

»Du solltest dir keinen Druck machen«, sagte sie. »Bald wirst du Mutter werden, ganz bestimmt.«

Emma nickte tapfer.

»Und wenn nicht, dann hast du deinen Beruf, den du liebst, und du hast Julius. Das ist das Allerwichtigste.« Jetzt musste auch Greta schlucken. Gustavs Bild tauchte unvermittelt vor ihr auf. Ihr fiel auf, dass sie in den letzten Wochen nur selten an ihn gedacht hatte. Auch jetzt schmerzte ihre Erinnerung sie weniger als sonst.

»Ich weiß«, antwortete Emma. Ihre Stimme war brüchig. »Es ist bloß, dass Julius und ich uns diesmal so gefreut hatten. Er war heute Morgen ebenso traurig und enttäuscht wie ich.«

»Macht er dir etwa Vorwürfe?«

»Nein, natürlich nicht«, sagte Emma rasch. »Das würde er niemals tun. Wir wissen ja nicht, woran es liegt. Tatsache ist, dass wir kein Kind bekommen.« Sie machte eine lange Pause und fügte hinzu: »Und jetzt werde ich auch noch Gisi verlieren. Ich werde ihr fröhliches Wesen vermissen. Ihr Lachen, wenn sie viel zu schnell durch den Garten saust und Maxl hinterherjagt.«

»Gisi und ich wohnen drei Gehminuten von dir und Julius entfernt«, erinnerte Greta sie. »Und wenn ich für die Nachtdienste im Kinderheim eingeteilt werde, bin ich dankbar, wenn sie bei euch schlafen darf.«

Emma hob den Kopf. »Und sonst hast du ja noch Melanie.«

Greta musste grinsen. »Sag, bist du eifersüchtig?«

Emma errötete. Sie wirkte ertappt. Eine Weile schwieg sie, dann zuckte sie mit den Schultern. »Vielleicht. Die Vorstellung, dass du eine neue engste Vertraute hast, gefällt mir nicht.«

Greta stand auf, kniete sich neben Emma und nahm sie in den Arm. »Du bist meine Schwester. Du wirst immer eine der wichtigsten Personen in meinem Leben sein. Ganz egal, mit wem ich zusammenlebe.«

Augenblicklich begann Emma zu schniefen. Kurz überlegte Greta, ob sie Emma daran erinnern sollte, dass sie es gewesen war, die immer wieder erwähnt hatte, wie eng die Wohnsituation war. Aber sie ließ es bleiben. Emma war so schon niedergeschlagen genug.

»Du wirst mich nicht mehr brauchen.«

»So ein Unsinn«, widersprach Greta. »Ich werde dich immer brauchen. In den nächsten Wochen zum Beispiel zum Einrichten der Wohnung. Du und Julius müsst mir tatkräftig zur Seite stehen. Allein schaffe ich das nicht.«

Emma rappelte sich auf und wischte sich mit dem Handrücken über die Nase. »Was für ein seltsamer Tag«, sagte sie und klang wieder deutlich gefasster. »Ich erkenne mich selbst kaum wieder.«

»Wenn ich meine Blutung bekomme, steht mein Gefühlsleben auch jedes Mal kopf«, sagte Greta.

Emma rang sich ein Lächeln ab. Dann stand Greta auf und klatschte in die Hände. »Eine Menge Arbeit liegt vor uns.«

Schwungvoll zog Greta ihre Schwester hoch. »Und jetzt lass uns eine Runde durchs Wohnzimmer tanzen, solange noch keine Möbel da sind, können wir das tun.« Sie fasste Emma an der Taille, und gemeinsam drehten sie sich ohne Musik im Dreivierteltakt durch das Zimmer. Genau so, wie sie es als Kinder getan hatten.

»Wäre ein moderner Swing jetzt nicht passender?«, fragte Emma lachend.

»Kannst du den summen?«

»Nein, du hast recht. Da bräuchte ich ein Grammofon dazu. Also der altbewährte Walzer von Strauss.«

Mit jedem Schritt schwand die Schwere, die die beiden eben noch fest im Griff gehabt hatte. Sie lachten herzhaft und außer Atem. Als der Besitzer der Wohnung zurückkehrte, führte er die ausgelassene Stimmung auf den Zustand der Wohnung zurück. Per Handschlag besiegelte Greta den Vertrag. Sie war aufgeregt und stolz zugleich. Es fühlte sich an, als wäre sie eben trotz ihrer dreißig Jahre ein Stück reifer und erwachsener geworden. Ein neues Kapitel ihres Lebens begann, und sie selbst schlug die Seiten darin auf.

12

Kinderheim Schloss Schönbrunn

»Ich werde Ihnen heute das Haus zeigen und die Kinder vorstellen. Es wird nicht lange dauern. Bitte verzeihen Sie meine Verspätung.«

Michael Brenner hatte Greta über zwanzig Minuten warten lassen, weil er noch in einer Besprechung festgesteckt hatte, was ihm sichtlich unangenehm war. Jetzt versuchte er, den Umstand wiedergutzumachen, indem er sie früher nach Hause gehen ließ.

»Ich habe keine Eile«, versicherte Greta. »Meine Schwester schaut nach meiner Tochter.«

»Oh, das freut mich.« Brenners Gesicht entspannte sich wieder.

»Bin ich die einzige Praktikantin im Kinderheim?«, fragte Greta.

»Die Einzige, die erst jetzt mit der Arbeit beginnt. Die beiden anderen Schülerinnen sind gleich bei Kursbeginn eingestiegen. Sie sind beide bei den Mädchen eingeteilt.«

»Dann werde ich mit den Buben arbeiten?«, fragte Greta.

»Leider musste ich vor Kurzem eine Erzieherin in einen anderen Bereich versetzen, weshalb wir bei den Buben akut zu wenig Betreuer haben.«

Greta hätte gerne gewusst, warum die Erzieherin jetzt woanders arbeiten musste, wagte es aber nicht zu fragen.

Brenner schien ihre Neugier zu spüren. »Frau Veronika vertritt sehr altmodische Ideen, die mit meinen Vorstellungen eines modernen Kinderheims nicht in Einklang zu bringen sind.«

Die Antwort befriedigte Greta nur zum Teil. Aber sie beließ es dabei.

»Bei uns sind Mädchen und Buben in zwei verschiedenen Trakten untergebracht«, erklärte Brenner. »Die Freizeitaktivitäten, die Lernzeiten sowie die Mahlzeiten machen die Kinder gemeinsam. Koedukation wird bei uns großgeschrieben. Wir versuchen, den Kindern schon früh das neue Frauenbild zu vermitteln.«

»Das neue Frauenbild?«, fragte Greta erstaunt. »Was verstehen Sie darunter?«

»Frauen sind heute aktiv in den Arbeitsprozess eingebunden. Sie gehen einem Beruf nach und tragen zum Familieneinkommen bei«, erklärte Brenner. »Die Sozialdemokratie legt großen Wert auf gleiche Rechte für Frauen und Männer.«

Greta dachte an ihre eigene Situation. »Trotzdem sind Kindererziehung und der Haushalt nach wie vor Frauensache.« Auch wenn Gustav noch am Leben wäre, würde Greta diese Aufgaben mit Sicherheit übernehmen. Sie fragte sich, ob Gustav einem beruflichen Werdegang für sie zugestimmt hätte? Oder hätte er sich gewünscht, dass sie zu Hause bei Gisi blieb? Vor dem Krieg hatte sich diese Frage kaum gestellt. Die Rollen waren klar verteilt gewesen. Die letzten Jahre hatten alles auf den Kopf gestellt. Auch die Arbeitsaufteilung zwischen Männern und Frauen.

»Die Stadtregierung ist bemüht, mehr Kinderbetreuungsplätze zu schaffen, um die Familien zu entlasten. Es gibt Kindergärten, Kinderhorte, Nachmittagsbetreuungen, Kinderbäder. Auf diese Weise sind die Frauen freigestellt und können arbeiten gehen.« Brenners Erklärungen klangen wie Ausschnitte aus dem sozialistischen Parteiprogramm.

»Mit der Erwerbstätigkeit ist bloß eine weitere Belastung für die Frau dazugekommen«, sagte Greta. Seit sie beschlossen hatte, den schützenden Rahmen, den Emma und Julius ihr geboten hatten, zu verlassen, war sie zwar stolz auf sich, hatte aber auch große Bedenken, ob sie alles schaffen würde. Neben der Ausbildung und dem Praktikum musste sie sich um Gisela kümmern. Für Arbeiten, die sie früher im Handumdrehen erledigt hatte, wie den Abwasch, das tägliche Kochen, den Einkauf, die Wäsche, musste sie sich jetzt zusätzliche Zeit freischaufeln. Nichts davon erledigte sich von allein.

Erstaunt blieb Brenner stehen. »Wollen Sie damit sagen, dass Sie lieber zu Hause sitzen und für Ihren Mann kochen und putzen würden?«

»Mein Mann ist verschollen.«

»Bitte verzeihen Sie«, entschuldigte er sich beschämt. »Ich meinte die Frage hypothetisch.«

»Schon gut, ich will hypothetisch antworten: Gut möglich, dass ich mit der Rolle glücklich geworden wäre. Ich finde es schade, dass Frauen erzählt wird, dass sie nur dann vollwertig sind, wenn sie zusätzlich zum Haushalt und den Kindern auch einer Erwerbstätigkeit nachgehen. Im Grunde haben wir dann drei Berufe.«

Ihre Worte erstaunten sie selbst. War das wirklich sie, die da sprach? Noch vor ein paar Wochen hätte sie sich nicht getraut, ihre Gedanken mit Brenner zu teilen. Wahrscheinlich hätte sie sie nicht einmal zu denken gewagt. Jetzt, da das Leben ihr eine neue Wohn- und Arbeitssituation abverlangte, veränderten sich ihre Überlegungen.

Sie hatten den ersten Schlafsaal erreicht. Brenner führte das Gespräch auf das Heim zurück.

»Derzeit sind uns 110 Buben und 87 Mädchen im Alter von sieben bis vierzehn Jahren anvertraut.«

Greta war über die Zahl erstaunt. Bisher waren ihr bloß vereinzelt Kinder begegnet. Das Heim befand sich in einem Seitentrakt des Schlosses. Niemals hätte sie gedacht, dass so viele hier wohnten.

»Die Schlafsäle sind voll besetzt. In jedem Raum sind zwischen 20 und 26 Kinder untergebracht.«

Brenner blieb vor einer Tür stehen und öffnete sie. »Im Moment sind die Kinder alle im Garten, im Sozialraum oder in Freizeiteinrichtungen. Sie dürfen dort Sport betreiben, sich kreativ betätigen oder an Gruppenaktivitäten teilnehmen. Da wir so viele unterschiedliche Gruppen anbieten, verteilen sich die Kinder, und es wirkt nie so, als stießen wir an unsere räumlichen und personellen Kapazitäten, was wir eigentlich tun.«

Greta spähte in den Raum. Er war trostlos und kahl. Vom Prunk der Vortragssäle war hier nichts zu spüren. In diesem Teil des Schlosses befanden sich die Dienstwohnungen des ehemals kaiserlichen Personals. So prächtig der Kaiser auch gewohnt haben mochte: Vom Reichtum und Glanz hatten seine Gärtner, Verwalter, Köche, Handwerker und Dienstmädchen wenig bis nichts abbekommen. Auch den Kindern war jeglicher Luxus verwehrt. Einfache Stahlrohrbetten, die an ein Feldlazarett erinnerten, standen mit geringem Abstand aufgereiht nebeneinander. An jedem Bett befand sich ein kleines Nachtkästchen. Die Decken auf den Betten waren akkurat gefaltet. Nichts zeugte von Individualität.

»Wo haben die Kinder ihren persönlichen Besitz«, fragte Greta.

Brenner sah sie fragend an.

»Ein Stofftier, eine Puppe, ein Lieblingsbuch, vielleicht ein Foto.«

»An der Rückseite des Saals gibt es Schränke. Dort bewahren die Kinder ihre Kleidung und ihre Schulsachen auf. Spielzeug wird gemeinschaftlich benutzt. Es gibt einen eigenen Spielraum für die Jüngsten.«

»Keine persönlichen Spielsachen?«

»Wir achten darauf, dass die Kinder möglichst wenig Erinnerungsstücke an zu Hause haben. Es würde sie bloß traurig machen. Es ist so schon schwierig für einige von ihnen, hier zu sein. Sie sehnen sich nach ihren Eltern, auch wenn diese oft nicht sehr nett zu ihnen waren.«

Greta fragte sich, ob die Ankunft im Heim für die Kinder

nicht einfacher wäre, wenn sie etwas von zu Hause mitbringen durften. So war es, als würden sie ihre Identität völlig aufgeben müssen und ihre Vergangenheit auslöschen.

»Würde eine geliebte Puppe oder ein Stofftier den Kindern nicht ein bisschen Halt in der völlig fremden Umgebung bieten? Etwas, an dem sie sich festhalten können, um sich nicht verloren zu fühlen?«

»Wir sind bestrebt, den Kindern Halt mittels stabiler Beziehungen anzubieten und sie nicht mit Gegenständen abzuspeisen. Wir haben die Erfahrung gemacht, dass Besitztümer den Neid schüren. Die Kinder, die bei uns landen, kommen aus zerrütteten Familienverhältnissen. Wir wollen etwaige Konflikte vermeiden.«

Greta fühlte sich zurechtgewiesen. Sein belehrender Ton stieß ihr sauer auf. Sie wollte seine Bemerkung nicht so stehen lassen:

»Ich stelle mir gerade vor, wie meine kleine Tochter sich fühlen würde, wenn man sie in diesen Schlafsaal steckt, weit weg von mir und ihrer vertrauten Umgebung. Nichts hier ist heimelig oder gemütlich.«

»Es ist ein Schlafsaal.«

Ihren nächsten Gedanken behielt Greta für sich. Der Raum erinnerte sie im besten Fall an ein Krankenhaus und im schlimmsten Fall an ein Gefängnis. Im hintersten Eck des Saals saßen drei Buben. Als sie Brenner bemerkten, sprangen sie auf. Es war offensichtlich, dass sie bei etwas Verbotenem unterbrochen worden waren.

»Warum seid ihr nicht bei den anderen im Garten?«, erkundigte sich Brenner sogleich.

»Ich hab mein Notizheft fürs Fährtenlesen vergessen«, sagte der Größte der drei. Der Junge war dürr und hatte Pickel im Gesicht. In seinem Blick lagen Provokation, Trotz und noch etwas, das Greta nicht fassen konnte. Es war vollkommen klar, dass er log. Auch Brenner schien es zu wissen. Doch er ließ die Lüge durchgehen.

»Hast du das Notizbuch jetzt?«

»Ja.«

»Dann sollten du und deine Freunde schleunigst zum Fährtenklub, bevor man nach euch sucht.«

Die zwei kleineren wuselten davon, doch der Bub mit den Pickeln setzte sich demonstrativ langsam in Bewegung. Als er an Greta vorbeiging, musterte er sie ungeniert von oben bis unten. So als wollte er abschätzen, wie leicht es sein würde, sie hinters Licht zu führen. Was er sah, schien ihm zu gefallen. Er grinste heimtückisch.

»Ist das die neue Erzieherin?«, fragte er abschätzig.

Greta setzte an, sich vorzustellen, doch Brenner kam ihr zuvor.

»Es ist unhöflich, eine Frage über eine Person zu stellen, die direkt neben dir steht. Du kannst mit Frau Greta persönlich sprechen.« Sein Tonfall war jetzt deutlich schärfer, was bei dem Jungen noch mehr Widerstand hervorzurufen schien.

Er drückte die Schultern durch, um größer zu wirken, als er tatsächlich war. Nach einer schier endlosen Pause wandte er sich an Greta. »Sind Sie die neue Erzieherin?« Die Art, wie er die Frage stellte, hatte etwas Herausforderndes.

»Ich bin bloß hier, um zu lernen«, sagte sie wahrheitsgemäß. Noch während sie sprach, überlegte sie, ob es klug war, sich als Schülerin vorzustellen. Nun war es zu spät. »Mein Name ist Greta Weber. Und wie heißt du?«

»Ferdl.«

»Freut mich, Ferdl.« Sie streckte ihm die Hand entgegen. Er starrte erstaunt darauf, so als hätte ihm noch nie eine erwachsene Frau die Hand gereicht. Schon fürchtete Greta, er würde sie einfach so stehen lassen. Doch dann ergriff er sie zögerlich. Sein Händedruck war unsicher und viel zu leicht für sein freches Auftreten. Kaum hatte er sie wieder losgelassen, sauste er aus dem Raum. Greta sah ihm verdattert nach.

»Ferdl ist einer unserer Problemfälle. Er kommt aus schwierigen Verhältnissen. Sein Vater hat ihn fast zu Tode geprügelt. Wenn man ihm keine Grenzen aufzeigt, versucht er, sich als Anführer aufzuspielen. Auch den Pädagogen gegenüber. Wenn Sie mit ihm zu tun haben, sollten Sie ihm von Anfang an zeigen, dass Sie diejenige sind, die die Autorität innehat.«

Gretas Zuversicht sank. Sie hatte nicht damit gerechnet, dass sie sich auf Machtkämpfe mit Kindern einzustellen hatte. Die Vorstellung, Ferdl beweisen zu müssen, dass sie das Sagen hatte, missfiel ihr.

»Aber keine Sorge«, beruhigte Brenner. »Sobald Ferdl weiß, dass Sie nicht mit sich spaßen lassen, wird er Sie akzeptieren.«

»Das klingt nach Hack- und Rangordnung wie bei Tieren im Zoo«, sagte Greta.

Brenner lachte. »Ja, vielleicht ist es ein bisschen so.«

Greta verging das Lachen. Einmal mehr wurde ihr bewusst, wie wenig sie darüber nachgedacht hatte, was sie bei der Ausbildung erwarten würde. Leise fragte sie sich, ob die Erzieherinnenschule die richtige Entscheidung gewesen war.

Sie folgte Brenner in den nächsten Schlafsaal. »Hier sind ebenfalls Sieben- bis Zehnjährige untergebracht. Letzte Woche haben wir zwei Buben aus dem Schlafsaal, in dem wir eben waren, hierhin umgesiedelt, weil es Probleme gegeben hat.«

»Mit Ferdl?«, fragte Greta.

»Das wissen wir leider nicht. Ein Bub wurde zusammengeschlagen. Aber wir konnten nicht herausfinden, wer es gewesen war.«

»Oh, mein Gott. Das klingt ja schrecklich!«, sagte Greta.

»Viele Kinder haben nie gelernt, dass man Probleme auch ohne Gewalt lösen kann. Schlägereien gehören leider immer wieder zum Heimalltag. Wir sind bemüht, den Kindern andere Lösungen anzubieten und ihnen zu zeigen, dass man mit Gewalt keine Konflikte lösen kann.«

Greta wurde bang. Wie sollte sie mit schlagenden Kindern umgehen? Auf diese Aufgabe fühlte sie sich nicht vorbereitet. Im Unterricht redeten sie vom neuen Menschenbild, von Demokratieverständnis und dem Recht auf Selbstbestimmung. Niemand sagte ihr, was sie tun sollte, wenn Ferdl Anweisungen, die sie ihm gab, einfach ignorierte.

Über den Gang kamen ihr zwei Buben entgegen. Einer hielt ein Buch in der Hand, der andere einen Fußball. Das Gesicht des Buben mit dem Buch war verschwollen. Sein rechtes Auge blau und die Nase dick und rot. Eine unendliche Traurigkeit schien die Kinder zu umgeben. Am liebsten hätte Greta sie beide in den Arm genommen und einfach nur fest an die Brust gedrückt.

»Das sind die Buben, die wir umgesiedelt haben«, erklärte Brenner flüsternd. »Emil, der Junge mit den Blessuren im Gesicht, hat bis vor Kurzem nicht geredet. Wir hatten große Angst, dass er nie wieder zur Sprache findet. Aber irgendwie ist es Fritz gelungen, ihn aus seinem Schneckenhaus herauszuholen. Er ist immer noch nicht sehr gesprächig. Aber er teilt sich zumindest mit.«

Greta sah den Kindern nach. Beide schienen bedrückt. Die Buben erinnerten sie an zwei Ertrinkende, die versuchten, sich gegenseitig ans Ufer zu ziehen. Dabei sollten die Kinder ausgelassen lachend über den Gang flitzen, genau wie Gisi es tun würde.

»Warum sind die Buben hier?«

»Emil ist Vollwaise, Fritz musste seiner Mutter abgenommen werden, weil sie nicht in der Lage war, ihn zu versorgen.«

»Sie hatte zu wenig Geld?«

Brenner zog beide Augenbrauen hoch und sah Greta ernst an. »Sie hat sich prostituiert, um an Geld zu gelangen, und Fritz musste dabei zusehen.«

»Oh.« Greta wurde schlecht. Sie fühlte sich nicht ausreichend vorbereitet, um mit solch traurigen Geschichten professionell umgehen zu können.

»Ich zeige Ihnen jetzt noch den Speisesaal, die sanitären Einrichtungen und die Freizeiträume.«

»Wie schade, dass die Kinder zum Jahreswechsel umsiedeln müssen«, meinte Greta.

»Grundsätzlich stimme ich Ihnen zu«, sagte Brenner. »Es haben sich alle recht gut eingelebt. Zum Glück ist es uns gelungen, eine neue Einrichtung zu finden. Das Schloss am Wilhelminenberg wird ähnlich ausgestattet sein. In meinen Augen ist der Garten das Wichtigste. Die Kinder brauchen frische Luft und ausreichend Bewegung. Die Grünflächen am Wilhelminenberg sind einmalig.«

»Ein Garten ist bestimmt wichtig«, stimmte Greta ihm zu. »Aber das Allerwichtigste sind liebevolle Menschen, die die Kinder betreuen und ihnen ein Gefühl von Sicherheit und Stabilität vermitteln.«

Er drehte sich zu ihr: »Das haben Sie wunderschön formuliert.«

Greta schoss das Blut in die Wangen. Sie senkte den Kopf und lief den Gang weiter in der Hoffnung, dass er es nicht sehen konnte. Warum brachte sie sein Lob derart in Verlegenheit?

• • •

Eine Stunde später kannte Greta nicht nur das Gebäude, sondern wusste auch über ihre Aufgaben Bescheid. Sie würde schon nächste Woche mit einer erfahrenen Erzieherin einen Nachtdienst übernehmen. Sie würde dafür sorgen, dass die Kinder sich ordentlich wuschen, sich die Zähne putzten und dann in ihre Betten gingen. Vielleicht blieb Zeit, eine Gutenachtgeschichte vorzulesen. Gemeinsam mit der Kollegin würde sie für sämtliche Buben im Heim verantwortlich sein. Das waren eine Menge Kinder. Die Vorstellung machte Greta nervös.

Aber Brenner versicherte ihr, dass es halb so schlimm sei. »Sobald die Kinder schlafen, ist ein Nachtdienst eine einfache Sache.«

»Hm.« Greta wollte ihm gerne glauben.

Als sie sich verabschieden wollte, fragte Brenner: »Darf ich Sie noch auf einen Kaffee einladen, oder haben Sie es eilig?« Er lächelte sie an, dabei bildete sich auf seiner rechten Wange ein Grübchen. Gemeinsam mit den Sommersprossen verlieh es ihm etwas jungenhaft Schelmisches.

Greta zögerte.

»Ich habe Sie zwanzig Minuten warten lassen, das will ich wiedergutmachen«, entschuldigte er sich.

Greta sah auf die Uhr. Sie hatte noch ausreichend Zeit. Was sprach gegen einen Kaffee? Vielleicht würde Benner ihr noch mehr vom Heim und den Kindern verraten. Je mehr Informationen sie erhielt, umso besser wäre sie vorbereitet. Außerdem fand sie seine Gegenwart sehr angenehm. Es sprach nichts gegen einen Kaffee.

»Gerne!«, sagte sie.

Sein Lächeln wurde breiter, und seine Freude wirkte ehrlich.

»Ich hole nur rasch mein Sakko.«

Er ließ sie zurück und eilte die Stufen hinauf in den ersten Stock, wo sich sein Büro befand.

Kurz darauf war er wieder bei ihr. Er schien sich auch gekämmt zu haben. Sein rotblondes Haar stand nicht mehr ganz so wirr von seinem Kopf ab. Gemeinsam verließen sie das Kinderheim. Beim Ausgang des Schlossgartens stießen sie auf Katharina und zwei weitere Schülerinnen.

»Herr Brenner, wie schön, Sie zu sehen.«

Katharina hob die Stimme und blieb stehen. Während sie Brenner durchdringend ansah, nickte sie Greta nur kühl zu. Ihr Haar war kunstvoll zu einem Kranz um ihren Kopf gelegt. »Ich hatte gehofft, Sie zu treffen«, plapperte sie munter weiter. »Die Aufgabe, die heute Morgen gestellt wurde, ist verwirrend. Können Sie Licht ins Dunkel bringen? Emilia, Silvia und ich haben den ganzen Nachmittag darüber diskutiert, sind aber auf kein befriedigendes Ergebnis gekommen.« Sie drehte sich zu ihren Studienkolleginnen. Eine nickte zustimmend, die andere war langsamer und reagierte nicht sofort. Erst als Katharina ihr mit dem Ellbogen in die Seite stieß, sagte auch sie: »Wir brauchen dringend Hilfe.« Es war offensichtlich, dass die drei über etwas ganz anderes geredet hatten.

»Es freut mich sehr, dass Sie die Aufgaben so ernst nehmen und in Ihrer Freizeit über Fragen aus dem Unterricht diskutieren«, sagte Brenner. Er blinzelte Hilfe suchend zu Greta.

Würde sie sich jetzt ähnlich äußern, würde er wohl mit allen vier Studentinnen über die Bedeutung und Sinnhaftigkeit von Lob reden. Greta hatte keine Lust auf Theorie. Sie wollte Handfestes über die Kinder erfahren. Deshalb schwieg sie beharrlich.

»Wir können uns gerne morgen zusammensetzen und die Frage erörtern«, schlug Brenner vor. »Heute habe ich leider keine Zeit mehr.« Er wandte sich zum Gehen. Kurz glaubte Greta, Katharina würde ihnen folgen. Als auch sie sich in Bewegung setzte, hatte sie das Gefühl, Katharinas bohrende Blicke im Rücken zu spüren.

Rasch hatten sie ein Kaffeehaus in Hietzing erreicht. Wegen der ungewöhnlich warmen Oktobertemperaturen konnten sie sich an einen Tisch im Freien setzen. Vor Greta standen eine Tasse Melange und der Rest eines goldgelben Gugelhupfs mit vielen Rosinen auf dem Tisch. Es war Wochen her, dass sie selbst Mehlspeisen in der Küche zubereitet hatte. Seit sie in die Erzieherinnenschule ging, kam sie kaum noch zum Backen.

»Rosinen spalten die Geister«, sagte Brenner. »Entweder mag man sie, oder man kann sie nicht ausstehen. Ich kenne niemanden, dem sie gleichgültig sind.«

»Stimmt«, schmunzelte Greta. »In meiner Familie bin ich die Einzige, die sie mag. Deshalb backe ich nie Gugelhupf. Sogar im Apfelstrudel muss ich sie weglassen.«

»Ich kann nicht genug davon bekommen«, gestand Brenner. Dabei sah er sie so intensiv an, dass Greta heiß wurde. »Erzählen Sie mir mehr über sich«, bat er. »Wie kam es, dass Sie sich für die Erzieherinnenschule entschieden haben? In Ihrem Bewerbungsbogen haben Sie sich sehr vage gehalten.«

Greta stach mit der Gabel ein Stück Gugelhupf ab und schob es in den Mund. Der Geschmack von Vanille und Rum breitete sich auf ihrem Gaumen aus. Es schmeckte himmlisch. Erst als sie geschluckt hatte, antwortete sie.

»Es war die Wahrheit«, sagte sie erstaunt. »Ich habe mich völlig spontan für die Ausbildung entschieden.«

»Haben Sie den Schritt bisher bereut? Ihre Freundin hat ja bereits aufgegeben.«

Melanie arbeitete mittlerweile fix in der Wiener Werkstätte. Erst gestern hatte Greta die Freundin getroffen, um gemeinsam durch den Schlossgarten zu spazieren. Melanie war in der Werkstätte glücklich. Sie hatte dort den Ort gefunden, an dem sie das tun konnte, was sie am allermeisten liebte: zeichnen und fantasievolle Muster entwerfen. Im Moment arbeitete sie an einem Design für Konfektschachteln. Sie hatte Greta ihre Entwürfe gezeigt. Sie waren einfach großartig.

Greta ließ sich mit der Antwort Zeit. »Ich bin mir nicht sicher, ob es die richtige Entscheidung für mich war«, gab sie ehrlich zu. »Noch habe ich nicht mit den Kindern gearbeitet. Die Theoriestunden finde ich sehr interessant. Daher bereue ich die Entscheidung nicht. Stellen Sie mir die Frage nach meinem ersten Nachtdienst noch einmal.«

Brenner grinste.

»Auf alle Fälle war es höchste Zeit für einen Schritt in Richtung Selbstständigkeit«, fügte Greta ehrlich hinzu.

»Wie soll ich das verstehen? Sie sind doch selbstständig.«

»Nach dem Verlust meines Ehemanns habe ich sehr lange getrauert und mich wohl ein bisschen vor der Realität und dem Leben versteckt.«

»Und jetzt trauern Sie nicht mehr?« In seinen hellen Augen lagen Interesse, Neugier und etwas, das Greta nicht deuten konnte.

»Ich bin immer noch traurig über den Verlust«, gab Greta zu. »Die Lücke, die Gustav hinterlassen hat, wird nie wieder gefüllt werden können. Aber der Schmerz lässt langsam nach. Er reißt mir nicht mehr den Boden unter den Füßen weg. Ich bin vor langer Zeit ganz unten angekommen. Viel zu lange bin ich dort geblieben. Jetzt krieche ich langsam aus dem dunklen Tunnel ans Tageslicht zurück.« Greta war über ihre Wortwahl selbst erstaunt. Noch nie hatte sie so treffende Worte für ihre eigene Situation gefunden. Es fiel ihr erstaunlich leicht, mit Brenner über dieses heikle Thema zu sprechen.

»Das sind starke Bilder«, sagte er. »Ich freue mich, dass es langsam wieder bergauf geht.«

»Und was ist mit Ihnen?« Greta wollte die Aufmerksamkeit auf ihn lenken. »Welche Narben hat der Krieg bei Ihnen hinterlassen?«

»Sehe ich aus, als hätte ich Narben?« Er lächelte charmant. Ein warmer Schauer lief Greta über den Rücken. Es war ein aufregendes, schönes Gefühl, das sie irritierte.

»Ich kenne niemanden, der den Wahnsinn völlig unbeschadet überstanden hat. Jeder hat in irgendeiner Form Verluste erlitten«, sagte sie.

»Da haben Sie wohl recht«, antwortete Brenner. Ein Schatten legte sich über sein Gesicht. »Ich habe am Isonzo gekämpft«, fuhr er fort. »Früher habe ich die Berge geliebt. Seit der letzten Schlacht weiß ich, dass ich nie wieder einen Gipfel erklimmen werde. Ich habe zu viele Kameraden abstürzen sehen. Die Italiener haben sie abgeschossen wie lebende Zielscheiben am Jahrmarkt.«

Greta schluckte.

»Die Österreicher waren um keinen Deut besser«, meinte Brenner bitter. »Möglich, dass ich für den Tod von Bergkameraden verantwortlich bin, denen ich vor dem Krieg auf einer der Schutzhütten in den Dolomiten begegnet bin. Männer, mit denen ich gelacht, gesungen und gemeinsam gegessen habe. Es ist das Wesen des Krieges, dass er Menschen in Monster verwandelt. Die Angst, selbst zu sterben, macht uns zu Mördern.«

Greta wollte etwas erwidern, ihm warme Worte schenken, aber er winkte ab.

»Ich habe niemanden wissentlich abgeschossen«, beteuerte Brenner. »Aber der Grund war nicht meine hohe Moral oder mein einwandfreies Gewissen, sondern die Tatsache, dass ich ein guter Kletterer, aber ein lausiger Schütze bin. Ich kann nicht sagen, ob ich geschossen hätte, wäre ich dazu in der Lage gewesen. Im Kampf geht es nur darum, die eigene Haut zu retten.«

Greta schwieg betroffen. Die Atmosphäre war mit einem Mal sehr gedrückt.

»Wir müssen dafür sorgen, dass sich eine Katastrophe wie dieser Krieg nicht wiederholt«, sagte Brenner. »Ich bin Pädagoge geworden, weil ich davon überzeugt bin, dass es die Kinder sind, die einen Krieg verhindern können. Sie sind unsere Zukunft. Wenn die nächste Generation lernt, was Demokratie bedeutet, welcher wertvolle Schatz sie sein kann, wird es nie wieder einen Flächenbrand geben.«

Seine enthusiastischen Worte hoben die Stimmung. Greta fand die Vorstellung, mit der Erziehung junger Menschen einen Krieg verhindern zu können, schön. Auch wenn ihr durchaus bewusst war, wie utopisch dieser Gedanke war.

»Das sind große Ziele, die Sie verfolgen«, sagte sie darum lächelnd.

Er legte den Kopf schräg. »Warum soll ich mich mit kleineren zufriedengeben?«

Die Lachfältchen rund um seine Augen machten ihn noch attraktiver.

»Sind Sie verheiratet?« Noch während Greta die Worte aussprach, hätte sie sich am liebsten auf die Zunge gebissen. Was war nur in sie gefahren? Hoffentlich missinterpretierte er ihre Frage nicht. Es war die pure Neugier, die sie getrieben hatte.

Er antwortete mit mildem Blick. »Nein.«

Greta errötete. Die Situation entwickelte sich in eine völlig unerwartete Richtung, und sie selbst hatte sie eingeschlagen.

»Ich war verlobt«, gab Brenner zu. »Im letzten Moment hat meine Auserkorene sich für einen anderen Mann entschieden. Einen, der mehr Geld besaß und ihr ein besseres Leben bieten konnte.«

»Und war es so? Hat er das Versprechen einlösen können?«

Brenner zuckte mit den Schultern. Dann schüttelte er den Kopf. »Ich weiß es nicht. Wir haben keinen Kontakt mehr. Die Sache ist lange her. Ich habe seit Jahren nicht mehr an sie gedacht.«

Eine Pause entstand. Greta starrte beschämt auf ihren Teller. Wie hatte sie bloß so intime Fragen stellen können? Sie schien vollkommen vergessen zu haben, dass sie mit einem ihrer Dozenten im Kaffeehaus saß. Brenners Nähe fühlte sich seltsam vertraut an, so als würde sie ihn schon seit Jahren kennen und nicht erst seit ein paar Wochen. Sie wollte mehr über ihn wissen.

»Ich bin sehr froh, dass Sie am Lehrgang teilnehmen«, sagte er ehrlich.

Greta sah vom Teller auf.

»Sie haben einen kritischen Geist. Genau das brauchen wir an der Schule.«

Greta fragte sich, ob er auch noch dieser Meinung war, wenn sie sich weigern würde, Parteimitglied zu werden. In dieser Sache war sie nach wie vor unentschlossen. Zum Glück war sie bis jetzt noch nicht dazu genötigt worden.

Er beugte sich näher zu ihr. Greta konnte nun jede einzelne seiner Sommersprossen sehen. Eine Wärme ging von ihm aus, die sie auf angenehme Weise nervös machte.

»Natürlich ist das nicht der einzige Grund«, sagte er sanft.

Gretas Herz schlug schneller. Auf der einen Seite sehnte sie sich nach dem, was jetzt folgen könnte. Andererseits hatte sie panische Angst davor.

»Ich muss jetzt dringend nach Hause«, sagte sie und sprang auf. Dabei kippte der Sessel nach hinten. Sie fing ihn gerade noch auf. »Meine Schwester kann nicht den ganzen Nachmittag auf meine Tochter aufpassen«, entschuldigte sie sich. Sichtlich verdattert ob ihres fluchtartigen Aufbruchs, stand Brenner langsam auf. Die Enttäuschung auf seinem Gesicht war nicht zu übersehen. »Wie schade!«

»Vielen Dank für Kaffee und Gugelhupf«, sagte Greta. »Beides war köstlich.«

Sie wollte ihm bloß zuwinken, doch er ergriff ihre rechte Hand und umschloss sie zärtlich mit seinen Fingern. Sie fühlten sich warm und kräftig an. Greta mochte die Berührung. Erneut ging ein Schauer durch ihren Körper. Diesmal direkt durch ihre Mitte.

»Ich würde mich freuen, wenn wir diesen Nachmittag wiederholen könnten.«

Greta wollte antworten, aber sie konnte nicht. Ihr Mund war trocken, ihre Kehle wie zugeschnürt. Gustavs Bild tauchte vor ihr auf und verschwand sofort wieder. Trotzdem kam sie sich schäbig vor. So als würde sie ihn hintergehen.

»Auf Wiedersehen.« Greta entzog ihm ihre Hand und verließ rasch den Gastgarten. Ihr Herz raste und beruhigte sich erst wieder, als sie in die Altgasse einbog.

13

Fasholdgasse

Melanie stand auf dem Balkon und schaute entzückt in den Garten. Immer wieder griff sie sich fassungslos mit der Hand an die Stirn. »Und du willst wirklich, dass ich bei dir einziehe? Diese Wohnung ist ein Traum.«

»Ja«, sagte Greta zum gefühlt tausendsten Mal. »Wir werden es gemeinsam sehr gemütlich haben. Die Hälfte des Gartens gehört zur Wohnung. Im Sommer können wir uns Liegestühle im Schatten der Bäume aufstellen, eine Gartenparty feiern und im Beet Gemüse anpflanzen.«

»Das mit dem Gemüse überlasse ich dir«, schmunzelte Melanie. Sie drehte sich um und umarmte Greta stürmisch. »Ich freu mich.«

»Ich mich auch.« Die beiden lachten.

»Darf ich die Stoffe für die Vorhänge drucken? Erst gestern habe ich ein Muster entworfen, das hervorragend ins Wohnzimmer passen würde. Ein dezentes Blumenmuster in gedeckten Farben.«

»Sehr gerne«, sagte Greta.

»Mein Kollege Sebastian ist Kunsttischler. Wenn wir ihn ganz lieb bitten, fertigt er uns sicher eine Eckbank an, die neben den Kachelofen passt. Und Sibille, die Keramikerin, kann uns einen Lampenschirm zum Vorhangstoff entwerfen.«

Greta bremste Melanie ein. »Das klingt alles ganz wunderbar«, sagte sie. »Ich fürchte bloß, dass meine Ersparnisse vollständig in der Wohnung aufgehen. Ich werde mir keine exklusive Einrichtung leisten können, sondern mich mit einfachen Möbeln zufriedengeben müssen.«

Die Produkte der Wiener Werkstätte waren Kunstobjekte, für die nur die Wohlhabenden der Stadt genug Geld aufbringen konnten. Grund war der enorme Zeitaufwand, der in jedem Produkt steckte. Die Stücke wurden einzeln entworfen und per Hand hergestellt. Namhafte Politiker, Künstler und Industrielle statteten ihr gesamtes Haus mit Objekten aus der Werkstätte aus. Vom Kaffeehäferl bis zum Kleiderschrank entstand alles im gleichen Stil.

»Unsinn!« Melanie wischte Gretas Einwand mit einer ungeduldigen Handbewegung weg. »Du bist meine Freundin, wir werden für jedes Stück, das wir bestellen, einen Spezialpreis aushandeln. Mit etwas Glück kosten uns die Objekte bloß ein bisschen mehr als den Materialwert und ein paar ordentliche Abendessen.«

»Du meinst, deine Kollegen würden das für uns tun?«

Melanie grinste vielsagend.

Greta traute der Freundin zu, dass sie ihre Künstlerkollegen überreden würde. Melanie war ein Mensch, dem man keine Bitte abschlagen konnte.

»Auf alle Fälle musst du in die Werkstätte kommen und alle kennenlernen«, drängte Melanie.

»Mal sehen.«

»Wann willst du mich besuchen kommen? Soll ich die Vorhänge nähen lassen? Oder willst du das selbst machen? Du könntest abends die Nähmaschinen in der Werkstätte benutzen. Ich werde mit Sibille reden. Oh, das wird fein. Wir machen unsere eigenen Vorhänge und entwerfen passende Überzüge für ein Sofa. Was sind deine Lieblingsfarben?«

Melanies Enthusiasmus war ansteckend. Greta konnte Vorhänge, Sofa und Lampenschirm schon förmlich vor sich sehen.

»Kriege ich auch Vorhänge?« Gisi kam aus dem Garten zurück. Sie hatte den Kirschbaum erkundet, der sich hervorragend zum Klettern eignete.

»Ja, natürlich, mein Schatz.«

»Wie soll das Muster aussehen?«, fragte Melanie. »Willst du Prinzessinnen darauf haben?«

Empört schüttelte Gisi den Kopf: »Nein, auf keinen Fall. Es sollen Pferde sein.«

»In Ordnung«, sagte Melanie. »Ein wunderschöner Vorhangstoff mit Pferden. Tiere sind ohnehin interessanter als Krönchen.«

Damit war Gisi einverstanden.

Danach tüftelten sie gemeinsam einen Einrichtungsplan aus, der allen dreien gefiel. Am Ende des Tages rollte Melanie ihre Entwürfe ein und steckte sie in ihre Tasche.

»Die zeige ich Sebastian«, sagte sie. »Ich bin gespannt, was er dazu sagen wird.«

»Was ist mit Maxl?«, fragte Gisi. »Bleibt der bei Onkel Julius?«

Eigentlich war Maxl Julius' Hund. Er hatte ihn von der Straße gerettet. Aber in den letzten Jahren hatte vor allem Gisi den Hund in ihr Herz geschlossen und viel Zeit mit ihm verbracht.

»Maxl bleibt in der Altgasse«, sagte Greta. Noch bevor Gisi ein enttäuschtes Gesicht ziehen konnte, fügte sie hinzu. »Aber du kannst ihn jeden Tag besuchen. Auch die Ziegen und die Hühner und die alte Katze. Sie alle warten darauf, von dir gestreichelt zu werden.«

Gisi zögerte.

»Außerdem braucht Tante Emma deine Hilfe in der Praxis. Sie wäre bitter enttäuscht, wenn du nicht regelmäßig zu ihr kämst.«

Dieses Argument schien Gisi zu überzeugen. »Ich will Tante Emma und Onkel Julius auch jeden Tag sehen«, sagte sie ernst.

Greta fand es schade, dass Emma ihre Nichte jetzt nicht hören konnte. Aber sie wusste auch so, wie sehr Gisi an ihr hing.

»Diese Wohnung ist einfach perfekt«, sagte Greta.

Es war Jahre her, dass sie eine so unbändige Freude verspürt hatte. Ihr Kopf war befreit von düsteren Gedanken. Sie verspürte pures Glück. Erst als sie sich dessen bewusst wurde, schlich sich das schlechte Gewissen ein. Durfte sie so glücklich sein? Gustav blieb verschollen und konnte sich nicht mitfreuen. Greta schob den Gedanken zur Seite. Für den Moment funktionierte es, aber die Finsternis würde wiederkommen. Greta wusste es und war darauf vorbereitet.

14

Kinderheim Schloss Schönbrunn

Emil erkannte die Gefahr zu spät. Er konnte Fritz nicht rechtzeitig warnen. Der Freund stolperte über Ferdls Fuß und fiel mit dem Kopf voran auf den Schotterboden. Im letzten Moment hielt er die Arme schützend vor das Gesicht. Aber die Handflächen und die Knie waren blutig. Kleine Steinchen saßen tief in den Wunden. Fritz biss die Zähne zusammen. Stille Tränen des Schmerzes kullerten über seine Wangen.

Niemand hatte den Vorfall gesehen. Diesmal war Ferdl allein unterwegs. Er hatte den beiden hinter einem rund geschnittenen Buchsbaum aufgelauert.

»He, kleiner Schwachkopf!« Ferdl richtete seine Worte an Emil. »Hast geglaubt, dass du mich los bist, nur weil du jetzt in einem anderen Schlafsaal bist? Da hast du dich ordentlich geirrt.«

Emil sah in das schmale Pickelgesicht. Er hatte keine Angst, aber anders als beim letzten Mal würde er sich heute gegen den Angriff wehren. Er würde sich nicht kampflos verprügeln lassen. Sein Blick fiel auf Fritz, und eine unbändige Wut stieg in ihm auf. Der Freund lag blutend am Boden. Er hatte Ferdl nichts getan.

»Du musst mir noch die Schuhe bringen. Hast wohl vergessen, Schwachkopf. Ich rate dir, hol sie, wenn ich dich noch mal dazu auffordere. Sonst kommst du beim nächsten Mal nicht mit einer gebrochenen Nase davon.«

Ferdl spuckte neben Fritz, der am Boden kauerte und seine blutigen Hände von sich hielt. »Und du kleine Ratte solltest dir überlegen, mit wem du befreundet bist.«

Mit einem Mal formten sich Emils Hände zu Fäusten. Ohne Vorwarnung stürzte er sich auf Ferdl und schlug ihm mit voller Kraft ins Gesicht. Der Überraschungseffekt war auf seiner Seite. Ferdl schrie laut auf. Augenblicklich floss dunkles Blut aus seiner Nase und tropfte auf den hellen Kiesboden.

»He, was soll das!« Ferdl rappelte sich auf und taumelte einen Schritt rückwärts. Er fasste sich an die blutende Nase. »Hast du den Verstand verloren?!«

Emil antwortete nicht. Er hielt beide Fäuste kampfbereit vor seiner Brust. Genau wie Old Shatterhand es getan hätte. Geschickt tänzelte er vor Ferdl auf und ab. Der musterte ihn abschätzend.

»Das wirst du bereuen, Schwachkopf.« Ferdl drehte sich auf dem Absatz um und rannte davon.

Überrascht sah Emil ihm nach. Er hatte nicht damit gerechnet, dass Ferdl so schnell und kampflos aufgeben und Reißaus nehmen würde. Als er außer Sichtweite war, kniete er sich zu Fritz. In den Wunden befanden sich kleine Kieselsteine.

»Das muss sich die Krankenschwester anschauen«, sagte er.

Fritz ging nicht darauf ein. »Der Tank wird sich rächen.«

Emil zuckte mit den Schultern. »Soll er doch.«

»An uns beiden«, meinte Fritz.

»Na und, hast du Angst?«

Fritz wiegte den Kopf. »Weiß nicht«, gab er zu. Aber dann breitete sich ein Grinsen auf seinem Gesicht aus. »Der Tank ist eben vor dir davongelaufen.«

Emil reichte Fritz die Hand, um ihm aufzuhelfen. Aber der konnte sie nicht ergreifen.

»Geht schon.« Umständlich rappelte er sich auf.

»Was sagst du der Krankenschwester?«, fragte Emil.

»Na, was schon. Dass ich gestürzt bin. Ich mag ein Feigling sein. Aber keine Petze.«

»Du bist kein Feigling«, sagte Emil. »Ferdl ist der Feigling. Denk dran, wie er weggelaufen ist.«

Trotz der Schmerzen gelang es Fritz zu lachen. Emil stimmte ein. Es war das erste Mal, dass sie das gemeinsam taten, und es fühlte sich gut an.

15

Kinderheim Schloss Schönbrunn

Vor dem hohen Fenster wiegten sich die Äste der Kastanien im Herbstwind. Das Wetter war umgeschlagen, und über Nacht hatte es abgekühlt. Greta fiel es schwer, sich auf den Vortrag zu konzentrieren. Immer wieder schweiften ihre Gedanken ab. Gestern hatte sie den Kaufvertrag für die Wohnung unterschrieben. Sie war jetzt die offizielle Besitzerin einer wunderschönen Wohnung in der Fasholdgasse. Gleichzeitig hatte sie Emma die Anteile des Hauses in der Altgasse übertragen. Nichts dort gehörte mehr ihr. Ganz kurz hatte Greta einen Anflug von Wehmut verspürt. Sie schloss ein Kapitel ihres Lebens und schlug ein neues auf. Die Freude auf das, was kommen würde, war größer als die Trauer über den Verlust. Greta konnte es nicht erwarten, die Wohnung neu einzurichten. Melanie hatte tatsächlich ihre Kollegen für ihr Vorhaben gewinnen können. Heute Abend würden der Kunsttischler und die Keramikerin zu ihnen kommen. Wieder zwei neue Menschen in Gretas Leben, das von Tag zu Tag bunter wurde. Es fühlte sich aufregend an.

»Mich würde interessieren, was Greta zu dem Problem sagt!«

Katharinas Stimme holte Greta aus ihren Tagträumen. Boshaft blinzelte die Mitschülerin zu ihr herüber. Genau wie der Rest der Klasse samt Michael Brenner, der eben einen Vortrag über Kindermitbestimmung hielt. Das Letzte, was Greta bewusst gehört hatte, war die Einführung demokratischer Wahlen, bei denen sogenannte Kindervertrauensleute gewählt wurden. Auf diese Weise sollte den Heranwachsenden gelebte Demokratie altersadäquat und auf einfache Weise vermittelt werden. Was danach gefolgt war, hatte Greta versäumt.

Sie richtete sich auf und entschied sich wie so oft für die Wahrheit. »Es tut mir leid, ich bin für einen kurzen Moment mit meiner Aufmerksamkeit woanders gewesen. Wie war die Frage?«

Katharina grinste zufrieden. Sie hatte ihr Ziel erreicht und allen bewiesen, dass Greta eine unaufmerksame Zuhörerin war.

»Die Kollegin wollte wissen, wie Sie zu den Prinzipien der sozialistischen Erziehung stehen.« Brenner lächelte sie erwartungsvoll an. Wieder ruhte sein Blick eine winzige Spur länger auf ihrem Gesicht. Seit dem Nachmittag im Kaffeehaus lag eine Vertrautheit darin, die Greta auf angenehme Weise nervös machte. Sie hatte mehr über ihn erfahren als alle anderen hier im Raum. Dieses Wissen schuf eine Nähe, die sich aufregend anfühlte.

Er half ihr auf die Sprünge. »Es geht um Wahlen, in denen Kindervertrauensleute gewählt werden, und um Vollversammlungen, in denen die Probleme des Zusammenlebens und Konfliktlösungen diskutiert werden. Was sagen Sie dazu?«

Greta stieß sich an dem Begriff »Sozialistische Erziehung«, was sie aber für sich behielt. Sorgsam suchte sie nach einer passenden Antwort, die nicht verriet, wie wenig sie von Brenners Vortrag mitbekommen hatte. Ihre Gedanken hatten sich mit der Einrichtung ihrer Wohnung beschäftigt. Sie hatte über Vorhangmuster nachgedacht und die Vor- und Nachteile von Tapeten abgewogen.

»Diskussionen und Wahlen sind zweifelsohne wichtig«, setzte sie an. »Aber noch viel wichtiger erscheint es mir, dass Pädagoginnen mit vorbildhaftem Beispiel vorangehen.«

»Können Sie konkreter werden?«

Greta hatte befürchtet, dass ihr Geschwafel zu allgemein war. Sie ordnete ihre Gedanken, die immer noch bei ihrer Wohnung hingen.

»Sie sagen, dass das Zusammenleben von der Gruppe bestimmt werden sollte«, fuhr sie fort. »Aber in Wahrheit ist es doch so, dass die Pädagogen die Regeln vorgeben. Wie kann es sonst sein, dass die Schlafsäle im Kinderheim so kahl und trostlos sind? Meine Tochter würde freiwillig niemals so eine Umgebung wählen. Sie liebt bunte Vorhänge, ihre Puppe und ihre kuschelige Schlafdecke.« Ob die anderen erkannten, dass sie über ihre Wohnung redete?

Brenner grinste amüsiert. »Aha. Sie wollen die Räume also mitgestalten lassen?«

»Der Ort, an dem wir wohnen, hat viel damit zu tun, wie wir uns fühlen«, war Greta überzeugt.

»Die Betten in den Schlafsälen sind Feldbetten des demobilisierten Heeres. Die Möbel stammen aus dem Wiener Arsenal. Alles ist praktisch und erfüllt seinen Zweck«, sagte Brenner.

»Es ist nicht gemütlich«, widersprach Greta. Sie blickte in die Runde. Sollte eine der Schülerinnen den Themenwechsel irritierend finden, so zeigte sie es nicht. Sogar Katharina folgte der Diskussion mit Interesse.

»Was haben Sie vor, wollen Sie die Wände der Schlafsäle bunt streichen und bedruckte Vorhänge vor die Fenster hängen?«, fragte Brenner.

»Warum nicht?«, entgegnete Greta. »Das wäre doch hübsch. Wir fragen die Kinder, wie sie wohnen wollen. Ich bin mir sicher, dass sie bunte Möbel wählen würden. Die Kinder müssten gemeinsam eine Lösung finden. Dabei lernen sie, was es heißt, die Meinung aller anzuhören und zu akzeptieren. Es geht um Selbstbestimmung und um Demokratie.«

»So ein Unsinn kann nur von jemandem kommen, der selbst im Überfluss lebt«, mischte sich Katharina ein.

Augenblicklich breitete sich Schweigen im Raum aus. Greta wünschte, Emma oder Melanie wären hier. Beide hätten eine passende Antwort parat. Sie selbst spürte bloß die offene Abneigung, die Katharina ihr entgegenbrachte. Die Aggression ließ sie verstummen. Auch Michael Brenner schwieg. Offenbar wartete er darauf, dass sie sich selbst verteidigte.

»Die Kinder brauchen keine bunten Vorhänge, sondern stabile Lebensbedingungen, Sicherheit und die Chance auf ein besseres Leben«, fuhr Katharina leidenschaftlich fort.

»Der Reichtum in der Stadt muss umverteilt werden, damit alle etwas davon abbekommen«, sprang ihr Renate hilfreich zur Seite.

Greta stellte sich vor, was Eleonore, Bernd oder Julius zum marxistischen Gedankengut sagen würden. Sie hätten harsche Gegenargumente parat.

»Du hast keine Ahnung, was die Kinder in diesem Heim brauchen«, echauffierte sich Katharina weiter.

Ihr Angriff stachelte Gretas Kampfgeist an.

»Ich wusste nicht, dass Wohlstand mich disqualifiziert, an den Diskussionen teilzunehmen. Nur weil meine Kleidung nicht gebraucht ist, heißt das nicht, dass ich mich nicht in ein Kind hineinversetzen kann, das bloß eine Hose und ein Hemd besitzt.«

»Du hast alles«, sagte Katharina. »Wie willst du wissen, wie ein Kind sich fühlt, dessen Eltern asoziale Arbeitslose sind?«

»Es ist mir neu, dass Arbeitslose automatisch asozial sind«, konterte Greta. »Ich kenne eine Menge Menschen, die aus den unterschiedlichsten Gründen ihre Arbeit verloren haben und weit davon entfernt sind, asozial zu sein.«

Katharina verstummte betroffen. Sie war über das Ziel hinausgeschossen, und Greta hatte die Schwäche in ihrer Argumentation sofort erkannt. Sie hakte nach, um ihr Anliegen noch einmal vorzubringen.

»Mein gesunder Menschenverstand sagt mir, dass sich

jedes Kind zu Hause wohlfühlen sollte. Ganz egal, aus welcher Gesellschaftsschicht es stammt.«

Katharina hatte den roten Faden wiedergefunden: »Die Kinder im Heim hausten zuvor in schimmligen Löchern, die sie krank machten. Die sauberen Schlafsäle sind der pure Luxus für sie. Das Geld, das dem Heim zur Verfügung steht, sollte in andere, sinnvollere Investitionen gesteckt werden.«

»Sich wohlzufühlen ist ein wichtiges Ziel«, beharrte Greta. »Wenn die Kinder aus desolaten Wohnverhältnissen stammen, haben sie es umso mehr verdient, in schöner Umgebung aufzuwachsen. Genau wie die Kinder gut verdienender Eltern. Alte ausgediente Betten aus einem Feldlazarett sind wohl kaum dazu geeignet, eine Umgebung zu schaffen, in der man sich gerne aufhält.«

Greta war über sich selbst erstaunt. Es war überraschend einfach, die eigene Meinung zu äußern.

Brenner schien die Diskussion zu genießen. Er saß mit verschränkten Armen auf dem Schreibtisch und verfolgte den Wortwechsel seiner Schülerinnen.

»Tapeten und Vorhänge sind Luxusprobleme«, fuhr Katharina fort. »Die Kinder brauchen gesunde Ernährung, ausreichend Bewegung und Bildung, damit sie wertvolle Mitglieder einer funktionierenden Gesellschaft werden.«

»Das eine schließt das andere doch nicht aus«, konterte Greta. »Ich bestreite nicht, dass Kinder gesund essen sollen und sich bewegen müssen, um sich gut zu entwickeln. Ich würde mich auch niemals gegen Bildung aussprechen. Alles, was ich behaupte, ist, dass schäbige graue Feldbetten in einem schmucklosen Raum nicht dazu einladen, sich wohlzufühlen. Die Kinder haben etwas Besseres verdient.«

Katharina gingen die Argumente aus. Sie öffnete den Mund und klappte ihn wieder zu.

Brenner nutzte die kurze Pause, um die Diskussion zu beenden. »So leid es mir tut«, sagte er mit ehrlichem Bedauern. »Wir werden den Unterricht für heute beenden. Ich muss ins Kinderheim, und auf Sie wartet eine Sportlektion. Ich hoffe, dass wir den spannenden Diskurs bei der nächsten Einheit fortsetzen können.«

Lässig sprang er vom Tisch, rollte seine Hemdsärmel nach unten und schlüpfte in sein Sakko. Er richtete seine Worte an Greta. »Wir sehen uns später. Dann kann ich Ihnen Ihre Kollegin und die Kinder vorstellen, die Sie betreuen werden.« Damit eilte Brenner davon.

Greta hatte heute ihren ersten offiziellen Arbeitstag im Kinderheim vor sich. Bevor sie den Nachtdienst übernehmen würde, sollte sie die Kinder und den Betrieb am Nachmittag kennenlernen.

Kaum hatte ihr Dozent den Raum verlassen, kam Katharina zu Gretas Tisch. Sie baute sich vor ihr auf, stemmte die Hände in die Hüften und sah sie von oben herab an.

»Du scheinst dich ja gut mit Michael Brenner zu verstehen«, sagte sie mit bedrohlichem Unterton.

»Er ist der stellvertretende Direktor des Kinderheims, und ich mache dort mein Praktikum«, antwortete Greta.

»Du glaubst, wenn du dich bei ihm einschleimst, vergessen er und die anderen Vortragenden, dass du eine reiche Witwe aus der Villengegend rund ums Schloss bist.«

Greta schluckte. Gustav galt als verschollen, sie hatte es bereits wiederholt gesagt. Sie war keine Witwe! Auch der Rest von dem, was Katharina sagte, stimmte nicht. Noch vor ein paar Jahren hatte Greta gefürchtet, mit Gisi auf der Straße zu landen. Heute musste sie sich keine Sorgen um ihre finanzielle Zukunft mehr machen, aber sie war ganz bestimmt nicht überdurchschnittlich reich.

»Du kennst mich nicht und weißt auch nicht, wie ich lebe«, verteidigte sich Greta. »Es stimmt nicht, dass ich mich einschleime. Ich absolviere lediglich meinen Dienst im Kinderheim. Das ist alles.«

»Und deshalb gehst du mit Brenner ins Kaffeehaus«, schob Katharina ein. Sie war sehr leicht zu durchschauen. Die Eifersucht trieb sie an. »Glaubst du, wir sind dumm? Wir wissen ganz genau, was hier gespielt wird. Du erhoffst dir Vorteile, wenn du ihm schöne Augen machst. Aber so läuft das hier nicht. Ich werde mit Kanitz sprechen und dafür sorgen, dass du ebenso viele Stunden arbeiten musst wie wir alle. Ein Nachtdienst kann nicht mehr wert sein als ein Tagdienst.«

Greta war nicht über die Abneigung erstaunt, die Katharina ihr entgegenbrachte. Sehr wohl aber über das Ausmaß der Aggression.

»Tu, was du glaubst, tun zu müssen.« Greta hoffte, dass sie ruhig klang. In Wahrheit kochte sie innerlich. Wie kam Katharina dazu, sich darüber zu beschweren, dass ein Nachtdienst mehr Praxiseinheiten brachte? Jeder Schülerin stand diese Möglichkeit offen. Sie selbst konnte sich beliebig oft dazu melden. Doch die wenigsten Frauen wollten sich darauf einlassen. Noch bevor Katharina weitere Boshaftigkeiten loswerden konnte, stand Greta auf, drängte sich an ihr vorbei und verließ den Raum.

Sie war ohnehin schon spät dran für den Sportunterricht. Heute würde sie zum ersten Mal ihre neuen kurzen Hosen anziehen. Nach der Aufnahmeprüfung hatte sie sich welche zugelegt. Sie waren skandalös kurz und unglaublich bequem. Noch vor ein paar Wochen wäre sie errötet, hätte sie die Hosen bloß in der Hand gehalten. Jetzt konnte sie es kaum erwarten, darin um den Sportplatz zu laufen.

• • •

»Ich bin Claudia!« Eine kleine drahtige Frau in Gretas Alter stellte sich mit festem Händedruck bei ihr vor. »Ich bin sehr dankbar, dass Sie zwei der Nachtdienste übernehmen werden. Ich bin selbst Mutter und müsste jedes Mal meine drei Kinder mitnehmen, was schier unmöglich ist. Sie müssten morgens um halb fünf aufstehen, um rechtzeitig in die Schule ans andere Ende von Wien zu gelangen.«

»Das ist sehr zeitig«, meinte Greta. Seit Gisi morgens zum Unterricht musste, fiel es ihr erstaunlich schwer aufzustehen. Ganz anders war die Situation am Wochenende, da war Gretas Tochter um sechs putzmunter.

»Die drei sind jetzt schon nicht die Besten in der Schule«, klagte Claudia. »Ich will nicht, dass sie den Vormittag hinter der Schulbank verschlafen.«

»Das kann ich gut verstehen.«

»Kommen Sie, ich stelle Ihnen die Kinder vor.« Claudia

winkte Greta mit sich. »Wir werden heute gemeinsam die Lernstunde beaufsichtigen. Anschließend bringen Sie die Buben zum Fußballspielen in den Garten.«

»Ich soll Fußball spielen?«

Greta sah an sich herab. Sie hatte ein Reformkleid an, das ihr bis übers Knie reichte, dazu feste Schnürschuhe mit hohem Absatz. Ihre moderne Sporthose hatte sie in der Umkleidekabine der Erzieherinnenschule gelassen.

Claudia lachte. »Nein, keine Sorge. Das übernimmt Christian. Er kommt jeden Dienstag und Donnerstag und trainiert die Buben. Das Fußballtraining ist der wöchentliche Höhepunkt für die Kinder. Sie fiebern darauf hin wie verrückt.«

Greta war erleichtert, keinem Ball hinterherlaufen zu müssen. Der Sportunterricht zuvor hatte sie gefordert.

Am Ende eines langen Gangs stand eine Doppelflügeltür weit offen. Lautes Stimmengewirr drang aus dem dahinterliegenden Raum. Claudia verzog missbilligend den Mund. »Kaum sind die Bengel einen Augenblick allein, machen sie nur Unsinn.«

Energisch betrat sie den Raum und forderte Ruhe ein. »Ihr sollt euch auf die Hausarbeiten konzentrieren!«

Augenblicklich wurde es ruhiger. Ein paar Kinder tuschelten trotzdem noch weiter, wenn auch deutlich leiser als zuvor. Buben und Mädchen saßen auf Schulbänken, die in Reihen hintereinander aufgestellt waren. Es sah genauso aus wie in einem Klassenzimmer, bloß, dass die Wände höher waren und pausbackige Barockengel von der Decke auf die Kinder herunterschauten. Außerdem fehlte die Tafel. Claudia lief durch die Reihen. Drei Plätze waren leer.

»Das darf nicht wahr sein«, stöhnte sie. »Ferdl, Max und Rudi sind schon wieder nicht da. Sobald man ihnen den Rücken kehrt, ignorieren sie alle Regeln. Sie müssen sie unbedingt im Auge behalten.«

Claudia drehte sich zum Gehen, hielt dann aber inne. »Vielleicht ist es besser, Sie holen die drei zurück. Dann lernen Sie sich gleich kennen.«

»Ferdl durfte ich mich schon vorstellen«, sagte Greta. Nur zu gut konnte sie sich an den provozierenden Blick des Jungen erinnern.

»Umso besser«, meinte Claudia. »Ich bin mir sicher, die drei sind im Schlafsaal und hecken etwas aus.«

Greta seufzte und ging zurück zu den Schlafsälen. Tatsächlich hockten im hintersten Winkel drei Jungs. Greta erkannte Ferdl sofort. Aus der Ecke kam ein kratzendes Geräusch. So als würde Metall auf Metall treffen. Als die drei Buben Greta sahen, sprangen zwei von ihnen erschrocken auf. Der kleinste versteckte beschämt die Hände hinter dem Rücken. Er senkte den Blick.

»Ich geh schon Hausübung machen«, quietschte er mit hoher Stimme und flitzte an Greta vorbei, bevor sie etwas sagen konnte. Der andere, der gerade noch neben ihm gestanden hatte, folgte dem Freund wortlos. Er drehte sich nervös von Greta weg, so als könnte sie ihn nicht sehen, wenn er ihrem Blick nicht begegnete. Nur Ferdl verharrte bewegungslos.

»Feiglinge«, knurrte er leise.

Greta tat so, als hätte sie es nicht gehört. »Bitte komm in den Lernraum.«

»Und was, wenn ich nicht will?«

»Dann wirst du dich überwinden müssen. Deine Hausaufgaben schreiben sich nicht von allein.«

»Ich pfeif auf die Hausaufgaben.«

Für einen Moment dachte Greta, er würde auf den Boden spucken. Seine Körperhaltung war angespannt. Er testete aus, was Greta an frechem Verhalten akzeptieren würde. Auf dieses verweigernde Verhalten war sie nicht vorbereitet. Am Vormittag hatte sie einen Vortrag über verzeihende Pädagogik gehört und darüber, dass Strafen keinen Sinn machten, da Kinder nicht von Grund auf böse waren. Ihr Verhalten war bloß das Ergebnis ihrer Erlebnisse. Ferdl schien in seinem Leben eine Menge schlimmer Erfahrungen gesammelt zu haben, so wie er agierte. Doch dieses Wissen half Greta im Moment nicht weiter. Sie musste den Jungen dazu bewegen, mit ihr mitzukommen.

»Ich kann verstehen, dass du keine Hausaufgaben machen willst.« Sie versuchte es im Guten. »Dennoch wird dir nichts anderes übrig bleiben. Anderenfalls wirst du morgen Probleme in der Schule bekommen.«

»Na und, das kann Ihnen doch egal sein. Das sind meine Probleme.« Er verschränkte trotzig die Arme vor der Brust und starrte Greta feindselig an. »Ich bin sowieso nicht gut in der Schule. Die Lehrerin mag mich nicht und ich sie auch nicht.«

In dem Moment kam Claudia in den Raum. Ohne Vorwarnung schrie sie los: »Wenn du nicht auf der Stelle in den Lernraum kommst, dann kannst du das Fußballspielen heute vergessen.«

Ferdl verharrte immer noch auf seinem Platz.

Die Erzieherin stapfte durch den Schlafsaal auf den Jungen zu. »Denkst du, es macht mir Spaß, auf Gfraster wie dich aufzupassen? Wenn du dich nicht augenblicklich in Bewegung setzt, sorge ich dafür, dass du bis Weihnachten nicht beim Fußballtraining dabei bist. Hast du mich verstanden?«

Greta konnte sehen, wie der Junge unter der Drohung zusammenzuckte, doch er blieb immer noch stehen.

»Was hast du bei den Betten gemacht?« Claudia machte zwei Schritte auf Ferdl zu und schaute auf das Stahlrohrbett. Greta tat es ihr gleich. Der Junge hatte einen Pokal in den Rahmen geritzt und Tank dazugeschrieben.

»Hast du völlig den Verstand verloren?« Claudias Stimme überschlug sich. »Dieses Bett gehört dir nicht. Du hast es beschädigt. Diesmal bist du zu weit gegangen. Das wird Konsequenzen haben.«

Gretas Blick wanderte über die anderen Betten. Alle waren mit eingravierten Sprüchen und einfachen Zeichnungen versehen. Die meisten stammten vermutlich von den Soldaten. Greta sah Frauennamen, Jahreszahlen, Liebessprüche und ein paar obszöne Darstellungen, die ganz sicher nicht in ein Kinderheim gehörten.

»Ich schlaf in dem Bett«, verteidigte sich Ferdl. »Es ist also meins.«

Claudias Gesicht lief dunkelrot an. »Nichts hier gehört dir. Das Bett ist Eigentum des Heims. So wie alles, was du benutzt. Nicht einmal die Unterhose, die du trägst, ist deine. Aber statt dankbar zu sein, hintergehst du uns und ruinierst das Bett.«

Ferdl zeigte keine Reue. Seine Gesichtszüge verschlossen sich.

Greta konnte die Wut spüren, die in ihm loderte. Seine Hände waren zu Fäusten geballt. Sie war sich sicher, dass er am liebsten zugeschlagen hätte. Greta fürchtete, dass einer seiner Kameraden hinterher seinen Zorn abbekam. Die Faust würde heute in einem Gesicht landen. Das war gewiss.

»Das Fußballtraining am Nachmittag ist für dich gestrichen«, bestimmte Claudia. »Und auch für die nächsten Wochen.«

Ferdl presste seine Lippen zusammen. »Und jetzt geh ins Lernzimmer, und mach deine Hausaufgaben, sonst sorge ich dafür, dass du auch während der Freistunden keinen Fußball mehr siehst.«

Endlich setzte sich Ferdl in Bewegung. Claudia und Greta folgten ihm.

»Warum verhält der Junge sich so auffällig?«, flüsterte Greta ihrer Kollegin so leise zu, dass nur sie es hören konnte.

Claudia machte sich nicht die Mühe, in Ferdls Anwesenheit zu flüstern. »Keine Ahnung. Und mittlerweile ist es mir auch egal«, schimpfte sie laut. »Die Eltern der Kinder sind der Abschaum dieser Gesellschaft. Als ich hier angefangen habe, dachte ich noch, man könnte ihnen helfen und sie retten. Jetzt weiß ich, dass einige von ihnen die Boshaftigkeit mit der Muttermilch eingesogen haben. Bei ihnen ist Hopfen und Malz verloren. In ein paar Jahren landet Ferdl im Gefängnis. Bis dahin müssen Erzieherinnen wie wir uns mit ihm rumschlagen.«

Greta erschrak ob der Härte ihrer Worte. Ganz bestimmt hatte Ferdl sie gehört. Aber genau das schien Claudias Absicht gewesen zu sein. Sie wollte den Jungen demütigen. Greta fühlte sich zunehmend unwohl. Das, was am Vormittag unterrichtet wurde, schien noch nicht in den Köpfen der Pädagoginnen angekommen zu sein. Aber hätte sie selbst den Jungen dazu bringen können, mit ihr mitzukommen? Greta war ehrlich genug zu sich selbst, um zu sagen: wahrscheinlich nicht. Sie dachte noch einmal über die Zeichnung auf dem Feldbett nach. Ferdl hatte es nicht verdient, dermaßen hart bestraft zu werden. Sobald sich eine passende Gelegenheit bieten sollte, würde sie ihm das sagen. Sie konnte die Strafe nicht aufheben, aber vielleicht konnte sie ihm das Gefühl vermitteln, dass es nicht richtig war, was da eben passiert war. Möglicherweise lehnte sie sich damit zu weit aus dem Fenster. Aber welchen Sinn machte es, in diesem Heim zu arbeiten, wenn sie nichts von dem, was sie am Vormittag in der Theorie lernte, anwenden durfte. Es ging um verzeihende Pädagogik und nicht um bestrafende.

16

Fasholdgasse

Melanie hatte Gretas Tagesdecke als Picknickunterlage im leeren Wohnzimmer ausgebreitet und Besteck, Geschirr und Lebensmittel darauf verteilt. Es gab Brot, Käse, Aufstriche, ein Stück Hartwurst, einen Gugelhupf und frisches Obst, Gemüse und Nüsse.

Pünktlich um acht kamen die Gäste: Sebastian, ein Kunsttischler, Sibille, eine Keramikerin, und Klara, eine Kunstschneiderin, alle drei etwa so alt wie Melanie und Greta. Sie brachten reichlich Wein mit und sahen sich staunend in der Wohnung um.

»Wunderschön!«

»Eine kleine Oase!«

»Ich beneide euch um den Kachelofen.«

Sebastian stand davor und betrachtete ihn bewundernd. Sein Äußeres war gepflegt. Das braune Haar war frisch geschnitten, sein Kinn penibel rasiert. Ein dezenter Parfümduft umgab ihn. Seinen Bauchansatz verbarg er gekonnt mit einem weit geschnittenen Hemd. Den Schlapphut legte er erst ab, nachdem Melanie sich wiederholt darüber lustig gemacht hatte.

Sibille und Klara trugen beide moderne weite Hosen und extravagante Blusen, die die Handschrift der Wiener Werkstätte aufwiesen. Greta gefiel der Schnitt, auch wenn sie selbst nicht mutig genug wäre, etwas so Auffälliges zu tragen. Klaras Bluse war am Rücken gebunden. Das Muster auf der Vorderseite erinnerte an eine Mohnwiese im Sommer.

»Was haltet ihr von einem schlichten runden Lampenschirm mit einem floralen Muster, das zum Garten passt? Grüne Efeuranken auf weißem Untergrund. Der Schirm würde auch gut neben dem Kachelofen aussehen.« Sibille setzte sich auf die Picknickdecke, griff nach einem Stück Brot und betrachtete Gretas Blumenmuster. »Die Decke ist außergewöhnlich, woher hast du sie?«

»Die hat Greta selbst entworfen und genäht«, antwortete Melanie schnell. »Ich habe euch doch gesagt, dass sie eine Künstlerin ist.«

Klara nahm ebenfalls Platz. Sie schlug die Beine elegant ausgestreckt übereinander. Ihre Zehennägel waren mit roter Farbe lackiert. Greta hatte noch nie jemanden mit bunten Zehennägeln gesehen. Klara bemerkte ihren irritierten Blick und lachte. »Den hat mir meine Schwester aus den Staaten geschickt. Dort sind gefärbte Nägel in Mode. Es ist nur eine Frage der Zeit, bis der Lack auch nach Europa kommt.«

Greta nickte schweigend. Sie fand, dass Klara wie eine amerikanische Filmdiva aussah. Ihr Staunen wurde von Sibille unterbrochen: »Mit dieser Decke kannst du dich in jeder Kunstschneiderei bewerben.«

Es dauerte einen Moment, bis Greta begriff, dass immer noch über ihre Decke gesprochen wurde.

»Ich habe keine Ausbildung zur Schneiderin, nur den Abschluss in einer Haushaltsschule.«

»Mach dich selbst nicht kleiner, als du bist«, mahnte Melanie.

»Ich finde die Decke sehr, sehr schön«, stimmte Sibille zu. »Du könntest eine Ausbildung an der Kunstgewerbeschule nachholen.«

Greta lachte: »Ich habe mich gerade erst in der Erzieherinnenschule angemeldet. Ich denke, dass eine Ausbildung im Moment reicht. Ich habe das Gefühl, für nichts mehr Zeit zu haben. Mit zwei Schulen wäre ich heillos überfordert.«

»Solltest du zu dem Schluss kommen, dass Schönbrunn nicht das Richtige für dich ist, kannst du ja umsatteln, genau wie Melanie.« Sie schaute zu Sebastian. »Apropos Umsatteln, hast du endlich die Reitstunden genommen, wegen denen du uns seit Wochen in den Ohren liegst?«

Der Kunsttischler ließ sich ebenfalls am Boden nieder und entkorkte eine der Weinflaschen. »Leider ist nichts daraus geworden.« Er seufzte. »Dabei habe ich mich so darauf gefreut. Ich habe das Reiten immer geliebt.«

Greta sah ihn fragend an. »Was hält dich davon ab?« Es war ganz selbstverständlich, dass sich alle duzten.

»Ich finde einfach keine passende Reitgelegenheit. So als wären alle Pferde im Krieg gefallen. Entweder verlangen die Besitzer der Tiere Unsummen dafür, dass man ein paar Stunden reitet, oder die Gäule sind altersschwach und lahmen.«

»Die Familie meines Schwagers besitzt ein Pferdegestüt in der Südsteiermark«, erklärte Greta. »Ich kann mal nachfragen, ob du übers Wochenende vorbeikommen und ein paar Tage dort reiten kannst. Der Bruder meines Schwagers ist ein hervorragender Reitlehrer. Er unterrichtet Gisi.«

Sebastian richtete sich auf. »Das würdest du für mich tun?«

»Na, hör mal!« Greta lachte. »Du wirst mir eine Eckbank tischlern. Da ist es wohl das Mindeste, was ich für dich tun kann. Leider dauert der Weg dorthin recht lang.«

»Kein Weg ist zu weit oder zu beschwerlich, um das zu tun, was man liebt.« Theatralisch warf Sebastian den Kopf in den Nacken. Greta musste lachen.

»Und du bietest unserer Melanie ein Dach über dem Kopf«, sagte Sibille. »Da ist es ganz selbstverständlich, dass wir helfen.«

Greta schielte zu Melanie. Es war erstaunlich, wie schnell die Freundin Menschen in ihren Bann ziehen und für sich gewinnen konnte. Auch Greta hatte innerhalb kurzer Zeit das Gefühl gehabt, sie seit vielen Jahren zu kennen. Melanie war so unkompliziert, hilfsbereit und offen, dass man sie einfach ins Herz schließen musste. Noch nie war Greta einem Menschen wie ihr begegnet.

»Wo ist deine Tochter gerade eigentlich?«, wollte Sibille wissen.

»Sie ist vor einer halben Stunde in die Altgasse gegangen, meine Schwester bringt sie ins Bett.«

»Wie praktisch«, meinte Klara. »So könnte ich mir ein Mutterdasein auch vorstellen.«

Sebastian stieß schnaubend die Luft aus. »Mach dich nicht lächerlich, Klara. Nie und nimmer eignest du dich als Mutter.«

Sie verzog mit gespielter Beleidigung den Mund. »Wahrscheinlich hast du recht. Das ist zu viel Verantwortung für mich. Es reicht, wenn ich für mich selbst sorgen muss.«

Sie kicherte und nahm einen kräftigen Schluck vom Wein, den Sebastian eben eingeschenkt hatte.

Greta wusste von Melanie, dass ihre Kollegen keine Familie hatten. Sie lebten für ihre Kunst, waren unabhängig und frei. Auf der einen Seite beneidete Greta sie dafür, auf der anderen würde sie bei dieser Lebensweise auf das Wichtigste verzichten müssen: auf Gisi. Das war völlig unvorstellbar.

»Also, Schätzchen, jetzt erzähl uns noch einmal, wie du dir deine zukünftige Eckbank vorstellst.« Sebastian lehnte sich zu ihr. Dichte, dunkle Wimpern umrahmten seine hellen Augen. Er war ein Mann, der sich seiner Attraktivität bewusst war. Trotzdem spürte Greta keinerlei Annäherungsversuche. Weder ihr noch den anderen Frauen gegenüber.

»Der Stoffüberzug der Bank sollte zum Lampenschirm passen. Das ist mal klar«, sagte Klara.

Greta war gerührt, dass drei Menschen, die ihr fremd waren, dabei helfen würden, die Wohnung einzurichten. Das hatte sie Melanie zu verdanken. Über den Preis der Möbel waren sie sich schnell einig geworden.

Während sie sich über das Picknick hermachten, unterhielten sie sich über Gretas Wünsche und Vorstellungen. Sebastian brachte Verbesserungsvorschläge, und auch Sibille,

Klara und Melanie lieferten ihre Ideen. Es entstand eine spannende Diskussion über Ästhetik, Form, Zweckmäßigkeit und Kunst.

»Es ist so unglaublich wichtig, in einer Umgebung zu wohnen, in der man sich wohlfühlt«, sagte Sibille.

»Es gibt viele Menschen, die sich ein schönes Wohnen einfach nicht leisten können«, warf Melanie ein.

»Die Sozialdemokraten stampfen einen Gemeindebau nach dem anderen aus dem Boden«, sagte Sebastian. »Bald wird es in Wien keine Obdachlosigkeit mehr geben.«

»Das wäre schön«, meinte Sibille. »Leider sind die Wohnungen vorerst nur den Parteimitgliedern vorbehalten. Aber vielleicht ändert sich das eines Tages.«

»Das kann ich mir nicht vorstellen«, raunte Klara. »Jede Partei schaut doch vor allem auf die eigene Wählerschaft.«

»Bist du jetzt schon beigetreten?« Melanie richtete ihre Frage an Greta.

Die schüttelte den Kopf. »Es hat mich noch niemand gefragt. Ich glaube, man hat es vergessen.«

»Willst du denn kein Mitglied werden?«, fragte Klara.

»Ich bin mir noch nicht ganz sicher«, gab Greta ehrlich zu.

»Was lässt dich zögern?«, wollte Sebastian wissen. Er griff mit spitzen Fingern nach einem handlichen Stück Käse und steckte es mit graziöser Bewegung in den Mund.

»Ich will einfach keiner Partei angehören«, sagte Greta. »Auf beiden Seiten, rechts wie links, gibt es Programmpunkte, mit denen ich nicht einverstanden bin, und welche, die ich sofort unterschreiben würde. Bei jeder Wahl will ich frei entscheiden können, wem ich meine Stimme gebe. Ich möchte mich nicht zwingend binden.«

»Hm, klingt einleuchtend«, meinte Klara.

»Und wie gefällt es dir in der roten Erzieherinnenschule? Wird dort nicht täglich die Propagandatrommel gerührt?«, fragte Sebastian.

»Die Propaganda hält sich in Grenzen«, meinte Greta. »Was mich irritiert, ist die Tatsache, dass in der Schule Wein getrunken und im Heim Wasser gepredigt wird.«

»Ich habe dich gewarnt«, erinnerte Melanie sie. »All die schönen, neuen Theorien werden nicht umgesetzt. Die meisten der Erzieherinnen im Heim stammen aus einer anderen Generation. Sie wollen nicht umdenken. Sie sind es gewohnt zu strafen und werden das auch unter einem neuen Direktor weiter so machen.«

»Ich habe keine Ahnung von Kindern«, gab Sibille zu. »Aber wie willst du ein unartiges Kind dazu bringen, gehorsam zu werden, wenn du ihm keine Strafe androhst?«

»Wir sind alle mit dem Rohrstock geschlagen worden«, sagte Sebastian.

»Und hat es dir geschadet?«

Sebastian legte den Kopf schräg und dachte nach. »Ja«, sagte er schließlich. »Es hat dafür gesorgt, dass ich mich klein und hilflos gefühlt habe. Ich war der Willkür der Erwachsenen ausgesetzt. Dieses Gefühl hatte sehr lange Bestand. Manchmal kommt die Ohnmacht immer noch hoch, wenn ich mich ungerecht behandelt fühle.«

»Ich habe es auch gehasst, wenn der Lehrer den Schlüsselbund gezückt hat«, sagte Klara. »Ich hatte keine Angst vor den Schmerzen. Die waren mir gleich. Aber vor der Demütigung. Es war beschämend, vor der ganzen Klasse mit dem Schlüsselbund eins über die Finger gezogen zu bekommen.«

»Auweh!« Greta kniff die Augen zusammen und legte bei der Vorstellung schützend ihre Hände im Schoß zusammen.

»Aber jetzt im Ernst«, Sibille kam auf ihre Ausgangsfrage zurück. »Was sollt ihr denn machen, wenn ein Kind nicht hört und ihr ihm nicht mit Strafen drohen dürft?«

»Wir sollen Konsequenzen aufzeigen. Wenn ein Kind sich nicht gut benimmt, dann wird in der Gruppe darüber diskutiert und gemeinsam nach einer Lösung gesucht.«

»Du meinst, alle gemeinsam denken sich eine Strafe für den Täter aus. Das ist ja noch viel schlimmer«, sagte Klara.

»Es soll eben keine Strafe, sondern eine Konsequenz sein«, entgegnete Greta. »Ein schlagendes Kind kann an bestimmten Aktivitäten nicht teilnehmen, weil es die anderen hindert.«

»Das ist ja doch eine Strafe«, meinte Sibille.

»Nein, es hat unmittelbar mit dem zu tun, was das Kind falsch gemacht hat. Es schlägt, also muss es von der Gruppe fernbleiben.«

»Was wäre dann eine Strafe?« Klara wirkte verwirrt.

»Wenn ein Bub ein Muster in die Stahlrohrbetten ritzt und deshalb nicht Fußball spielen darf, dann hat das Verbot nichts mit seiner Tat zu tun. Es ist eine willkürliche Bestrafung und eine Machtdemonstration der Pädagogin«, erklärte Greta.

»Oh, mein Gott. Mir raucht schon der Kopf«, klagte Sibille. Sie nahm einen weiteren großen Schluck Wein. »Bin ich froh, dass ich mit Ton arbeite und nicht mit Kindern. Das Material ist weitaus unkomplizierter. Ich kann es ganz nach meinem Geschmack formen.«

Klara kicherte. »Ein hässliches Stahlrohrbett zu verschönern verdient weder Strafen noch eine Konsequenz. Ich verstehe, dass man es mit einem Muster versieht. Das Kind gehört belohnt.«

Sie sprach Greta aus der Seele.

»Nicht nur die Betten sind hässlich«, sagte Greta. »Die Schlafsäle sind schmucklos, kahl und unfreundlich. Ich bin jedes Mal erleichtert, wenn ich den Raum verlassen darf. Dabei befindet er sich in einem Seitenflügel des kaiserlichen Schlosses. Man sollte meinen, dass die Räume hübsch dekoriert wären.«

»Die armen Kleinen. Dabei hätten gerade die Heimkinder eine behagliche Umgebung verdient. Sie haben es ohnehin schon schwer genug im Leben«, sagte Sebastian.

»Wie gut, dass du jetzt dort arbeitest«, sagte Klara.

»Ja«, stimmte Sebastian zu. »Du wirst den Ort für die Kinder zu einer Wohlfühloase machen.«

Alle lachten, aber es war klar, dass Sebastian einen Teil seines Scherzes ernst meinte.

»Es freut mich, dass ihr an mich glaubt«, sagte Greta gerührt. Die neuen Freunde waren überzeugter von ihr als sie selbst. »Ich werde mich bemühen. Im Moment macht mir die Arbeit große Freude.«

»Wirklich?«, fragte Melanie.

»Ja.« Greta war über ihre klare Antwort selbst überrascht. Aber sie entsprach der Wahrheit. Sie ging gerne in die Erzieherinnenschule und freute sich auf ihren ersten Nachtdienst. Auch wenn sich zur Freude ein wenig Unsicherheit gesellte.

Sie musste an Ferdls wütenden Blick denken. Der Junge steckte voller Zorn. Er hasste alle Erzieherinnen, seine Lehrer und seine Kameraden. Am meisten hasste er wohl sich selbst. Deshalb würden alle Konsequenzen, die Greta ihm androhte, an ihm abprallen und ihm völlig gleichgültig sein.

»Wir trinken auf Greta, die beste Erzieherin im Schloss Schönbrunn!« Sebastian hob das Glas. Der Alkohol stieg ihm wohl zu Kopf. Genau wie den anderen. Greta, die es nicht gewohnt war, so viel Wein zu trinken, konnte langsam nicht mehr klar denken. »Und darauf, dass ich vielleicht bald in der Südsteiermark reiten werde«, fügte Sebastian hinzu.

»Ja, richtig.« Greta würde Julius fragen. Sie nippte bloß an ihrem Glas, damit sie es sich bis morgen merken konnte.

»Jetzt hätte ich das Wichtigste fast vergessen«, rief Klara, schlug sich mit der flachen Hand gegen die Stirn und sprang auf.

»Was soll das sein?«, fragte Melanie.

»Ich habe eine Schellackplatte mit. Die letzten Swings aus den Staaten. Wo ist euer Grammofon?« Klara blicke sich suchend um.

»Wir haben noch keines«, sagte Melanie.

»Wie hört ihr dann Musik?«, fragte Klara irritiert.

»Wir hören keine Musik«, gab Greta zu.

»Das müsst ihr unbedingt ändern«, mischte sich nun auch Sebastian ein.

»Wir sollten uns wirklich ein Grammofon zulegen«,

stimmte Melanie zu. »Und bis wir eines haben, gehen wir ins Tabarin.«

»Wohin gehen wir?«, fragte Greta.

»Ins Tabarin«, wiederholte Melanie begeistert. »Das ist ein angesagtes Tanzlokal.«

Klara klatschte in die Hände. »Ich bin dabei«, rief sie. »Nirgendwo spielt man verruchtere Musik als dort. Es wird jede Menge Alkohol ausgeschenkt, und wer nicht raucht, wird schräg angeschaut.«

Greta riss die Augen auf, und alle lachten.

»Das mit den Zigaretten war ein Spaß«, meinte Melanie und stieß sie freundschaftlich mit dem Ellbogen an. »Alles andere stimmt.«

Sie verabredeten sich für das kommende Wochenende in der Annagasse in der Innenstadt, wo sich im ehemaligen Jesuitenkloster ein Nachtklub befand. Noch bevor Greta ein Veto einlegen konnte, war die Sache beschlossen. Sie war sich nicht ganz sicher, was sie davon halten sollte. Doch bis zum nächsten Samstag blieb genügend Zeit, darüber nachzudenken.

17

Kinderheim Schloss Schönbrunn

Die Stimmung im Waschraum war ausgelassen. Nach dem Fußballtraining waren alle aufgekratzt und müde zugleich. Fritz warf Emil übermütig sein Stück Seife zu, das dieser geschickt auffing.

»Freut euch nicht zu früh«, brummte Ferdl griesgrämig in einer Ecke. Er hatte sich noch nicht ausgezogen. Ferdl war der Einzige gewesen, der beim Training nicht einmal hatte zusehen dürfen. Während die anderen über den Rasen gesprintet waren, hatte er im Lernzimmer über seinen Hausaufgaben gebrütet. Emil war zuvor am Zimmer vorbeigegangen, dabei hatte er Frau Claudia sagen hören, dass Ferdl nicht eine einzige Rechenaufgabe richtig gelöst hatte. Sie hatte ihn beschimpft und gemeint, dass er einfach zu dumm für diese Welt sei.

Ferdl hatte nicht geantwortet. Aber Emil hatte gesehen, wie wütend der Tank gewesen war. Der Zorn steckte immer noch in ihm. Mit Sicherheit würden Fritz und er oder ein anderer Junge seinen aufgestauten Ärger noch vor dem Abendessen abbekommen.

»He, Schwachkopf.« Da war Ferdl auch schon. Emil hatte erst später damit gerechnet. Er ignorierte Ferdl.

»Schwachkopf, ich red mit dir. Schau mich gefälligst an.« Ferdl war immer noch angezogen. Emil wusste, dass er in seinen Hosen nicht unter die laufende Dusche treten würde. Er war also in Sicherheit vor seinen Fäusten. Fritz stellte sich näher zu Emil.

»Hau ab, Ferdl. Wir haben dir nichts getan«, sagte er.

Augenblicklich drang Frau Claudias Stimme in den Waschraum. Sie stand vor der offenen Tür, kam aber nicht herein. »Ihr sollt euch nicht unterhalten, sondern euch waschen«, forderte sie streng.

In diesem Moment war Emil froh über ihre Anwesenheit. Normalerweise mochte er es nicht, wenn sie den Waschraum betrat. Er genierte sich für seine Nacktheit und hasste es, dem Blick der Erzieherin schutzlos ausgesetzt zu sein.

»Wir sehen uns später«, drohte Ferdl. »Die Nacht wird euch in Erinnerung bleiben.« Mit nassen Fingern fuhr er sich durchs Haar und verließ den Waschraum ungeduscht.

Emil sah ihm nach, als der Wasserstrahl weniger wurde. Das Wasser kam nur noch tröpfchenweise aus den Brauseköpfen. Für gewöhnlich war Emil zu diesem Zeitpunkt längst mit dem Duschen fertig. Heute hatte er den richtigen Augenblick wegen Ferdl verpasst. Dick und schwer fielen die Wassertropfen auf den Fliesenboden. Emil wollte dem Geräusch entfliehen. Hastig machte er einen Schritt zur Seite, trat dabei auf ein Stück Seife, das jemand hatte fallen lassen, und rutschte aus.

Hart landete er auf dem Boden. Seine Hüfte schmerzte, aber er nahm es kaum wahr. Neben ihm fielen weiter die Tropfen von der Decke. Tap, tap, tap ... Das Platschen hallte in seinen Ohren wider und schwoll zu einem grausamen Lärm an. Emil wurde übel. Fritz' Stimme drang nur noch von weiter Ferne zu ihm durch. Sagte der Freund etwas zu ihm? Die weißen Fliesenwände drehten sich und drohten auf ihn zu stürzen. Emil blickte in ein graues lebloses Gesicht. Es starrte ihn aus toten Augen an. Eine bedrohliche Stille setzte in ihm ein, in der nur noch das Taptaptap des Wasserhahns zu hören war.

»Emil!« Jemand packte ihn an den Schultern und rüttelte ihn fest. Es war Fritz. Er schrie jetzt, aber Emil konnte dem Freund nicht antworten. Um ihn herum wurde es schwarz. Die Dunkelheit breitete sich wie ein weiches Tuch über ihn und nahm ihn mit an einen Ort, an dem das schreckliche, alles durchdringende Tropfgeräusch ihm nichts anhaben konnte.

• • •

Die Ruhe währte nicht lange. Als Emil erwachte, lag er auf der Pritsche des Krankenzimmers. Kahle weiße Wände umgaben ihn. Die Heimkrankenschwester hielt ihm ein Fläschchen mit einer scharf riechenden Flüssigkeit unter die Nase. Sie trug eine weiße Uniform und eine steife Mütze auf dem grauen Haar. An ihrer Brust war eine kleine Uhr befestigt.

Mit der freien Hand klopfte sie Emil sanft gegen die Wangen.

»Na, endlich«, sagte sie erleichtert. »Da bist du wieder. Du hast dir eben ordentlich den Kopf angeschlagen. Sei das nächste Mal vorsichtiger in der Dusche. Das ist kein Ort zum Herumtoben.« Sie runzelte die Stirn. »Ich hoffe, es wird nicht zur Angewohnheit, dass du und dein Freund bei mir landet.« Sie schaute zur Tür, wo Fritz mit angstgeweiteten Augen zu Emil sah. Sein Haar war noch nass. Er hatte es in der Eile nur notdürftig abgetrocknet. Der Stoff seines Hemds war an den Schultern feucht.

Schwester Regine winkte Fritz herein. »Na, komm schon«, sagte sie freundlich. »Dein Freund hat sich bloß den Kopf angeschlagen. Davon wird er nicht sterben.«

Sie ging zum Medikamentenschrank, holte ein großes Medizinglas heraus und nahm den Deckel ab. Schwester Regina nannte das Glas »Zauberdose«. Es befanden sich saure Drops darin. Das Glas erleichterte den Aufenthalt auf der Krankenstation. Schwester Regina ließ jeden Kranken oder Verwundeten in die Zauberdose greifen.

»Hier, bitte«, sagte sie. »Eine kleine Stärkung. Damit der Kopf nicht dröhnt.«

Emil fischte ein Bonbon heraus. Fritz bekam ebenfalls eins, und Schwester Regina belohnte auch sich selbst.

»Ein Drops kann nicht schaden«, sagte sie kichernd, steckte das Bonbon in den Mund und stellte das Glas zurück in den Schrank.

»Du bleibst heute Nacht hier«, sagte sie bestimmt zu Emil. »Damit ich ein Auge auf dich werfen kann.«

»Das geht nicht«, beeilte sich Emil zu widersprechen. Er setzte sich auf. Zum Glück hatte sein Kopf nicht allzu viel abbekommen. Es war die Hüfte, die er sich gestoßen hatte.

»Warum soll das nicht gehen?« Schwester Regina hob die Augenbrauen.

Wie sollte Emil der Krankenschwester erklären, dass er Fritz nicht allein lassen konnte? Ferdl würde die Situation ausnutzen und sich an ihm rächen. Er hatte es im Waschraum bereits angedroht.

»Mir tut mein Kopf nicht weh. Es ist alles in Ordnung damit«, log er.

»Das hoffe ich«, entgegnete Schwester Regina. »Aber um ganz sicherzugehen, schläfst du heute hier. Und damit basta.« Sie wandte sich zum Gehen. »Fritz kann noch ein paar Minuten hierbleiben, aber dann muss er in den Speisesaal. Ich will, dass du dich ausruhst.«

Sie hielt drohend den Finger hoch und machte damit klar, dass sie keine Widerrede duldete. Emil würde die Nacht auf der Krankenstation verbringen.

»Ich hole jetzt das Abendessen für Emil«, sagte sie an Fritz gewandt. »Wenn ich zurück bin, marschierst du los, ohne dass ich dich erneut erinnern muss.« Fritz nickte ergeben.

Kaum dass sie den Raum verlassen hatte, richtete Emil sich vollständig auf.

»Ich kann dich heute Nacht nicht allein lassen«, meinte er aufgeregt. »Ferdl führt etwas im Schilde, und das ist bestimmt nichts Gutes.«

Fritz ging auf Emils Einwand nicht ein. Er zog einen

Hocker zum Bett und setzte sich. »Was war da eben los?«, fragte er ängstlich. »Du bist nicht auf den Kopf gefallen. Ich habe es genau gesehen. Aber du warst auf einmal weg und hast mich nicht gehört. Dabei habe ich dich regelrecht angeschrien. Ist dir schlecht geworden?«

Emil atmete tief durch. Kaum dass er an das Tropfgeräusch dachte, kehrte die Übelkeit zurück. Fritz sah ihn erwartungsvoll an. Es lagen Sorge und Angst in seinem Blick. Genau die Gefühlsmischung, die Emil empfand, wenn er daran dachte, dass Fritz allein Ferdls Willkür ausgesetzt sein würde. Sollte er sich Fritz anvertrauen? Konnte er über das Unaussprechbare reden? Gab es Worte für das Grauen?

»Es waren die Tropfen«, sagte Emil leise.

»Welche Tropfen?«

»Die von den Brauseköpfen heruntergekommen sind.«

»Das tun sie doch immer«, meinte Fritz. »Brausen sind dazu da, dass Wasser rauskommt.«

»Aber nicht in einzelnen Tropfen.«

»Das verstehe ich nicht.«

»Ich hasse Wassertropfen. Das Geräusch tut mir in den Ohren weh.«

»Warum?«

»Sie erinnern mich an den Tod meiner Mutter.«

Fritz hielt den Atem an, seine Augen weiteten sich. Emil wusste, dass der Freund ihn nicht auslachen würde. Er würde seine Geschichte auch nicht weitererzählen. Alles, was Emil ihm jetzt anvertraute, war bei Fritz gut aufgehoben. Und so fing Emil an zu reden. Kaum hatte er begonnen, ging es ganz einfach. Die Sätze sprudelten nur so aus seinem Mund. Mit jedem Wort fiel eine schwere Last von seinen Schultern. Er erzählte von seinem Vater, an den er sich nicht erinnern konnte, weil er im Krieg gefallen war. Während des Fronturlaubs hatte er Emils Mutter heiraten wollen, doch dazu war es nie gekommen. Als Alleinerziehende hatte seine Mutter es nicht leicht gehabt. Es war ein ständiger Kampf ums Überleben gewesen. In der Hoffnung auf Unterstützung hatte Emils Mutter einen Mann bei ihnen einziehen lassen. Sie hatte ihn beim Alteisenhändler kennengelernt. Zuerst hatte er ganz nett gewirkt, doch dann hatte er sich als Reinfall erwiesen.

Emils Mutter hatte sich getäuscht. Mit dem Mann waren nur noch mehr Sorgen, Alkohol und Gewalt in ihr Leben getreten. Und dann redete er vom schrecklichsten Moment in seinem Leben. Vom Tod seiner Mutter. Sie war nach langem Husten an der Wiener Krankheit gestorben. Tuberkulose, hatte der Arzt gesagt. Emil hatte all die blutigen Tücher weggeräumt, die sie in den letzten Tagen vor ihrem Tod vollgespuckt hatte.

Fritz legte freundschaftlich seine Hand auf Emils Oberarm. Die Berührung war wie ein Schleusenöffner. Plötzlich löste sich der Knoten in Emils Kehle. Er fing an zu weinen. Seine Tränen flossen warm und salzig über seine Wangen und tropften schwer auf die Bettdecke. Erstaunt stellte Emil fest, dass das Geräusch ihn nicht ängstigte. Das Weinen fühlte sich befreiend an. Ein Strom, der aufgestaut in ihm darauf gewartet hatte, sich endlich seinen Lauf bahnen zu dürfen.

Als Schwester Regina zurückkehrte, hatte Emil seine Geschichte zu Ende erzählt.

»Was ist hier denn los?«, fragte die Krankenschwester besorgt. »Hast du so schlimme Schmerzen? So ein angeschlagener Kopf tut weh, du Armer.«

Bevor Emil antworten konnte, stellte Schwester Regina das Tablett mit dem Abendessen auf ein kleines Tischchen, ging erneut zum Medikamentenschrank und holte noch einmal die Zauberdose heraus.

»Ein saures Drops wird euch wieder aufheitern«, meinte sie fröhlich. Gegen ein weiteres Bonbon hatten beide Buben nichts einzuwenden. Doch dann musste Fritz das Krankenzimmer verlassen.

»Sobald alle schlafen, komme ich zu dir«, flüsterte Emil.

Schwester Regina hörte ihn nicht, aber Fritz schüttelte strikt den Kopf. »Lieber nicht, du kriegst sonst Ärger.«

Emil antwortete nicht. Der Ärger war ihm gleich. Er würde den Freund nicht allein lassen. Wenn Ferdl und seine Freunde zuschlagen wollten, dann mussten sie es mit zweien aufnehmen. Genau wie in Karl Mays Büchern.

18

Tiergarten Schönbrunn

»Warum begleitet uns Tante Emma nicht?«, fragte Gisi enttäuscht. »Mit ihr macht es im Zoo viel mehr Spaß.«

Greta hatte dem Drängen ihrer Tochter nachgegeben und sich den Nachmittag freigehalten, um mit ihr in den Tiergarten zu gehen. Nach den kühlen Temperaturen der letzten Tage hatte die Sonne wieder an Kraft zugelegt. Ein strahlender Herbsttag stand bevor. Im ehemals kaiserlichen Schlosspark färbten sich die Blätter in sattem Gelb. Als wollten die Pflanzen die Menschen darüber versöhnlich stimmen, dass sie sich bald für ein paar Monate zurückzogen, um sie im nächsten Frühling wieder mit saftigem Grün zu erfreuen. Das Wetter war perfekt für einen Zoobesuch. Die Tiere würden die Ställe verlassen und sich im Freien zeigen.

Wie immer waren Gisela und Greta auch an diesem Nachmittag am neuen Kassenhäuschen vorbeigekommen, ohne Eintritt zu bezahlen. Der Kassierer hatte sie freundlich durchgewunken und Emma schöne Grüße ausrichten lassen. »Wünschen Sie der Frau Doktor ein schönes Wochenende.

Jetzt waren sie am Weg zum Affenhaus. Voller Vorfreude lief Gisi auf das Affenhaus zu. Hier stand immer noch ein alter Münzautomat, wo man vor dem Krieg den Eintritt zu entrichten hatte.

In den letzten Jahren waren im Zoo zwei Kaffeehäuser und mehrere Kioske eröffnet worden, wo man Limonade und Würstel kaufen konnte. Der Kaiser hatte derlei Vergnügungen strikt untersagt. Während seiner Regentschaft war die Menagerie ein Ort der Bildung gewesen. Man hatte dem Volk die Möglichkeit geben wollen, exotische Tiere hautnah zu erleben. Heute bot der Zoo deutlich mehr. Es wurden Kutschenfahrten durch das Gelände angeboten, man konnte Luftballons für Kinder kaufen, im Sommer gab es eine Eisdiele, im Winter einen Stand mit gebratenen Maronen.

Gisi kam vor einem Käfig mit kleinen Kapuzineräffchen zum Stehen. In der Mitte des Käfigs stand ein großer Baum, das Gitter war gesäumt von mehreren Kübelpflanzen. Auch das war neu. Früher hatte man die Tiere in kahlen Käfigen gehalten, um die Reinigung zu erleichtern. Die Idee, dass Tiere eine lebenswerte Umgebung brauchten, um sich gesund zu entwickeln, fasste nach und nach Fuß in den Köpfen der Verantwortlichen. Ein Umstand, den Emma schon vor Jahren gefordert hatte. Jetzt sprangen die Affen geschickt von Ast zu Ast, jagten einander hinterher und kreischten dabei laut. Gisi und zwei weitere Kinder drängten sich ganz nah an die Gitterstäbe, um die Tiere besser beobachten zu können.

»Was für eine schöne Überraschung!«

Jemand sprach Greta von hinten an. Auch ohne sich umzudrehen, erkannte sie die angenehme tiefe Stimme, und ihr Herz begann, aufgeregt zu schlagen. Es war Michael Brenner.

»Guten Tag.« Greta streckte ihm die Hand entgegen. Er ergriff sie. Die harmlose Berührung fühlte sich wie ein kleiner Stromschlag an. Greta schoss das Blut in die Wangen.

»Darf ich Ihnen meine Tochter vorstellen? Das ist Gisela.«

Das Mädchen drehte sich um. »Aber alle sagen Gisi zu mir.«

»Dann werde ich das auch tun. Ich bin Michael.« Er schüttelte Gisi die Hand.

Das Mädchen wandte sich wieder den Affen zu.

»Was führt Sie in den Tiergarten?«, erkundigte sich Greta.

»Ich mag den Ort. Wenn meine Zeit es erlaubt, spaziere ich gerne durch den Zoo. Den Tieren gelingt es immer, mich auf erfreulichere Gedanken zu bringen. Speziell die Affen, die sind besonders drollig.«

»Sind Ihre Gedanken so trübe, dass Sie Aufmunterung brauchen?«

»Es gab letzte Nacht wieder Ärger mit Ferdl. Er und Fritz haben sich geprügelt. Wobei Fritz behauptet, dass Ferdl ihn einfach nachts aus dem Bett gezerrt und ihm eine verpasst habe.«

»Was war mit Emil?«, fragte Greta. Sie kannte die Buben noch nicht so gut, aber sie wusste, dass Fritz immer mit dem stillen, blassen Jungen zusammensteckte. Greta konnte sich nicht vorstellen, dass er seinem Freund nicht beigestanden hatte.

»Der lag auf der Krankenstation. Schwester Regina sagt, dass er nachts habe aufstehen wollen, sie ihn aber wieder zurück ins Bett geholt hat. Die ganze Sache ist also ein bisserl undurchsichtig, so als hätten die drei vorab etwas vereinbart. Solange sie über den genauen Ablauf beharrlich schweigen, sollte ich sie also alle drei verwarnen.«

»Fritz hat doch gesagt, dass Ferdl ihn aus dem Bett gezerrt hat«, entgegnete Greta.

»Ja, aber es war das Einzige, was Fritz erzählt hat. Warum es Streit gab oder was das Motiv war, darüber schweigt sich Ferdl weiter aus.«

Greta verzog den Mund: »Ist es nicht möglich, dass Ferdl den beiden schon am Nachmittag gedroht hat und Emil aufstehen wollte, um seinem Freund zu helfen?«

»Das ist natürlich gut möglich. Es war auch mein erster Gedanke. Es wundert mich, dass Fritz überhaupt irgendetwas gesagt hat. Bisher haben die Buben immer geschwiegen und Ferdl gedeckt.«

»Schade, dass alle Beteiligten den Grund für die Prügelei für sich behalten.«

»Wir werden die Wahrheit nie erfahren.«

»Hm.« Greta gefiel diese Antwort nicht.

»Tatsache ist, dass Ferdl wiederholt in Schwierigkeiten verwickelt ist. Ich habe ihm eine Verwarnung erteilt. Sollte er in den nächsten Tagen erneut unangenehm auffallen, werde ich ihn in eine Sondereinrichtung für schwer erziehbare Kinder einweisen lassen müssen. Ich habe ihm diesen Schritt bereits einige Male angedroht. Er scheint ihn nicht ernst zu nehmen.«

Greta sog lautstark die Luft ein. Es war allgemein bekannt, dass diese Heime keine Wohlfühloasen waren. Sie erinnerten eher an Straflager mit strikten Regeln und militärischem Drill. Auch körperliche Züchtigungen standen auf der Tagesordnung. Selbst moderate Pädagogen waren der Meinung, dass die sogenannten »asozialen Elemente« der Gesellschaft umerzogen werden mussten, und das ging scheinbar nur mit eiserner Disziplin. August Aichhorns Ideen der verzeihenden Pädagogik hatten sich nicht durchsetzen können. Aichhorn ging davon aus, dass die Jugendlichen aggressiv wären, weil sie als Kinder zu wenig Liebe im Leben erfahren hätten. Greta hatte letzte Woche einen Artikel darüber gelesen und förmlich verschlungen. Aichhorns Versuchsmodell in Oberhollabrunn war wieder geschlossen worden. Der Wunsch nach Bestrafung unangepassten Verhaltens hatte sich gehalten.

»Denken Sie nicht, dass der Junge in so einer Einrichtung noch aggressiver werden würde?«, gab Greta zu bedenken.

»Das wäre bedauerlich«, gab Brenner zu. »Dennoch ist er bei uns bald leider nicht mehr tragbar. Er hält sich an keine Vereinbarungen und bricht Regeln. Er tyrannisiert andere Kinder. Und auch wenn er nur selten angeschwärzt wird, weil die anderen ihn fürchten, so wissen wir alle, dass er seine Wut an Schwächeren auslässt. Ich bin mit meinem Latein bei ihm am Ende.«

»Was genau haben Sie ihm gesagt?«

»Wenn er einen einzigen weiteren Regelverstoß wagt, verlässt er unser Heim.«

»Oh. Das ist hart.«

Greta erinnerte sich an den Nachmittag, als sie Ferdl dabei erwischt hatten, wie er das Bett mit dem Pokal verschönert hatte. Für den Bruchteil eines Augenblicks hatte sie geglaubt, er wollte sich ihr anvertrauen. Aber vielleicht war das auch bloß ein Wunschgedanke gewesen.

»Ich sehe keine andere Möglichkeit.«

»Gehen wir jetzt zu den Orang-Utans?« Gisi hatte genug von den Kapuzineräffchen. Das Gespräch der Erwachsenen schien sie auch nicht zu interessieren.

Greta sah Brenner fragend an. »Kommen Sie mit uns mit?«

»Sehr gerne.«

»Schade, dass Tante Emma nicht da ist. Mit ihr hätten wir Mimi streicheln dürfen.« Mimi war der Neuzugang bei den Orang-Utans. Das Tier war letzten Sommer in den Zoo gekommen. Fanny, das Weibchen, das Emma jahrelang als Pflegerin betreut hatte, war im vorigen Winter gestorben.

»Ist Ihre Schwester Tierpflegerin im Zoo?«, wollte Brenner wissen.

»Nein, sie ist Tierärztin, genau wie mein Schwager.«

»Wie interessant. Sie scheinen eine Familie starker Frauen zu sein!« Brenner zwinkerte Gisi zu.

Die erklärte ihm stolz: »Michael, wusstest du, dass

Orang-Utans in Urwäldern leben und Stöcke als Werkzeug verwenden? Sie können damit Früchte öffnen.« Sie stellte sich vor den Käfig, in dem Mimi langsam auf einer Schaukel hin und her schwang.

»Nein, das ist mir neu«, gab er zu. »Du bist wohl eine Tierexpertin.«

»Wenn ich groß bin, werde ich Tierärztin, genau wie Tante Emma.«

»Das ist ein guter Plan.«

Gemeinsam beobachteten sie das Tier, wie es aus einem Korb eine Karotte holte und diese langsam in den Mund steckte und bedächtig daran kaute.

»Ich habe Mimi schon mal füttern dürfen«, erzählte Gisela stolz.

»Das war sicher sehr aufregend«, meinte Brenner.

»Oh ja. Ihre Lippen sind weich und warm. Sie hat das Futter ganz vorsichtig aus meiner Hand genommen. Mimi würde niemals irgendjemandem wehtun.«

Die Orang-Utan-Dame holte eine weitere Karotte aus dem Korb, machte es sich damit auf ihrer Schaukel bequem und ließ sich das Gemüse gut schmecken.

Gretas Magen knurrte. Beschämt hielt sie sich eine Hand vor den Bauch.

»Haben Sie Hunger?«, fragte Brenner.

»Es scheint so.« Sie lachte. »Mimi weckt meinen Appetit.«

»Ich habe auch Hunger«, sagte Gisi.

»Darf ich Sie beide auf Würstel einladen? Gleich neben

den Giraffen gibt es einen Kiosk. Vielleicht finden wir ja noch einen Platz in der Sonne.«

»Hurra. Ich suche einen Tisch«, rief Gisi und sauste los.

Brenner grinste zufrieden. »Ich deute das mal als ein Ja.«

»Bitte entschuldigen Sie meine Tochter. Sie ist manchmal ein bisschen ungestüm. Wir freuen uns über die Einladung, danke.« Kurz überlegte Greta, was Gustav dazu sagen würde, wenn sie mit einem fremden Mann durch den Zoo spazierte. Aber sie schob den Gedanken rasch zur Seite.

»Ich finde Gisi erfrischend natürlich. Man sieht, dass sie ein glückliches Kind ist, das ist schön. Ich wünschte, ein Teil der Kinder, die wir betreuen, könnte so unbeschwert über die Heimgänge flitzen. Leider haben sie alle ein schweres Schicksal zu tragen. Die einen kommen besser damit zurecht, die anderen weniger gut.«

Greta und Brenner folgten Gisi an den Tiergehegen vorbei, bis der Kiosk in Sicht kam.

»Auch Gisi muss mit einem Verlust leben«, sagte Greta. »Sie hat ihren Vater nie kennengelernt.«

»Vielleicht macht es das einfacher«, meinte Brenner. »Sie weiß nicht, was ihr entgeht. Und Sie bemühen sich, die Lücke so gut wie möglich zu füllen.«

Greta blieb stehen und sah Brenner ernst an. »Ich kann Gustav nicht ersetzen«, sagte sie. »Auch meine Schwester Emma und ihr Mann sind dazu nicht in der Lage. Bis jetzt wächst meine Tochter ohne ihren Vater auf, das ist traurig, aber es ist nicht zu ändern. Es ist ihre Realität.« Sie machte eine Pause und fügte leise hinzu: »Und auch meine.«

»Gisi hat ein stabiles Familiensystem und Menschen, die sie lieben. Davon können die Kinder im Heim nur träumen.«

»Kommt es vor, dass Kinder von Pflegeeltern übernommen werden?«, fragte Greta.

»Hin und wieder«, antwortete Brenner. »Aber auch das ist nicht immer das Gelbe vom Ei. Ich habe schon öfter erlebt, dass die Kinder nach ein paar Wochen wieder bei uns gelandet sind, weil die Pflegeeltern nicht auf die Schützlinge vorbereitet sind. Viele von ihnen haben schreckliche Lebensgeschichten hinter sich. Die Erfahrungen, die sie geprägt haben, haben sie zu schwierigen Persönlichkeiten gemacht.«

Gisi saß schon vor dem Kiosk und hatte einen Platz in der Sonne reserviert. Fröhlich winkte sie ihnen zu.

»Hierher!«, rief sie.

Greta und Brenner folgten ihrem Ruf.

Auf dem grünen Holztisch war ein rot-weiß kariertes Tischtuch ausgebreitet.

Kaum hatte Greta Platz genommen, wandte sich Gisi an sie: »Darf ich ein Himbeerkracherl haben?«

Der Wunsch ihrer Tochter entlockte Greta ein Schmunzeln. Als sie selbst noch ein Kind gewesen war, war das anschließende Himbeerkracherl stets der Höhepunkt des Tiergartenbesuchs gewesen. Emma hatte sich ausschließlich auf die Tiere gefreut. Gisi schien beide Seiten in sich zu vereinen.

»Das nehme ich auch«, sagte Brenner und fragte Greta: »Was darf ich Ihnen bringen?«

»Ich schließe mich an.«

»Also dreimal Himbeerkracherl und zu essen dreimal Frankfurter mit Senf und einer Kaisersemmel?«

Gisi nickte begeistert, und Brenner ging zum Kiosk. Kaum war er weg, beugte sich Gisi über den Tisch zu ihrer Mutter:

»Du hast aber einen netten Lehrer«, sagte sie anerkennend. »Der ist fast so lieb wie meine Frau Lehrerin.«

»Ja, er ist sehr freundlich«, stimmte Greta ihr zu und fragte sich, ob sie ihn nicht nur freundlich, sondern auch ein wenig attraktiv fand.

Kurz darauf kam Michael Brenner mit einem voll beladenen Tablett zurück. Statt Gläser steckten Strohhalme in den Sprudelflaschen. Gisi war entzückt. »Ich liebe Strohhalme«, meinte sie und nahm gleich den ersten Schluck. Genussvoll sog sie die Limonade auf. »Die Kugerl kitzeln im Mund!«

Brenner nahm auch einen Schluck. »Du hast recht«, sagte er. »Sie tanzen am Gaumen einen Cha-Cha-Cha.«

Die Vorstellung gefiel Gisi. Sie kicherte und wiederholte das Wort. »Cha-Cha-Cha.« Dann drehte sie sich zu Greta. »Tanzen deine auch, Mama?«

Greta nahm den Strohhalm in den Mund und sog an. Die Kohlensäure blubberte.

»Meine Kugerln sind so schnell, dass das eine Polka sein muss.«

Sie summte eine Strausspolka, und Gisi lachte aus vollem Herzen. Auch Brenner stimmte ein. Abwechselnd summten sie sich vor, wie sich die Blubberblasen bewegten. Dabei hatten sie so viel Spaß, dass sie trotz des Hungers beinahe das Essen vergaßen.

Brenner wischte sich mit dem Handrücken die Lachtränen aus den Augen.

»Ich bin übrigens Michael«, sagte er und reichte Greta die Hand. »Es ist seltsam, von deiner Tochter geduzt zu werden, während du mich Herr Brenner nennst.«

Greta erschrak über den Vorstoß, mit dem sie nicht gerechnet hatte.

Schließlich nahm sie sich ein Herz und hielt ihm ihre Hand hin. »Freut mich, ich bin Greta.«

Brenner nahm ihre Hand in seine. Die Berührung hatte etwas Aufregendes, fast Intimes, so als würden sich die Grenzen zwischen ihnen verschieben und als würde ihr Verhältnis neu definiert werden.

Greta wurde heiß. Durfte sie sich als Frau eines verschollenen Mannes zärtliche Gefühle für einen anderen erlauben? Was würde Gustav jetzt sagen? Sie versuchte, die Bedenken zur Seite zu schieben und sich auf das Hier und Jetzt zu konzentrieren. Gisi schien den Nachmittag zu genießen. Michael machte es ihnen überraschend einfach, sich wohlzufühlen.

Nach dem Essen spazierten sie erneut zu den Tieren, sahen den Elefanten beim Duschen zu und den Krokodilen beim Schlafen. Sie verweilten bei den Zebras und kamen rechtzeitig zur Fütterung der Seehunde. Die Zeit verflog im Nu, und als Greta auf die Uhr schaute, war es bereits fünf, höchste Zeit, nach Hause zu gehen. Sebastian wollte heute Abend mit der Eckbank kommen und sie aufbauen. Vielleicht war er schon da. Melanie würde ihn erwarten. Aber Greta fand, dass sie auch dabei sein sollte.

»Wir müssen uns jetzt leider verabschieden«, sagte Greta. Sie war über das Bedauern in ihrer Stimme selbst überrascht.

»Darf ich euch noch begleiten?«

»Au ja!« Gisi nahm Greta die Antwort ab. Michael wartete auch Gretas Einverständnis ab.

»Sehr gerne«, sagte sie leise.

Also spazierten sie gemeinsam in die Fasholdgasse. Vor dem Eingangstor zum Garten blieben sie stehen. »Machst du bald wieder einen Ausflug mit uns?«, fragte Gisi.

»Wenn ich darf, jeder Zeit.« Wieder ruhten seine hellen Augen fragend auf Greta.

Für einen kurzen Moment verlor sie sich in dem Blau, das sie an einen klaren Gebirgssee an einem wolkenlosen Sommertag erinnerte. Ein ganzer Schwarm Schmetterlinge tobte in ihrem Bauch.

»Ich würde mich freuen.«

Er wirkte erleichtert über ihre Antwort, ergriff mit beiden Händen ihre Rechte und drückte sie sanft. Wie bei ihrem ersten Kaffeehausbesuch waren seine Finger warm, kräftig und verhießen eine Zärtlichkeit, die Greta seit Jahren vermisste. Sie sehnte sich nach Berührungen dieser Art.

»Dann sehen wir uns bald wieder«, sagte er leise.

»Spätestens morgen«, meinte Greta, und mit einem Mal fragte sie sich, ob es klug wäre, das Du während des Unterrichts beizubehalten. Sie musste an Katharina denken. »Ich werde dich morgen wieder siezen«, sagte sie. »Anderenfalls wird über uns getratscht werden.«

Er zuckte unbekümmert mit den Schultern. »Und wenn

schon«, meinte er. »Ich bin ein erwachsener Mann und kann entscheiden, wen ich sieze und wen ich duze. Aber wenn du mich vor den anderen lieber siezt, ist das auch in Ordnung. Ich werde mich bemühen, mich nicht zu verplappern.«

Er lächelte sie schief an. In seinen Augen lag so viel Vertrautheit, dass Greta am liebsten noch näher zu ihm gerückt wäre. Sie fühlte sich schier magisch von ihm angezogen. Wie sein Haar sich wohl anfühlte und wie seine Haut roch? Rasch verkniff sie sich die Fragen. Sie war nach wie vor eine verheiratete Frau.

»Vielen Dank für den schönen Nachmittag!«

»Danke!«, rief auch Gisi. Sie war schon ins Haus gelaufen und die Stufen hinauf ins erste Stockwerk gerannt. »Mama, da ist jemand mit der Bank da«, rief sie aus dem Fenster heraus.

»Ich muss jetzt gehen«, sagte Greta. »Ein Freund hilft uns bei der Einrichtung. Wir sehen uns.«

Sie löste ihre Hand aus seinen, spürte ein kurzes Bedauern und ging dann ebenfalls ins Haus. Sie konnte die unausgesprochenen Fragen in seinen Augen sehen. Sie würde sie ein anderes Mal beantworten.

• • •

»War das eben Brenner, der euch nach Hause gebracht hat?« Melanie stand am Balkon und rauchte. Sie grinste von einem Ohr zum anderen.

»Das war Michael«, erklärte Gisi wichtig. »Er ist Mamas Lehrer und fast so lieb wie meine Frau Lehrerin.«

Melanies Grinsen wurde noch breiter. »Wusste ich es doch, dass er ein Auge auf dich geworfen hat.«

Greta machte eine wegwerfende Handbewegung. »Wir sind einander zufällig im Zoo über den Weg gelaufen.«

»Beim nächsten Mal holt er uns von zu Hause ab«, ergänzte Gisi.

Greta verdrehte die Augen. Was war nur mit Gisi los? Sie war sonst nicht so gesprächig. Wenn sie sich nach ihrem Schultag erkundigte, kam bloß ein: »Schön!«

Jetzt erzählte sie Melanie jede Kleinigkeit von ihrem gemeinsamen Nachmittag. Auch Sebastian hörte interessiert zu, während er die Holzteile, die er gemeinsam mit einem Kollegen hochgeschleppt hatte, zusammensetzte. Innerhalb kürzester Zeit stand eine wunderschöne Eckbank im Wohnzimmer. Klara hatte den Stoffbezug der Pölster bedruckt. Sie passten perfekt zu den Vorhängen und dem Lampenschirm aus Keramik, der von der Decke in den Raum hing. Noch ein paar Bücherregale, ein Esstisch, und das Wohnzimmer war behaglich und fein.

»Sebastian, das ist die schönste Eckbank, die ich jemals gesehen habe«, sagte Greta beeindruckt.

Gisi hopste auf einen der Sitzpölster und machte es sich bequem. »Hier machen die Hausaufgaben doppelt so viel Spaß«, war sie überzeugt. »Und wenn eine meiner Schulfreundinnen zu Besuch ist, kann sie neben mir sitzen.« Sie klopfte auf den Platz neben sich. Melanie ließ sich darauf nieder.

»Ich habe noch nie in einer so schönen Wohnung leben dürfen. Was für ein Geschenk.«

Sebastian packte sein Werkzeug zurück in eine Metallkiste. »Es freut mich, dass ihr zufrieden seid«, meinte er. »Ich werde euch noch ein Regalbrett über der Bank und eines neben dem Fenster montieren. Die Bretter muss ich noch einölen.«

»Das ist eine wundervolle Idee«, sagte Greta. »Wir können dort Bücher unterbringen.«

»Oder eine Hängepflanze.«

»Oder ein paar Holztiere.«

»Ihr werdet sicher etwas Passendes finden«, war Sebastian überzeugt. »Und jetzt stoßen wir auf die fertige Eckbank an.« Er hatte sein Werkzeug verstaut und setzte sich zu Melanie und Gisi.

Greta ging in ihre neue Einbauküche, die nach den Plänen von Margarete Schütte-Lihotzky gezimmert worden war. Seit sie mit Melanie zusammenwohnte, war immer eine Flasche Wein im Haus. Melanie war der Meinung, dass man stets darauf vorbereitet sein sollte zu feiern. Es gab so viele Gründe, anzustoßen und das Leben zu zelebrieren. Greta musste aufpassen, dass es nicht zur Gewohnheit wurde. Doch solange sie bloß ein paar Zentimeter der dunkelroten Flüssigkeit im Glas hatte, bestand keine Gefahr, beschwipst zu werden. Es war einfach zu schön, gemeinsam mit Freunden zusammenzusitzen. Im Moment hielt das Leben so viele Geschenke für sie bereit. Es wäre schade, das nicht ausreichend zu schätzen.

19

Altgasse

»Das Haus ist so leer ohne dich und Gisi.« Emma stellte einen Gugelhupf aus der Konditorei auf den Tisch und goss heißes Wasser auf den Kaffeefilter. Langsam tropfte die aromatische dunkle Flüssigkeit in die weiße Porzellankanne. Es war Sonntagnachmittag. Julius war trotzdem bei einem Patienten. Kranke Tiere nahmen auf freie Tage keine Rücksicht. Gisela war bei ihrer besten Freundin eingeladen. Marias Eltern hatten eine Badehütte in Kritzendorf, die winterfest gemacht werden musste, und die Mädchen konnten währenddessen im Garten spielen.

»Kuchen gibt's nur noch vom Bäcker. Ich vermisse den Duft nach Vanille und Zimt.« Sie setzte sich zu Greta auf die Küchenbank. »Es sind übrigens Rosinen im Gugelhupf. Extra für dich.«

»Wie schön.« Greta lächelte und starrte verträumt aus dem Fenster.

Aus dem Augenwinkel spürte sie, wie sie von Emma gemustert wurde. »Du hast dich verändert.«

»Unsinn«, entgegnete Greta. »Ich bin immer noch dieselbe.«

Emma widersprach. »Du strahlst von innen heraus. So als hätte jemand einen Lichtschalter in dir umgelegt.«

Greta musste ob der technischen Beschreibung ihrer Schwester grinsen.

»Ich meine es im Ernst«, fuhr Emma fort. »Die Traurigkeit, die dich wie eine dunkle Wolke umgeben hat, ist verschwunden. Ich sehe wieder die Greta, die lachen kann, die sich für Dinge interessiert und die lebt.« Emma richtete sich auf. »Das ist schön. Ich freu mich.« Sie überprüfte den Kaffee, nahm den Porzellanfilter weg und füllte zwei Tassen.

»Danke«, sagte Greta. »Es geht mir auch wirklich gut.«

Emma schob eine der beiden Tassen zu Greta. »Erzähl mir von deinem Lehrer Michael.«

Greta fasste nach einem Löffel und hielt in der Bewegung inne. »Hat Gisi geplaudert?«

»Sie war nicht zu stoppen«, gab Emma zu. »Es scheint, ihr hattet einen sehr netten Nachmittag im Zoo, während ich mich mit der wohl schwierigsten Geburt eines Kalbs gequält habe.«

»Ging alles gut?«

»Zum Glück, ja. Aber es war wirklich dramatisch. Wäre Julius nicht auch noch dazugekommen, hätten wir das Kälbchen und die Kuh verloren. Der Bauer war so dankbar, dass er heute Morgen einen ganzen Korb voll Lebensmittel gebracht hat. Julius und ich können das niemals zu zweit aufessen. Habt ihr Verwendung für Eier, Käse, Butter und Speck?«

»Immer!«

»Nimm dir, soviel du tragen kannst.«

»Danke.«

»Und jetzt will ich alles über diesen netten, lustigen und hübschen Michael hören. Gisi hat förmlich von ihm geschwärmt.«

Greta goss Milch in ihren Kaffee und sah zu, wie sich die dunkle mit der hellen Flüssigkeit vermengte. Sie suchte verlegen nach den richtigen Worten. »Michael Brenner ist ein Dozent und gleichzeitig mein Vorgesetzter im Kinderheim.«

»Ich hatte auf andere Informationen gehofft«, schmunzelte Emma. »Oder teilst du diese Informationen jetzt mit Melanie?«

»Unsinn, Emma. Du weißt, dass du immer die erste Anlaufstelle für all meine Probleme sein wirst.«

»Ist Michael Brenner etwa ein Problem?« Emma schnitt ein großes Stück Gugelhupf ab und legte es auf Gretas Teller.

»Er ist ein sehr netter Mann«, sagte Greta. »Ich mag ihn, und ich fühle mich zu ihm hingezogen.« Beschämt rührte sie mit einem Silberlöffel in ihrem Kaffee herum. »Aber ich habe stets das Gefühl, dass ich das nicht darf.«

»Was? Warum?«

»Wegen Gustav. Ich bin immer noch seine Frau. Ich habe ihm das Jawort gegeben.«

»Darf ich dich daran erinnern, was der Priester gesagt hat? Bis dass der Tod euch scheidet. Und genau das ist der Fall. Gustav ist tot.«

Gretas Kopf schoss nach oben. »Das wissen wir nicht mit

Sicherheit. Er ist verschollen, ja, aber wer weiß, ob er nicht doch …«

»Der Krieg ist seit fünf Jahren zu Ende«, widersprach Emma. »Wie lange willst du noch warten? Gustav kommt nicht mehr zurück.«

»Aber vielleicht ja doch. Und was dann?«

»Dann gibt es einen anderen Mann, der seinen Platz eingenommen hat. Du hast das Recht auf ein schönes Leben und auf Liebe, die erwidert wird.«

Emmas Worte konnten Greta nicht überzeugen.

»Es macht keinen Sinn, weiter auf Gustav zu warten«, fuhr Emma fort.

»Ich weiß nicht, ob ich das kann. Einen anderen Mann in mein Leben zu lassen und ihn den Platz einnehmen zu lassen, der für Gustav vorgesehen war …«

Emma langte über den Tisch und ergriff Gretas Hand. »Gustav hat dich geliebt«, sagte sie ernst. »Er hätte gewollt, dass du glücklich bist.«

Greta schluckte. Sie versuchte, sich Gustavs Gesicht vorzustellen, aber stattdessen tauchte Michaels Lachen auf. »Immer öfter vergesse ich, wie er ausgesehen hat«, sagte sie schuldbewusst. Tränen traten in ihre Augen, die sie rasch wegblinzelte. Emma schien sie trotzdem zu sehen. Sie reichte Greta ein Taschentuch, das diese aber nur in der Hand zerknüllte.

»Das ist doch nicht schlimm«, beruhigte Emma. »Nur weil er in den Hintergrund rückt, heißt das nicht, dass er nicht immer einen wichtigen Platz in deinem Leben einnehmen wird.«

Greta blickte vom Kaffee auf. »Meine Gefühle laufen meinem Verstand in Bezug auf Michael davon. Ich muss sie einbremsen. Ich brauche wohl noch ein bisschen.«

»Hoffentlich ist es dann nicht zu spät«, meinte Emma. »Es wäre schade, wenn du einen Mann, den du eigentlich magst, weiterziehen lässt.«

»Manchmal passt eben der Zeitpunkt nicht«, seufzte Greta.

»Es liegt in deiner Hand zu sagen, wann der Zeitpunkt passt«, war Emma überzeugt. »Wenn du dich nie auf einen neuen Menschen einlässt, wird die Wunde auch nicht heilen können.«

»Mal sehen«, meinte Greta. Sie nahm einen Schluck von ihrem Kaffee. In dem Moment betrat Julius das Haus. Sein Haar war zerzaust, seine Kleidung schmutzig. Offenbar hatte er eben in einem Stall gearbeitet.

»Hallo, Greta, wie schön, dich zu sehen.« Er begrüßte seine Schwägerin und seine Frau. »Ihr entschuldigt mich, ich muss mich frisch machen, bevor ich mit euch jausen kann.«

»Ist alles gut gelaufen?«, erkundigte sich Emma.

»Eine harmlose Magenverstimmung eines Schafes. Wenn Meierhofer uns das nächste Mal am Sonntag anruft, überlegen wir dreimal, ob einer von uns beiden sich auf den Weg macht.«

»Er macht sich eben Sorgen um seine Tiere«, meinte Emma. »Besser einmal zu oft nachschauen als einmal zu wenig.«

Julius' Schnaufen konnte man als Zustimmung oder Ablehnung verstehen. Er verließ die Küche und kam kurz darauf frisch gewaschen wieder zurück. Deutlich besser gelaunt, nahm er am Tisch Platz. Greta war froh, dass das Gespräch nun in eine andere Richtung verlaufen würde.

»Wann dürfen wir dein neues Wohnzimmer bewundern?«

»Jederzeit«, sagte Greta. »Es ist sehr, sehr schön geworden.«

»Davon bin ich überzeugt.«

Julius schnitt sich ein Stück Gugelhupf ab, zupfte alle Rosinen heraus und schob sie auf den Tellerrand. Erst dann biss er davon ab. Emma nahm die Rosinen und legte sie auf Gretas Teller, so wie sie es immer getan hatten.

»Gisi hat die Eckbank in den höchsten Tönen gepriesen. Ich will das Teil unbedingt sehen. Was meinst du, würde so eine Bank auch hier hereinpassen?«

»Wir wollen das Haus umbauen«, erklärte Emma. Sie klang entschuldigend.

Noch vor ein paar Monaten hätte diese Nachricht Greta völlig aus der Fassung gebracht. Die Vorstellung, dass das Haus, in dem sie groß geworden war und in dem sie fast ihr gesamtes Leben verbracht hatte, verändert werden sollte, hätte sie verletzt. Heute nahm sie die Information gelassen entgegen. Es war völlig verständlich, dass Emma und Julius Umbauten planten.

»Was habt ihr euch denn vorgestellt?«, fragte sie.

»Du bist nicht böse?«

»Nein, warum sollte ich? Es ist jetzt euer Haus.«

Sowohl Emma als auch Julius wirkten erleichtert.

Emma holte tief Luft und fing dann an, über die Pläne zu erzählen. Eine neue Küche sollte es werden, Julius würde ein Büro bekommen, und auch die Praxis wollten sie neu gestalten. Als sie endete, meinte Greta: »Das sind viele Veränderungen. Ihr werdet Wochen oder Monate in einer Baustelle hausen.«

»Das stimmt«, seufzte Emma. »Wir werden so lange in die Lenaugasse ziehen.«

»Das klingt vernünftig«, meinte Greta.

»Auf alle Fälle brauchen wir einen fähigen Tischler, der uns neue Möbel anfertigt.« Julius stopfte sich das restliche Stück Gugelhupf in den Mund.

»Ich werde euch Sebastian vorstellen«, versprach Greta. »Ihr werdet ihn mögen.« Siedend heiß fiel ihr ein, dass sie immer noch nicht mit Julius wegen des Reitwochenendes gesprochen hatte. »Sebastian ist ein großer Pferdefreund und würde sich über ein Wochenende auf Gut Winter freuen. Denkst du, dass sich das einrichten lässt?«

»Selbstverständlich. Wann sollen wir fahren?« Julius sah Emma fragend an.

»Ich rede mit Sebastian, ganz bestimmt findet ihr einen geeigneten Termin«, sagte Greta.

»Vielleicht klappt es ja schon nächstes Wochenende. Du und Gisi seid natürlich auch dabei. Oder? Mutter würde es uns nicht verzeihen, ohne Gisi zu kommen.«

»Ich habe am Freitag meinen ersten Nachtdienst«, erklärte Greta. »Und am Samstag wollen Melanie und die anderen ins Tabarin.«

»Ins Tabarin?« Emma riss erstaunt die Augen auf, und Julius pfiff belustigt durch die Zähne.

»Was ist los damit?«, fragte Greta.

»Nichts«, beeilte sich Emma. »Ich wusste nicht, dass du diese Art von Lokalen magst.«

»Was soll das heißen?«

Julius und Emma sahen einander an, bevor Julius antwortete: »Schau es dir einfach an, und bilde dir selbst eine Meinung.«

Emma nickte zustimmend. »Auf alle Fälle ist es großartig, dass du ausgehst. Und sollte der Tischler lieber mit uns kommen als ins Tabarin, dann gib uns Bescheid.«

»Das mache ich«, sagte Greta fröhlich. Die Einwände der beiden konnten ihre Vorfreude auf den Nachtklub nicht trüben.

»Dürfen wir Gisi denn mitnehmen?« Julius sprach den Vorschlag vorsichtig aus, so als rechnete er mit Gretas Protest.

»Sie wird Purzelbäume schlagen vor lauter Freude«, sagte Greta.

»Du lässt sie einfach so mit uns fahren?«, fragte Emma.

»Aber ja, warum nicht? Sie liebt euch, Gut Winter und die Pferde. Was sollte ich dagegen haben?« In Gedanken war sie beim Nachtdienst im Kinderheim. Sie fragte sich, auf wie viele Stunden Schlaf sie kommen würde. Sie hoffte inständig, dass es nicht eine völlig durchwachte Nacht werden würde und sie am nächsten Abend ins Tabarin gehen konnte.

20

Kinderheim Schloss Schönbrunn

»Im Grunde ist ein Nachtdienst völlig harmlos«, versicherte Claudia. »Wir sorgen gemeinsam dafür, dass alle Kinder in ihren Betten liegen. Die Jüngeren schlafen auf der Stelle ein, die Älteren sind noch eine Weile wach, aber es ist Nachtruhe. Ein paar lesen noch im schwachen Licht. Sobald es finster ist, legen auch sie ihre Bücher weg. Sollte jemand eine Taschenlampe haben, wird die einkassiert. Um zehn machst du noch eine Kontrollrunde. Dann kannst du dich auch schlafen legen.«

»Was, wenn um zehn noch jemand munter ist?«, fragte Greta. Die Vorstellung, dass Claudia sie gleich verlassen würde, gefiel ihr ganz und gar nicht.

»Dann sagst du dem Kind, dass es rasch einschlafen soll. Im schlimmsten Fall stellst du einen Sessel vor die offene Schlafsaaltür und setzt dich eine Weile davor.«

»Und wenn das auch nichts nützt?«

»Das hilft immer«, versprach Claudia.

Greta wollte der Kollegin glauben, aber es gelang ihr

nicht so recht. Einige der Buben wirkten noch sehr wach, so als würden sie Energie für mehrere durchwachte Nächte in sich tragen. Sie zum Schlafen zu bewegen kam einer Zirkusnummer gleich. Kurz wurde ihr ein wenig bang. Aber als einer der jüngeren Buben mit leuchtenden Augen auf sie zukam und ihr freudestrahlend zuflüsterte: »Sie sind sehr hübsch und sehen nett aus«, wurde ihr so warm ums Herz, dass ihre Zweifel verflogen.

Claudia holte sie schnell auf den Boden der Tatsachen zurück. »Nicht alle sind so entzückend wie Simon. Und auch er hat es faustdick hinter den Ohren. Lass dich nicht täuschen.« Sie waren mittlerweile beim Du angekommen.

»Was mache ich in einer Notsituation?«, wollte Greta wissen.

»Das habe ich dir doch schon erklärt«, entgegnete Claudia genervt. »Du holst dir im Mädchentrakt Hilfe, dort hat Ludovika Dienst. Und wenn auch das nichts nützt: Schwester Regine ist auf der Krankenstation.«

Die Anwesenheit der beiden Frauen beruhigte Greta. Claudia versah den Dienst so oft, und noch nie war etwas Dramatisches vorgefallen. Warum sollte ausgerechnet heute die Tragödie eintreten?

Gemeinsam beaufsichtigten sie die Buben beim Zähneputzen. Einige Kinder gingen sehr sorgfältig dabei vor, andere drückten sich vor der Aufgabe. Irgendwann hatten alle auch diesen Teil der Hygiene erledigt, gewaschen hatten die Buben sich bereits. Jetzt zogen sie die Pyjamas an und gingen ins Bett.

»Ich werde mich jetzt verabschieden«, sagte Claudia.

»Ich wünsche dir eine halbwegs entspannte Nacht.« Sie fasste nach ihrer Handtasche, setzte ihren Hut auf und verließ den Personalraum, ein winziges Kämmerchen, in dem ein Bett stand, in dem Greta heute Nacht liegen würde.

Greta hatte zwei Schlafsäle zu beaufsichtigen. Sie ging in den ersten. Die Tür stand weit offen. Die Vorhänge waren noch nicht zugezogen, Licht von den Laternen im Schlossgarten drang in den Raum. Greta trat zum Fenster und verdunkelte das Zimmer. Als sie sich umdrehte, entdeckte sie einen runden schwachen Lichtstrahl unter einer Decke. Es war eindeutig eine Taschenlampe. Claudia hatte gesagt, dass Greta sie an sich nehmen sollte. Wie hieß der Junge doch gleich? Emil.

Greta trat an sein Bett. Noch bevor sie bei ihm war, knipste er die Lampe aus. Er versteckte Buch und Taschenlampe hinter seinem Rücken und sah sie mit den ängstlichen Augen eines Kindes an, das wusste, dass es eben etwas Verbotenes getan hatte.

»Was liest du denn?«, fragte Greta neugierig. Sie setzte sich zu dem Jungen ans Bett.

Misstrauisch blinzelte er sie an. »Nichts«, log er.

»Ich habe in deinem Alter *Nesthäkchen* verschlungen«, sagte Greta. »Meine Schwester hat die Geschichten von Karl May geliebt.«

»Wirklich?« Er richtete sich auf.

Greta nickte. »Mir waren die Bücher zu spannend. Es wurde darin immer so viel gekämpft.«

»Winnetou und Old Shatterhand sind meine Helden«, sagte Emil. Trotz des schwachen Lichts konnte Greta das

Glitzern in seinen Augen sehen. »Die beiden gewinnen immer.«

Jetzt richtete sich auch Fritz im Bett neben ihm auf. Er hatte offenbar nur so getan, als würde er schlafen.

»Ich bin Winnetou«, sagte er leise.

»Und ich Old Shatterhand.«

Greta musste schmunzeln. »Und welches Abenteuer liest du gerade?«

Emil holte den Band unter seinem Rücken hervor und hielt ihn Greta entgegen. »*Die Jagd durchs wilde Kurdistan*.«

Sie nahm das Buch und schlug es dort auf, wo ein Lesezeichen lag. Fünf Seiten vom Kapitel fehlten noch.

»Du kannst das Kapitel zu Ende lesen«, flüsterte sie leise. »Aber dann legst du das Buch und die Taschenlampe weg. Versprochen?«

Emil nickte feierlich und hielt zwei Finger hoch. »Großes Indianerehrenwort.«

»Ich verlass mich darauf«, sagte Greta. »Gute Nacht.«

Dann stand sie auf und ging zu Fritz. Seine Decke war völlig verwurstelt.

»Was hast du denn mit deiner Decke angestellt?«, fragte sie leise.

»Ich habe alles versucht«, sagte er schnell. »Aber der Knödel lässt sich nicht glatt machen.«

Greta konnte das gut verstehen. Gisi hatte auch stets Probleme mit dem Innenleben ihrer Decke.

»Lass mich mal sehen«, sagte sie, nahm die Decke und schüttelte sie auf. Offenbar mussten die Kinder ihre Betten selbst überziehen. Der Überzug war verkehrt herum auf der

Decke, weshalb die Knöpfe sich nicht schließen ließen. Greta holte das Innenleben aus dem Bettzeug und strich alles glatt. Dann überzog sie die Decke neu.

»Wenn wir morgen wieder mehr sehen und genug Licht haben, zeige ich dir, wie man es richtig macht.« Sie breitete die Decke liebevoll über Fritz aus und wünschte auch ihm eine gute Nacht. Er lächelte sie dankbar an. Langsam ging Greta an den anderen Betten vorbei. Ein Junge hielt sie an.

»Ich muss noch einmal auf die Toilette. Darf ich gehen? Bitte!« Er flüsterte dringlich, aber so leise, dass Greta ihn kaum verstehen konnte.

»Natürlich darfst du gehen.«

Rasch sprang der Junge auf und wuselte zu den Waschräumen.

»Das dürfen wir sonst nie«, sagte der Bub im Nebenbett.

»Zur Toilette gehen?«, fragte Greta erstaunt.

»Wir müssen nach dem Zähneputzen gehen. Das ist die letzte Gelegenheit.«

»Und wenn man danach noch muss?«

»Das dürfen wir nicht.«

»Bei mir schon«, sagte Greta. »Mir ist lieber, ihr geht rechtzeitig, als dass ich mitten in der Nacht das Bett abziehen muss.«

»Wer ins Bett macht, muss sich selbst um die Sauerei kümmern. Peter pinkelt jede Nacht hinein.«

Greta war entsetzt. War die Scham nicht schon groß genug, wenn einem Kind dieses Malheur passierte? Warum musste es dann noch zusätzlich bestraft werden?

Peter kam deutlich erleichtert wieder zurück und kroch unter seine Decke.

Greta hockte sich neben ihn: »Wenn dir heute Nacht ein kleines Missgeschick widerfährt, dann kommst du zu mir. Wir machen das Bett gemeinsam wieder frisch.«

»Wirklich?«

»Ja.«

Greta stand auf.

»Bist du jetzt jede Nacht bei uns?«, fragte Peter.

»Nein.«

»Schade.«

Greta fühlte sich geschmeichelt. »Schlaf gut, Peter.« Dann schlich sie auf Zehenspitzen aus dem Saal.

Draußen blieb sie noch eine Weile stehen und lauschte. Ein paar Kinder tuschelten. Aber niemand machte übertrieben viel Lärm. Bald wurde auch das Tuscheln leiser.

Als Greta noch einmal in den Saal spähte, war Emils Taschenlampe ausgeschaltet. Sie ging weiter in den anderen Schlafsaal. Hier schienen die Kinder alle zu schlafen, genau, wie Claudia es vorhergesagt hatte. Nur im Bett in der Mitte des Raums hockte ein Junge aufrecht auf seiner Matratze. Es war Ferdl, und er trug seine Straßenkleidung.

Als er Greta entdeckte, rutschte er rasch unter die Decke und zog sie bis zum Kinn. Greta wusste, dass sie nicht so tun konnte, als hätte sie nichts bemerkt. Ferdl führte etwas im Schilde, und das verhieß nichts Gutes.

Sie ging zu ihm. Als sie neben seinem Bett stand, hielt er die Augen geschlossen und stellte sich schlafend.

Greta ging in die Hocke. »Ich weiß, dass du angezogen bist«, flüsterte sie. »Bitte zieh deinen Pyjama an.«

Er reagierte nicht.

Greta berührte sanft seinen Oberarm. »Los, Ferdl. Steh auf, und schlüpf in deinen Pyjama. Was auch immer du geplant hast, vergiss es, und versuch zu schlafen.«

Nun blinzelte er. Misstrauisch musterte er sie durch einen schmalen Spalt seiner zusammengekniffenen Augen.

»Ich gehe jetzt raus«, sagte Greta. »Und wenn ich wiederkomme, dann hast du deinen Pyjama an. Abgemacht?«

Er antwortete nicht.

Greta stand wieder auf. Ihr Blick fiel auf den Pokal, den Ferdl ins Stahlrohrbett geritzt hatte. Es war eine erstaunlich hübsche Zeichnung, wenn man bedachte, dass sie bloß mit einem Nagel eingeritzt worden war. Sie strich mit dem Zeigefinger darüber. »Ein schöner Pokal«, sagte sie. »Schade, dass er nicht echt ist.«

Dann verließ sie den Saal. Sie konnte Ferdls Blick in ihrem Rücken spüren. Auf dem Gang blieb sie neben der offenen Tür stehen und lehnte sich an die Wand. Sie wartete angespannt. Was sollte sie tun, wenn Ferdl sich nicht auszog? Ihm die Decke wegzuziehen erschien ihr übergriffig. Rasch könnte es zu Handgreiflichkeiten kommen. Ihn mit Straßenkleidern im Bett liegen lassen? Das ging auch nicht. Er hatte etwas vor. Wollte er etwa abhauen? Etwas stehlen? Eins der Kinder verprügeln? Es gab tausend Möglichkeiten. Greta lauschte in den Saal. Sie konnte nichts hören. Würde er sich umziehen, würde sie ein Rascheln vernehmen. Aber es war mucksmäuschenstill.

Greta schloss kurz die Augen und fühlte die Kälte der Wand, die sich auf ihren Rücken übertrug. Sie schaute auf ihre Uhr. Zehn Minuten waren vergangen. Lang genug, um sich umzuziehen. Greta stieß sich von der Wand ab und kehrte zurück in den Schlafsaal. Vor Ferdls Bett hielt sie an. Am Fußende hingen eine Hose, ein Hemd und Socken. Ferdl lag unter der Decke. Seine Arme lagen im Freien. Er trug ein Pyjamaoberteil. Greta konnte es kaum glauben. Erstaunt sah sie auf den Jungen.

»Werden Sie mich verpetzen?« Er klang trotzig. So als würde er die Antwort bereits kennen.

Greta wusste genau, was passieren würde, wenn sie von dem Vorfall erzählte. Michael würde noch am Vormittag einen Brief schreiben und darum bitten, den Jungen in eine Besserungsanstalt zu schicken.

»Was soll ich verpetzen?«, fragte sie. »Du liegst im Pyjama im Bett und wirst in ein paar Minuten tief und fest schlafen. So wie alle anderen.«

»Aber ich hab ...«, widersprach er.

Greta legte einen Finger auf den Mund, sie wollte nicht, dass er die anderen Kinder weckte. Dann nahm sie seine Kleidung. »Ich hänge deine Hosen und das Hemd in den Schrank«, sagte sie. »Alles ist gut. Versuch, rasch einzuschlafen. Gute Nacht, Ferdl.«

Sie trug die Kleidung weg, hängte alles säuberlich auf und verließ dann den Saal. Draußen stellte sie einen Sessel an die Wand und setzte sich so, dass niemand sie vom Saal aus sehen konnte. Sie wartete eine Weile, horchte auf Geräusche, aber es blieb völlig still. Irgendwann fielen ihr die Augen vor Müdigkeit zu.

Als sie wieder erwachte, war es stockfinster um sie herum. Gretas Glieder schmerzten. Sie rappelte sich auf, streckte sich einmal durch und gähnte. Dann tastete sie sich die Wand entlang bis zum nächsten Lichtschalter. Die Glühbirne über ihr blendete sie. Greta musste blinzeln. Sie warf einen letzten Blick in die beiden Schlafsäle. Leises Schnarchen und gleichmäßiges Atmen waren zu vernehmen, sonst nichts. Erleichtert schlich sie in den Personalraum und ließ sich in ihren Kleidern aufs Bett fallen. Sie sank in einen unruhigen Schlaf und träumte von Lazarettbetten und kahlen, trostlosen Schlafsälen. Erst der Wecker rüttelte sie kurz vor sechs unsanft in die Wirklichkeit zurück.

Als Gretas Dienst zu Ende ging, fühlte sie sich gerädert und müde. Aber auch ein bisschen stolz. Sie hatte ihren ersten Einsatz bravourös gemeistert. Peter hatte in dieser Nacht nicht ins Bett gemacht, was sie als persönlichen Erfolg verbuchte. Beim Frühstück hatte er sie mit einem strahlenden Lächeln beschenkt. Emil hatte ihr verraten, was Old Shatterhand erlebt hatte, und Fritz hatte konzentriert zugeschaut, als sie ihm gezeigt hatte, wie man die Bettdecke überzog.

Als sie gerade das Schloss verlassen wollte, begegnete ihr Ferdl. Er war frisch gekämmt und hatte sich sichtlich Mühe mit seinem Aussehen gegeben.

»Sie haben nichts gesagt«, flüsterte er ganz leise.

»Es gab nichts zu berichten«, wiederholte Greta. »Das habe ich dir gestern Abend schon gesagt.«

»Das heißt noch lange nicht, dass Sie es auch wirklich so meinten.«

Greta fragte sich, wie viele Erwachsene den Jungen in seinem kurzen Leben schon enttäuscht hatten.

»Ich lüge dich nicht an«, sagte sie ernst.

Er nickte bloß. Blitzten Tränen in seinen Augen auf? Bevor Greta es feststellen konnte, drehte er auf dem Absatz um und rannte über die Stufen zurück ins Obergeschoss. Greta sah der dürren Gestalt nach, bis sie um die Ecke abbog, dann machte auch sie sich auf den Weg.

...

»Wie war dein erster Nachtdienst?«, wollte Emma wissen. »Du siehst etwas mitgenommen aus.«

»Ich habe nicht viel geschlafen«, gab Greta zu. »Aber das lag nicht an den Kindern. Die waren entzückend.«

»Entzückende Heimkinder?«, fragte Julius. »Ich dachte, die wären alle auffällig.«

»Sie haben schwierige Geschichten hinter sich«, verbesserte Greta. »Aber sie waren reizend.«

»Darf ich die Kinder kennenlernen, auf die du aufpasst?«, fragte Gisi.

»Ja, natürlich. Wenn sich eine Gelegenheit bietet«, sagte Greta.

»Können die nicht mit nach Gut Winter kommen?«, fragte Gisi. »Die Kinder haben bei Onkel Bernd sicher genauso viel Spaß wie ich.«

Julius räusperte sich. »Das ist eine schöne Idee. Aber ich fürchte, dass meine Mutter das nicht so gerne sehen würde.«

»Das glaub ich nicht«, sagte Gisela. »Tante Eli ist eine der nettesten Frauen der Welt. Wenn ich sie darum bitte, erlaubt sie es bestimmt.«

Julius schien anderer Meinung zu sein, doch er wollte seiner Nichte den Glauben an seine Mutter nicht nehmen und schwieg.

»Ich werde Tante Eli fragen. Wetten, sie erlaubt es?«, wiederholte Gisela.

»Immer langsam!«, bremste Greta ihre Tochter. »Selbst wenn Tante Eli einverstanden ist, so heißt das noch lange nicht, dass die Kinder fahren dürfen. Das muss der Direktor des Heims erlauben.«

»So oder so – wir sollten jetzt aufbrechen, sonst versäumen wir den Zug. Dann muss Sebastian allein verreisen«, mahnte Julius zur Eile. Wie erhofft, hatte der Kunsttischler sich Zeit für das Wochenende in der Südsteiermark genommen.

»Viel Spaß!« Greta umarmte Gisi und drückte sie ganz fest an sich.

»Den hab ich bestimmt.«

Dann verabschiedete Greta sich auch von Emma und Julius und versprach, die Ziegen während ihrer Abwesenheit zu versorgen.

»Erzähl mir am Mittwoch alles über den Abend im Tabarin«, forderte Emma. »Vielleicht gehen wir mal gemeinsam hin.«

Mit gespielter Empörung mischte Julius sich ein: »Allein lass ich euch da ganz bestimmt nicht hingehen.«

»Als ob wir deine Erlaubnis bräuchten«, konterte Emma schnell, fügte dann aber versöhnlich hinzu: »Wir nehmen dich natürlich mit.«

»Ich bin mir noch gar nicht sicher, ob ich gehen werde«, meinte Greta vorsichtig. »Im Moment bin ich sehr müde.«

»Dann leg dich am Nachmittag hin«, meinte Emma und winkte ihrer Schwester zum Abschied zu.

Kaum, dass alle gegangen waren, ließ sich Greta auf der Bank im Garten nieder. Sie genoss die Stille und schlief beinahe ein. Das empörte Blöken der Ziegen weckte sie wieder. Etwas benommen stand Greta auf, versorgte die Tiere, fütterte auch die alte Katze und verließ dann das Haus. Erstaunt stellte sie fest, dass sie sich auf zu Hause freute und diesen Gedanken mit ihrer neuen Wohnung verband.

21

Fasholdgasse

Melanie hatte frischen Kaffee gebrüht und die Kanne mit dem duftenden Getränk auf den Balkon gebracht. Vom Vortag waren noch Semmeln da. Dazu öffnete sie ein Glas Marillenmarmelade, die Greta im vorigen Sommer eingekocht hatte.

»Du hast Ferdl dazu gebracht, dass er sich frisiert? Wie hast du das gemacht? Hast du ihn verzaubert? Mir ist der Junge bloß mit frechen Bemerkungen begegnet.« Melanie entzündete ein Streichholz und hielt es an ihre Zigarette. Genussvoll nahm sie einen Zug und blies den Rauch über das Balkongeländer wieder aus.

»Nein, ich habe dir doch schon erzählt, wie das Gespräch verlaufen ist.« Greta bestrich eine Semmelhälfte mit Marmelade. Es war ihr spätes Frühstück. Im Kinderheim hatte sie sich mit einem dünnen Milchkaffee begnügt.

»Vielleicht war er immer noch dankbar, dass du wegen seines Vandalismus nicht geschimpft hast«, überlegte Melanie.

»Das kann man wirklich nicht als Vandalismus bezeichnen«, entgegnete Greta empört. »Diese Betten sind das Hässlichste, was man sich nur vorstellen kann. Es ist völlig verständlich, dass man sie verschönern will.«

»Ich weiß«, stimmte Melanie ihr zu. »Die Schlafsäle sind trostlos. Zum Glück siedeln die Kinder bald ins Schloss am Wilhelminenberg. Hoffentlich sind dort die Räumlichkeiten freundlicher.«

»Das wage ich zu bezweifeln«, sagte Greta. »Niemandem scheint bewusst zu sein, dass Kinder nicht nur eine praktische, sondern eine ansprechende Umgebung brauchen, um sich gut entwickeln zu können. Dieses Thema wird im Unterricht völlig ausgespart. So als gäbe es im Leben keine Ästhetik. Ich rede mir ständig den Mund fusselig, aber niemand will mir zuhören.«

»Nach den entbehrungsreichen Kriegsjahren denkt man halt vor allem ans Wesentliche.« Melanie machte eine ausladende Geste. »Nicht jeder kann so luxuriös wohnen wie wir.«

»Das stimmt schon.« Greta gab Melanie recht. »Aber die schlimmsten Hungerjahre sind vorbei. Es geht wieder bergauf.« Genau in dem Moment klopfte es an der Tür.

»Nanu, kriegst du Besuch?« Melanie stand auf und ging ins Vorzimmer, um zu öffnen. Greta widmete sich ihrer Semmel. Sie erwartete niemanden. Umso überraschter war sie, als Michael mit einem kleinen Herbstblumenstrauß vor ihr stand. Rote Weinblätter und gelbe Herbstastern fügten sich zu einer hübschen Farbkomposition. Seine Locken waren ordentlich nach hinten frisiert, und über dem weißen

Hemd trug er ein Sakko. Er wirkte irritiert. Er hatte wohl nicht damit gerechnet, dass er auf Melanie treffen würde.

»Michael, was führt dich hierher?«, fragte Greta. Ihr Herzschlag beschleunigte sich vor Freude.

»Ich wollte dir die Blumen vorbeibringen und zum ersten Nachtdienst gratulieren. Die Kinder schwärmen von dir. Sie können es nicht erwarten, dass du wieder bei ihnen bist.«

»Wirklich?« Seine Worte hoben Gretas Stimmung noch weiter, was kaum möglich war. Sie fühlte sich so großartig wie lange nicht mehr.

Verlegen schielte Michael zu Melanie.

»Ich bin sowieso schon auf dem Sprung«, sagte sie schnell. »Ich muss in die Werkstätte.«

Greta sah sie fragend an, sie wusste, dass Melanie heute ihren freien Tag hatte, es war Samstag. Doch Melanie grinste nur vielsagend.

»Es ist schade, dass Sie nicht mehr in der Erzieherinnenschule sind«, sagte Michael.

»Oh, das sehe ich anders.« Melanie winkte schnell ab. »Glauben Sie mir, es ist für alle Beteiligten besser. Über kurz oder lang hätte es Probleme gegeben. Ich habe einfach keine Nerven für so viele Kinder. Und schon gar nicht für welche mit schwierigen Geschichten. Ich hätte mich niemals bewerben sollen. Aber manchmal muss man Fehlentscheidungen treffen, um dann den richtigen Weg einzuschlagen.«

Michael neigte den Kopf zur Seite. »Dann ist es wohl so am besten.«

»Ganz bestimmt«, war Melanie überzeugt. »Sollte das

Kinderheim hübsche Vorhänge brauchen, bin ich gerne bereit, welche zu entwerfen.«

Nun lachte Michael. »Ich fürchte, dass das Kinderheim sich die Preise der Wiener Werkstätte nicht leisten kann.«

»Da wird man sich bestimmt einig«, war Melanie überzeugt.

»Im Moment kämpfen wir mit ganz anderen Problemen«, seufzte Michael. »Vorhänge sind wohl das Letzte, was wir bedenken werden.«

Hinter seinem Rücken verdrehte Greta die Augen.

»Nun, das ist ein Thema, das Sie noch in Ruhe erörtern können. Ich verabschiede mich.« Sie schnappte ihren dünnen Staubmantel und einen Hut und verließ fast fluchtartig die Wohnung. Bevor sie die Tür hinter sich zumachte, deutete sie Greta mit Lippenbewegungen an: »Ich will später alles erfahren!«

Wieder verdrehte Greta die Augen. Dann schlug die Tür ins Schloss.

»Ich wusste nicht, dass du mit Melanie zusammenwohnst«, sagte Michael.

»Wir sind gerade erst zusammengezogen«, erklärte Greta. »Willst du eine Tasse Kaffee?«

»Gerne.«

Michael reichte Greta endlich die Blumen. »Für dich.«

»Vielen Dank. Die sind sehr schön. Ich muss nach einer Vase suchen. Ich bin mir nicht ganz sicher, wo wir die verstaut haben.«

Während Greta in der Küche nach einer Vase und einem weiteren Häferl suchte, nahm Michael auf dem Balkon Platz.

»Ihr habt eine wunderschöne Wohnung«, sagte er beeindruckt.

»Danke, wir fühlen uns sehr wohl.«

»Der Garten ist auch ein Traum. Katharina und die anderen haben wohl recht: Du hast mehr Glück als andere Frauen«, sagte Michael.

Greta verzog säuerlich den Mund. »Willst du mir jetzt auch Vorhaltungen deshalb machen, dass ich eine Wohnung besitze?«

Er hob abwehrend die Hände. »Um Himmels willen, nein!«, sagte er. »Wo ist eigentlich Gisi? Heute ist doch schulfrei. Am Montag ist Allerheiligen und danach Allerseelen.«

»Sie ist mit meiner Schwester und meinem Schwager in die Südsteiermark gefahren. Julius' Familie besitzt dort ein Pferdegestüt.«

Michaels Augen weiteten sich.

»Das gehört meinem Schwager, nicht mir!«, beeilte sich Greta klarzustellen. Es war absurd, aber sie hatte das Gefühl, sie müsse sich rechtfertigen, dass ihre Schwester in eine reiche Familie eingeheiratet hatte.

»Was sagen deine Schwester und ihr Mann dazu, dass du Mitglied der Sozialdemokraten bist?«

Greta schluckte. Sollte sie die Frage übergehen? Sie zögerte. Schließlich entschied sie sich für die Wahrheit. »Ich bin kein Parteimitglied.«

»Wie? Aber du bist in der Schule und …«, Michael stockte.

»Und ich will auch keines werden.«

»Warum nicht?«

»Ich bin kein politischer Mensch«, sagte Greta.

»Jeder ist politisch«, entgegnete Michael. »Die Sozialdemokratie steht für eine gerechtere Welt, in der jedes Kind die Chance bekommt, die es verdient. Bildung und Krankenversorgung und leistbare Wohnungen für alle. Arbeitern stehen ein ausreichender Lohn, Urlaub und eine Krankenversicherung zu.«

Greta bremste ihn ein. »Du musst mich nicht überzeugen und auch keine Wahlrede halten.«

Er wirkte zerknirscht. »Bitte verzeih, es ist bloß so, dass ich selbst aus einer Arbeiterfamilie stamme. Hätte die Gewerkschaft meinen Vater nicht unterstützt, hätte ich niemals Matura und mein Studium machen können.«

»Das glaube ich dir alles«, sagte Greta. »Aber ich will nicht zum Beitritt gezwungen werden, nur weil ich die Erzieherinnenschule besuche. Wenn ich diesen Schritt gehe, dann muss es freiwillig sein.«

»Ich verstehe.« Er wirkte ernst. »Das heißt, niemand soll erfahren, dass du kein Parteimitglied bist.«

Greta nickte.

»Dir ist aber bewusst, dass die Schulkosten von den Kinderfreunden getragen werden.«

»Und dir ist bewusst, dass ich für mein Praktikum kein Gehalt bekomme.«

»Na gut. Wir sind quitt.« Er lachte wieder.

»Und jetzt lass uns Kaffee trinken«, schlug Greta vor. Sie hatte die Vase gefunden, füllte sie mit Wasser, stellte die

Blumen hinein und nahm ein leeres Kaffeehäferl mit auf den Balkon.

Die orangegelbe Herbstsonne tauchte den Garten in ein weiches, sanftes Licht. Die Blätter des Nussbaums glänzten golden.

»Eine Semmel mit Marillenmarmelade?«

»Sehr gerne.« Michael griff in den Brotkorb, den Greta ihm entgegenhielt. Dabei streiften seine Finger die ihren. Die winzige Berührung fühlte sich elektrisierend an. Sie wollte mehr von ihm spüren und suchte seinen Blick. Darin lag so viel Vertrautheit, dass Greta weiche Knie bekam. Zum Glück saß sie. Sie wollte etwas Passendes sagen. Aber nichts wollte ihr einfallen. Auch Michael schien für den Moment sprachlos. Auf seinem Gesicht lag eine sanfte Frage. Gretas Verstand sagte ihr, dass sie ein lautes Nein rufen sollte. Doch ihr Körper wollte etwas anderes. Er sehnte sich nach seiner Nähe. Michael schien das Signal deutlich wahrzunehmen.

Ganz langsam beugte er sich zu ihr. Sein Gesicht war nur eine Handbreit von ihrem entfernt. Sie konnte das Beben seiner Lippen sehen und die unzähligen Sommersprossen, die seine Wangen und die Stirn bedeckten. Greta spürte ihren Herzschlag bis in die Ohren. Ohne sich dessen bewusst zu sein, lehnte auch sie sich zu ihm und streckte ihm voller Sehnsucht ihr Gesicht entgegen. Als sich ihre Lippen berührten, entfuhr ihr ein leises Seufzen. Der Kuss schmeckte zärtlich und sanft, und Greta hatte das Gefühl, als würde sie davonschweben. Sie verlor sich in der Berührung. Erst, als sich ihre Lippen wieder trennten, erwachte sie aus ihrem Tagtraum.

Was Michael sagte, drang wie durch eine Wolke zu ihr. »Ich habe mir diesen Moment erträumt, jedoch nicht zu hoffen gewagt, dass er wahr wird.«

Greta sah ihn fast erschrocken an. Was hatte sie eben getan? Wozu hatte sie sich hinreißen lassen? Sie kam sich vor wie eine Ehebrecherin. Abwehrend sprang sie von ihrem Sessel auf. Um ein Haar hätte sie ihn umgestoßen.

Michael sah sie fragend an. »Stimmt etwas nicht?« Er fasste nach ihrer Hand, doch Greta entzog sie ihm.

»Ich kann das nicht«, stotterte sie verlegen.

»Was?«, fragte er gekränkt. »Mich küssen?«

Nun setzte auch er sich wieder auf und rückte auf seinem Sessel nach hinten.

»Ich bin verheiratet«, entschuldigte sich Greta. »Irgendwie habe ich ständig das Gefühl, als stünde Gustav zwischen uns.«

Ein Schatten legte sich über Michaels Gesicht. »Eben hatte ich nicht den Eindruck, als wäre noch eine weitere Person anwesend gewesen.«

Greta kam sich albern vor. Michael schien sie nicht zu verstehen, doch er setzte rasch hinzu:

»Bitte entschuldige. Ich wollte mich nicht über dich lustig machen oder deine Gefühle nicht ernst nehmen. Ich bin eben nur ein wenig irritiert. Gerade noch im Himmel, bin ich eben wieder sehr hart auf dem Boden gelandet. Dein Mann gilt als vermisst. Jeder weiß, was das bedeutet. Es ist ein Synonym für …«

Bevor er die schrecklichen Worte aussprechen konnte, hielt Greta ihm abwehrend beide Hände entgegen. »Nicht«, bat sie, und er verstummte.

Seine hellen Augen verfinsterten sich, und seine Enttäuschung war mit einem Mal greifbar. »Es tut mir leid, dass ich eine Wand zwischen uns aufziehe«, sagte Greta ehrlich.

Michaels trauriges Gesicht schmerzte sie. Das Wissen, dass sie für seine Niedergeschlagenheit verantwortlich war, noch viel mehr.

Sie setzte sich wieder, langte über den Tisch und ergriff seine Hand. Seine Finger waren warm und kräftig, genau, wie sie sie in Erinnerung hatte. Greta streichelte zärtlich darüber. »Bitte lass mir etwas Zeit. Im Moment passieren so viele Veränderungen und Umbrüche in meinem Leben, dass ich kaum mithalten kann.«

Michaels Gesicht hellte sich ein wenig auf. Sie erkannte die Hoffnung in seinen Augen.

»Du kriegst alle Zeit der Welt«, versprach er, erfasste ihre Hand, führte sie zu seinen Lippen und küsste jede ihrer Fingerspitzen. Das Kribbeln, das Greta durchlief, erreichte jeden Winkel ihres Körpers. Sie schloss die Augen. Gerade jetzt fühlte es sich gut und richtig an. Sie hoffte inständig, dass es auch in ein paar Stunden noch so sein würde.

22

Schlossgarten Schönbrunn

Der Fußballtrainer hatte die Mannschaften zusammengestellt und dabei keine Rücksicht auf die Freundschaften der Buben genommen.

»Sollte einer von euch eines Tages als Profi spielen, dann kann er sich auch nicht aussuchen, mit wem er auf dem Rasen steht.« Die Aussicht, vielleicht so gut zu werden, um sich bei einem der namhaften Fußballklubs wie Vienna, Hakoah oder Rapid zu bewerben, erstickte jeden Protest im Keim. Die Buben fügten sich anstandslos und bildeten die neuen Mannschaften. Emil und Fritz blieben zusammen, aber sie spielten gemeinsam mit Ferdl in einem Team. Seit heute durfte der Tank wieder am Training teilnehmen.

»So kann er uns zumindest nicht foulen«, meinte Fritz. Er war als Torwart eingeteilt. Eine Position, in der er sich in den letzten Wochen profiliert hatte. Fritz hielt auch die schwierigsten Bälle.

Emil war von Fritz' Worten nicht überzeugt. Man konnte auch einem Mannschaftskollegen das Bein stellen oder ihm beim Vorbeilaufen übers Schienbein schnalzen. Zwar hatte sich Ferdl weder in der Umkleidekabine noch beim Aufwärmen besonders angriffslustig gezeigt, dennoch durfte man ihm nicht trauen. Oft kamen die Beschimpfungen oder Schläge aus dem Nichts. Gerade dann, wenn man am wenigsten damit rechnete. Emil beschloss, ihm nach Möglichkeit auszuweichen.

Der Trainer gab den Anpfiff. Sofort gelangte der Tank in den Ballbesitz. Er war wie immer der Mannschaftskapitän. Rasch überspielte er drei Gegner. Nun stand er seitlich vor dem gegnerischen Tor. Von hier hatte er keine realistische Chance auf einen Torschuss, da ihm immer noch zwei Spieler im Weg standen. Für gewöhnlich versuchte er es trotzdem und versemmelte es meistens. Heute sah er sich um, erblickte Emil und zeigte ihm an, dass er ihm zupassen würde. Emil war so überrascht, dass er zuerst gar nicht reagierte. Erst als Ferdl tatsächlich den Ball zu ihm schoss, kam Leben in ihn. Geschickt übernahm Emil den Ball, trippelte damit aufs Tor zu, setzte an und schoss mit der Rechten in die linke Kreuzecke. Ein Jubel ging durch die Mannschaft. Emil riss triumphierend beide Arme in die Höhe.

»Gut zusammengespielt«, rief der Trainer auf den Platz. »Genau so will ich das sehen.«

Ferdl kam auf Emil zu, und der wich nach hinten aus. Er hatte keine Lust auf einen Schlag auf den Rücken oder den Hinterkopf. Dazu war die Freude zu groß.

»Gut verwertet, Sch …« Ferdl biss sich auf die Zunge. Er grinste breit. »Kleiner.«

Emil war tatsächlich um einen ganzen Kopf kleiner als Ferdl, weshalb er mit diesem Spitznamen gut leben konnte.

Er blinzelte den Tank irritiert an. Was war nur passiert? Hatten die zwei Wochen Fußballverbot ein Umdenken bei ihm bewirkt? Emil beschloss, weiterhin auf der Hut zu bleiben.

Aber auch der Rest des Spiels verlief konfliktfrei. Ferdl selbst schoss ein Tor und bereitete zwei weitere vor. Am Ende gewann ihre Mannschaft mit drei Toren Vorsprung.

In der Garderobe blieb seine übliche Angeberei aus. Er verhöhnte und beschimpfte niemanden. Still zog er sich um und ging dann sogar unter die Gemeinschaftsdusche und seifte sich ein. Emil hatte ihn noch nie nackt gesehen. Ferdl achtete stets darauf, dass niemand seinen Rücken zu Gesicht bekam. Als Emil durch Zufall dennoch einen Blick darauf erhaschte, wusste er sofort, warum. Dicke rote Narben zogen sich wie hässliche Schlangen über seinen Rücken. Es war ein Bild, das man nicht gerne von sich zeigte. Beschämt wandte Emil den Blick ab. Er konnte verstehen, dass Ferdl nicht duschen wollte. Wer immer dem Tank das angetan hatte, musste ihn abgrundtief gehasst haben. Emil wusste genau, wie Ferdl sich fühlte. Bilder eines Betrunkenen tauchten vor ihm auf. Mit einem Mal war da das Gesicht vom Partner seiner Mutter und mit der abstoßenden Fratze die Schmerzen und die Scham, die mit den Prügeln verbunden waren. Solange man ein Kind war, konnte man sich nicht wehren, man war den Erwachsenen hilflos ausgeliefert. Emil fühlte sich Ferdl nah. Sie hatten mehr gemeinsam, als er gedacht hatte. Sie saßen alle im selben Boot. Jeder in diesem Raum hatte eine grauenvolle Geschichte hinter sich. Wenn sie sie überstehen wollten, mussten sie zusammenhalten. Von nun an würde er Ferdl mit anderen Augen ansehen, was aber nicht hieß, dass er nicht weiterhin Vorsicht walten ließ. Der Tank blieb unberechenbar.

23

Annagasse

»Und jetzt legen wir dir noch ein bisschen Lippenstift auf«, schlug Melanie vor. Greta betrachtete sich im Spiegel. Die Frau, die ihr entgegenblickte, kam ihr fremd vor. Ihre Augen waren mit einem Kohlestift umrandet, ihre Wangenknochen mit hellem Rosarot betont. Auf ihrer Stirn saß ein Band mit einem funkelnden Strassstein. Eine freche Feder wippte ihr seitlich vom Kopf. Da Gretas Kleider alle nicht zum Tanzen geeignet waren, hatte Klara ihr eines geliehen. Es hatte einen skandalös tiefen Ausschnitt im Rücken. Greta kam sich damit halb nackt vor.

»So kann ich unmöglich auf die Straße gehen«, jammerte sie.

Melanie lachte. »Du gehst eh nicht auf die Straße, sondern ins Tabarin. Und glaube mir, dort passt dieses Kleid perfekt. Du siehst hinreißend aus und wirst die Blicke aller Männer auf dich ziehen.«

»Das will ich doch gar nicht!«, entgegnete Greta. Melanie verdrehte die Augen. »Das heißt ja nicht, dass du sie gleich heiraten sollst. Wir haben heute einfach nur Spaß. Wir tanzen ausgelassen, trinken ein paar Gläser Wein, und vielleicht ergibt sich ein kleiner unbedeutender Flirt.«

»Ein was?«

»Ein kleines Geplänkel.«

Greta schüttelte empört den Kopf: »Das brauche ich nicht.«

Melanie zuckte mit den Schultern: »Dann eben nur tanzen und trinken. Und jetzt komm. Wir sind schon spät dran.« Sie zog Greta mit sich. Melanie selbst trug ein atemberaubend enges Kleid aus einem dunklen, glitzernden Stoff. Es betonte ihren weiblichen Körper. Gemeinsam verließen sie das Haus. Mit der Tramway fuhren sie Richtung Innenstadt. Zu Fuß liefen sie über die Ringstraße zur Johannesgasse. Dort befand sich der Eingang des Nachtklubs. Das ehemalige Jesuitenkloster zwischen Annagasse und Johannesgasse war schon während der Monarchie zu einem mehrstöckigen Tanzlokal und Revuetheater umgebaut worden. Heute war ein Großteil der Säle geschlossen. Nur ein kleiner Teil hatte sich nach dem Krieg halten können.

Schon beim Näherkommen hörte Greta lachende Stimmen. Sie stammten von den Menschen, die sich auf der Straße in einer ordentlichen Schlange vor dem Eingang aufgereiht hatten. Männer und Frauen in eleganter Aufmachung. Unter den Mänteln und Jacken blitzten glitzernde Stoffe hervor. Als sie endlich bei der Kasse ihre Eintrittskarten lösen konnten und vom Besucherstrom zur Garderobe gedrängt wurden, sah sie, dass Melanie nicht übertrieben hatte. Greta war nicht überzogen aufgebrezelt. Ganz im Gegenteil, ihr Kleid war die perfekte Bekleidung für das Etablissement. Und genau, wie Melanie vorhergesagt hatte, zog Greta eine Menge bewundernder Blicke auf sich. Sie war sich nicht sicher, ob sie sich darin sonnen sollte oder die ungewohnte Aufmerksamkeit als eher unangenehm empfand.

Als Melanie ihre Hand ergriff, fühlte sie Dankbarkeit. »Komm«, forderte die Freundin und zog sie mit sich in einen Tanzsaal.

Greta unterdrückte einen Hustenreiz. Die Luft war geschwängert von Rauchschwaden. Rechts der Tanzfläche befand sich eine Bar, wo einige Männer und Frauen für Getränke anstanden. Die Bühne am Ende des Saals war noch leer. Auch die Tanzfläche in der Mitte war verwaist. Die Besucher saßen an kleinen Tischchen, die rund um die Fläche gruppiert waren. Greta sah sich blinzelnd um, als sie direkt vor sich zwei winkende Frauen entdeckte. Es waren Klara und Sibille.

Kaum, dass sie sich dem Tisch näherten, rief Klara:

»Wo bleibt ihr so lange? Gleich beginnt die Musik.« Und tatsächlich traten drei Musiker unter tosendem Applaus auf die Bühne, sobald sie sich begrüßt hatten.

Einer von ihnen war dunkelhäutig. Er hielt ein Saxofon in den Händen und verbeugte sich. Auch die beiden anderen Männer neigten die Köpfe. Und schon begannen sie zu spielen. Wilden, ausgelassenen Swing. Bis jetzt hatte Greta von dieser Art Musik bloß gehört. Sie war mitreißend und rhythmisch zugleich. Man konnte sich dem Klang nicht entziehen. Gretas Bein wippte fast unbemerkt mit. Staunend beobachtete sie, wie die ersten Paare auf die Tanzfläche gingen. Mühelos und voller Lebensfreude bewegten sie sich zur Musik, so als hätten sie nie etwas anderes getan. Vor dem Krieg war Greta mit Gustav regelmäßig zu den Walzerabenden ins Dommayer gegangen. Damals war ihr diese Art des Tanzens modern erschienen. Niemals hätte sie gedacht, dass Musiker ihren Instrumenten diese Art von Harmonien entlocken könnten. Sie war begeistert.

»Komm!«, forderte Melanie. Sie stand vor Greta und hielt ihr einladend die Hand entgegen.

»Wir können doch nicht gemeinsam tanzen«, sagte Greta irritiert. »Wir sind zwei Frauen.«

»Na und. Wen kümmert's!«, lachte Melanie. Greta spähte zur Tanzfläche. Unter den Paaren entdeckte sie auch Frauen, die mit Frauen tanzten. Trotzdem zögerte sie. Doch noch bevor sie ablehnen konnte, zog Melanie sie einfach hoch.

»Los jetzt«, forderten auch Sibille und Klara. Sie standen ebenfalls auf. Zu viert liefen sie zur Tanzfläche. Es dauerte, bis Greta ihre Hemmungen abgelegt hatte. Zuerst bewegte sie sich nur zögernd. Sie wippte beschämt mit der Hüfte und kam sich dabei hölzern und ungelenk vor. Melanie trat näher und schrie ihr ins Ohr, damit Greta sie verstehen konnte.

»Horch einfach auf die Musik.« Und genau das versuchte Greta dann auch. Sie schloss kurz die Augen, ließ die Rhythmen in ihren Körper fließen und gab sich der fremden Melodie hin. Plötzlich ging alles von ganz allein. Mühelos bewegte sie sich zu den Klängen. Es war ein herrlich befreiendes Gefühl. Mit einem Mal rückten alle Bedenken in den Hintergrund, wichtig waren nur noch die Musik, die Bewegung und der Augenblick. Als ein hochgewachsener Mann mit zurückgelegtem Haar an sie herantrat und lächelnd fragte: »Darf ich?«, erwachte sie aus ihrem Tagtraum.

Forderte er sie eben zum Tanz auf? Er hielt ihr einladend seine Hand entgegen. Eigentlich hatte Greta keine Lust, mit ihm zu tanzen. Aber eine Ablehnung wäre unhöflich gewesen, also ergriff sie seine Hand. Nach der Nummer folgte ein langsameres Stück. Der Mann zog Greta an sich. Gerade so, dass es nicht unsittlich war. Er roch nach teurem Rasierwasser und Pomade. Die ungewohnte Nähe zu einem Fremden war verwirrend. Greta ertappte sich dabei, dass sie wünschte, Michael würde sie im Arm halten und im Takt drehen. Als das Stück zu Ende war, entwand sie sich den Armen und bedankte sich für den Tanz. Die Enttäuschung im Blick des Fremden war nicht zu übersehen. Rasch kehrte Greta zum Tisch zurück.

»Was war los?«, fragte Melanie. »Ist er dir auf die Füße getreten?«

Greta schüttelte den Kopf. »Nein, es war alles in Ordnung.«

»Hm«, Melanie musterte Greta eingehend. Sie hatte Getränke von der Bar geholt. Ein Glas Weißwein stand vor Greta. Melanies Glas war beinahe leer. Ihre Augen glänzten. Sie lehnte sich wissend zu Greta. »Kann es sein, dass du dich nach einem anderen Tanzpartner sehnst?« Sie traf genau ins Schwarze.

Aber Greta verneinte: »Unsinn!« Um weiteren Fragen zu entgehen, hob sie ihr Glas an die Lippen und nippte daran. Melanie verstand den Wink und stellte keine weiteren Fragen. Den Rest des Abends verbrachten sie tanzend und lachend auf der Tanzfläche. Erst im Morgengrauen kehrten sie zu Fuß nach Hause zurück. Es war ein sehr langer Weg. Müde und erschöpft fiel Greta ins Bett und schlief bis zum frühen Nachmittag. Trotz der Müdigkeit fühlte sie sich so lebendig wie schon seit Jahren nicht mehr.

24

Fasholdgasse

Greta hatte die freien Tage dazu genutzt, die restlichen Kartons auszuräumen, einen neuen Kochtopf zu erstehen und endlich die Artikel zu lesen, die sie zum Schreiben ihrer Hausübung benötigte. Einmal mehr wurde ihr bewusst, wie sehr sich die Theorie über Kindererziehung von der Praxis unterschied. Es würde wohl noch Jahre dauern, bis die Erzieherinnen die ambitionierten Ziele im Umgang mit Kindern verinnerlicht hatten und aus den schönen Idealen Wirklichkeit werden würde. Im Moment war man selbst im Kinderheim Schönbrunn von einer verzeihenden, straffreien Pädagogik meilenweit entfernt. Das Einzige, was genauso umgesetzt wurde wie unterrichtet, waren die sozialdemokratischen Werte und Ideologien. Greta fragte sich, ob sie diese Diskrepanz im Unterricht ansprechen sollte. Aber eine Stimme in ihr hielt sie zurück. Es war nicht ihre Art, große Grundsatzdiskussionen zu führen. Lieber krempelte sie die Ärmel hoch und fasste mit an. Indem sie Peter eine Gutenachtgeschichte vorlas, Fritz das Bett überzog und Emil einen neuen Karl-May-Band mitbrachte, veränderte sie mehr für die Kinder als mit jeder Streiterei im Unterrichtszimmer. Die ihr anvertrauten Schützlinge freuten sich darauf, sie wiederzusehen, und das war mehr Bestätigung als alles andere.

Am Montagabend hatte Greta ihren Arbeitsplan fast vollständig erledigt und die ausstehenden Hausübungen nachgeholt. Für die Rückkehr ihrer Lieben setzte sie schon zu Mittag einen großen Topf Erdäpfelgulasch auf den Herd. Als Nachspeise schob sie einen selbst gezogenen Apfelstrudel in den neuen Backofen. Melanie schälte Erdäpfel und Äpfel, knetete den Strudelteig und schnitt die Zwiebel fürs Gulasch. »Mit dir werde ich noch zur Köchin«, witzelte sie.

»Wovon hast du dich bisher ernährt?«, wollte Greta wissen.

»Butterbrote.«

»Da war es wirklich höchste Zeit für eine Veränderung.«

»Ich sehe das ganz genauso.«

Während sie gemeinsam buken, erzählte Greta Melanie von Michael und von ihren Bedenken bezüglich des Neuverliebens. Genau wie Emma versuchte auch Melanie, Greta davon zu überzeugen, dass sie die Trauerzeit beenden und ein neues Kapitel in ihrem Leben aufschlagen sollte.

»Michael ist es wert, dass du ihm eine Chance gibst.«

»Und das aus deinem Mund?«, fragte Greta. »Du hast doch auch keinen Mann.«

»Wer sagt dir das?« Melanie ließ geschnittene Erdäpfel ins kochende Wasser fallen.

»Hast du einen Liebhaber, und ich weiß nichts davon?«, fragte Greta überrascht.

Melanie lachte. »Nein, im Moment gibt es niemanden. Aber das kann sich schnell ändern.«

»Gibt es jemanden, der dich interessiert?«

»Hm!« Melanie neigte den Kopf zur Seite.

»Wer?«, wollte Greta wissen. Sie kniff die Augen zusammen. »Sebastian?«

Melanie prustete los. »Wie kommst du denn auf die Idee?«

»Es ist der einzige Mann, den ich aus deinem Umfeld kenne«, gab Greta zu.

»Ich mag Sebastian. Er ist einer der feinfühligsten Freunde, die ich habe«, gestand Melanie. »Aber er interessiert sich für Männer.«

Gretas Augenbrauen rutschten erstaunt nach oben.

Melanie interpretierte ihre Reaktion falsch.

»Du gehörst doch nicht zu den Menschen, die es verurteilen, wenn Männer für Männer oder Frauen für Frauen Interesse zeigen?«

»Was? Nein!«, sagte Greta. »Jeder soll leben und lieben, wie er möchte. Es ist bloß, dass ich es von Sebastian nicht erwartet hatte. Er machte auf mich den Eindruck, als würde er ein Auge auf dich werfen.«

»So ist Sebastian immer. Er vermittelt jedem das Gefühl, etwas Besonderes zu sein. Das macht ihn selbst einzigartig.«

»Seit wann weißt du, dass er Männer bevorzugt?«

»Er hat es mir vor ein paar Monaten gestanden, als er wieder einmal unglücklich verliebt war.«

»Unter Künstlern ist es wohl einfacher, offen über seine Neigungen zu sprechen«, überlegte Greta.

»Ganz gewiss«, pflichtete Melanie ihr bei. »All die bigotten und verkrusteten Moralvorstellungen verlieren in unseren Kreisen an Bedeutung.«

Greta legte Melanie ein großes Stück Extrawurst für das Gulasch aufs Schneidbrett. »Bitte würfelig schneiden.«

»Wird erledigt.«

»Ich bin sehr gespannt, was Sebastian über Julius' Bruder sagen wird«, meinte Greta nachdenklich.

»Wieso?«, wollte Melanie wissen.

»Er hat vor Jahren seine große Liebe verloren. Einen Mann.«

»Nur weil er auch homosexuell ist, heißt das noch lange nicht, dass die beiden sich interessant finden müssen.«

»Stimmt«, pflichtete Greta ihr bei. »Aber sie sind beide nett und attraktiv und …«, sie grinste, »mal sehen, was heute erzählt wird.«

• • •

Pünktlich um sechs kamen die Reisenden zurück. Gisi fiel Greta glücklich in den Arm. »Es war soooo schön, Mama. Ich liebe die Pferde. Onkel Bernd hat gesagt, dass ich im Sommer ein eigenes bekomme, ganz für mich allein.«

»Er hat dir ein Pferd versprochen?«

Gisela nickte begeistert.

»Mein Bruder war in bester Stimmung«, sagte Julius. Dabei warf er Sebastian einen vielsagenden Blick zu. Der errötete und wirkte dabei so glücklich und zugleich verlegen, dass sowohl Greta als auch Melanie sich wissend zunickten.

Als alle am Tisch saßen, klopfte es erneut. Greta hatte sich ein Herz gefasst und auch Michael zum Essen eingeladen. Sie begrüßte ihn mit einem förmlichen Händedruck und flüsterte ihm so leise zu, dass nur er sie hören konnte: »Ich freue mich, dass du gekommen bist.«

Emma musterte ihn ungeniert und stellte sich vor. »Ich bin Gretas Schwester, Emma.«

»Ich habe schon viel von Ihnen gehört«, sagte Michael höflich. »Sie sind Tierärztin.«

»Wir duzen uns alle hier am Tisch.«

»Sehr gerne, ich bin Michael.« Er grüßte auch die anderen reihum.

Den ganzen Abend ließ Emma Michael nicht aus den Augen. Er begegnete ihrem unverhohlenen Interesse anfangs mit Nervosität, mit fortschreitender Stunde wurde daraus eine Mischung aus Gelassenheit und Humor.

»Habt ihr mit Bernd und Eleonore über die Heimkinder gesprochen?«, fragte Greta.

»Bernd gefällt die Idee. Er wäre bereit, noch in diesem Jahr ein paar von den Kindern aufs Gut einzuladen, sollte Interesse bestehen«, sagte Julius.

»Heimkinder? Reiten? Wovon redet ihr?«, fragte Michael.

»Irgendwie kam die Idee auf, dass es schön wäre, den Heimkindern ein paar Tage Urlaub auf Gut Winter zu ermöglichen. Eine Sommerfrische im Herbst«, sagte Greta.

»Tiere und im Besonderen Pferde haben eine fast therapeutische Wirkung«, fuhr Emma fort. »Julius und ich haben uns in den letzten Tagen eingehend über das Thema unterhalten. Immer wieder können wir in unserer Praxis beobachten, dass Tiere eine positive Auswirkung auf Kinder haben.«

»Nicht nur auf Kinder«, ergänzte Julius und blickte zu Maxl. Der alte Hund, der bei Julius' Füßen lag, hob die Ohren und wedelte bei Erwähnung seines Namens träge mit dem Schwanz. Julius hatte ihn damals von der Straße aufgelesen. Mit dem Hund waren nach den grausamen Kriegserlebnissen wieder eine Aufgabe und neuer Lebensmut zu ihm zurückgekehrt. Jetzt beugte er sich zu ihm und kraulte ihm kurz den Kopf.

»Hmm«, Michael zögerte.

»Pferde sind sehr sensible Lebewesen. Man muss behutsam mit ihnen umgehen. Gelingt es einem, Zugang zu ihnen zu finden, ist es ein großes Erfolgserlebnis. Hunde sind treue Begleiter, sie ordnen sich den Menschen unter und beschützen sie. Oft werden sie zu den besten Freunden von Kindern, deren Eltern wenig Zeit für sie erübrigen können«, dozierte Julius.

»Wir können nicht jedem Kind im Heim einen Hund an die Seite stellen«, meinte Michael amüsiert.

»Für die Kinder im Heim wäre es mehr als bloß ein Urlaub«, gab Greta zu bedenken. »Es würde den Kindern das Gefühl geben, dass sie etwas wert sind. Viele haben jeden Glauben an sich selbst verloren. Sie wurden von ihren Eltern geschlagen, misshandelt, weggegeben. Sie fühlen sich minderwertig. Aber das sind sie nicht.«

Alle Augen waren auf sie gerichtet. Greta war über die Leidenschaft ihrer eigenen Worte selbst erstaunt. »Die Kinder freuen sich bereits über kleine Selbstverständlichkeiten. Neulich habe ich einem Jungen die Bettdecke frisch überzogen, und er hat sich bei mir bedankt, als hätte ich ihm ein großes Geschenk überreicht. Mit dem Urlaub auf einem Reiterhof würde man sie nicht bloß mit leeren Worten abspeisen, sondern Taten folgen lassen.«

»Der Vorteil bei der Arbeit mit Tieren ist, dass die Kinder Rücksicht auf die Tiere nehmen müssen und eine direkte, ehrliche Reaktion auf ihr Verhalten bekommen. Sind sie frech, übergriffig oder aggressiv, reagieren die Tiere dementsprechend und werden nicht das tun, was von ihnen erwartet wird. Macht ein Pferd das, was das Kind sich erhofft, ist es ein Lernerfolg für beide«, erklärte Emma.

Michaels Interesse war geweckt. Er wirkte erstaunt. »Ihr habt euch das alles schon sehr genau überlegt.«

»Nein, haben wir nicht.« Wie immer war Greta ehrlich. »Aber je mehr ich von der Sache höre, umso begeisterter bin ich davon.«

»Haben wir wirklich nicht«, bestätigte Emma. »Zuerst war es nur ein dahingesagter Satz. Ich glaube, er kam von Gisi.«

Das Mädchen hatte sich vor einer Stunde zurückgezogen und las noch ein bisschen vor dem Einschlafen in ihrem neuen Zimmer. Endlich konnte sie ganze Sätze entschlüsseln.

»Auf Gut Winter haben Julius und ich die Idee weitergesponnen und mit jedem Gespräch, das wir geführt haben, gefiel sie uns besser. Greta hat uns dann mit ihren Ausführungen und ihrer Leidenschaft für die Kinder endgültig überzeugt.«

Julius nickte bestätigend.

»Auch mein Bruder ist von dem Vorhaben angetan. Er würde es gerne ausprobieren. Außer Greta hat niemand in unserer Familie Kinder. Es wäre eine völlig neue Erfahrung für uns alle.«

Greta zuckte unter Julius' Worten zusammen. Besorgt blickte sie zu Emma und suchte die Trauer in ihren Augen bei der Bemerkung ihrer Kinderlosigkeit. Doch sie konnte keine entdecken. Auch Julius wirkte nicht bedrückt. Die beiden schienen sich voll und ganz auf das neue Vorhaben zu konzentrieren und ihren Wunsch nach Nachwuchs vorerst zur Seite zu schieben.

»Ich fürchte, dass wir uns eine Urlaubsaktion am Pferdegestüt nicht leisten können«, sagte Michael sichtlich bedrückt. »Die Förderungen in diesem Bereich sind überschaubar. So vielversprechend das Vorhaben auch klingt.« Er blickte entschuldigend zu Greta.

»Was wäre die Stadt denn bereit lockerzumachen?«, fragte Julius.

Michaels Blick wanderte zur Decke, so als befänden sich dort die Zahlen, nach denen er suchte. Er rechnete. »Ich könnte versuchen, eine Einmalzahlung aus dem Gesundheitstopf zu beantragen, schließlich geht es bei der Sache um die körperliche Kräftigung der Kinder, die wird immer noch ganz großgeschrieben.« Michael machte eine Pause.

»Ob wir die Förderung bekommen, kann ich nicht garantieren.«

»Einen Versuch wäre es wert«, sagte Emma.

»An wie viele Kinder habt ihr gedacht?«, fragte Michael. »Ihr werdet kaum das ganze Heim aufnehmen.«

»Himmel, nein!« Abwehrend hob Julius beide Hände. »Wir würden gerne mit zehn bis fünfzehn ausgewählten Kindern starten.«

Michael kaute nachdenklich auf seiner Unterlippe. »Könntet ihr euch vorstellen, ein paar schwierige Kinder teilnehmen zu lassen? Kinder mit tragischen Schicksalen?«

»Du denkst an Ferdl«, erriet Greta sofort.

»Unter anderem.«

»Was ist mit diesem Ferdl?«, wollte Emma wissen.

»Er ist einer, der auffällt, indem er andere Kinder schlägt und quält«, erklärte Melanie. Sie zerpflückte eine weitere Semmel und holte das weiße Innenleben heraus. Bedächtig knetete sie das Teil zu einem Ball, bevor sie es in den Mund steckte. »Der Junge ist der Albtraum aller Erzieherinnen.«

»Ein schlagendes, aggressives Kind?«, wiederholte Emma.

Melanie nickte. »Ich habe mir mehrfach gewünscht, ich dürfte ihm einfach eine Ohrfeige verpassen.«

»Das hast du nicht«, widersprach Greta.

»Doch«, sagte Melanie ehrlich. »Er hat die dunkelsten Seiten in mir hervorgeholt. Das Kind ist schrecklich.«

Greta sah, wie Emma und Julius besorgte Blicke austauschten.

»Er ist ebenso verletzt wie alle anderen Kinder.« Greta

hatte das Bedürfnis, den Jungen zu verteidigen. »Er kann nichts dafür, dass er auffällig ist.«

Julius ergriff das Wort: »Natürlich würden wir auch ein schwieriges Kind aufnehmen. Wir wollen ja herausfinden, ob die Idee Sinn macht. Das können wir am besten, indem wir uns Herausforderungen stellen.«

Emma nickte ihm zu. Die Tage mit Heimkindern schienen ihr neues gemeinsames Vorhaben zu sein. Dabei hatten sie mit dem Umbau des Hauses schon alle Hände voll zu tun. Greta freute sich über die Entwicklung. Es war schön, die beiden wieder glücklich zu sehen. Insgeheim fühlte sie sich stolz, dass sie ihren Teil dazu beigetragen hatte.

»In diesem Fall wird es leichter werden, die nötigen Fördermittel aufzustellen«, war Michael überzeugt. »Ich kann damit argumentieren, dass es sich um eine letzte Maßnahme handelt, bevor wir ihn und ein paar andere Buben in eine Besserungsanstalt schicken müssen. Von dort haben die Kinder keine Chance, irgendwann als arbeitendes Mitglied in unserer Gesellschaft einen Platz zu finden.«

»Im Sinne eines gesunden Volkskörpers?«, fragte Julius spitz. Bis jetzt war die Politik nicht im Spiel gewesen.

Greta richtete sich alarmiert auf. Sie wusste, dass das Thema heikel werden könnte. Sie wollte jede Missstimmung vermeiden und wenn notwendig im Keim ersticken.

»Im Sinne einer weiterreichenden und nachhaltigen Politik«, antwortete Michael. »Ein Kind wie Ferdl nicht fallen zu lassen macht nicht nur menschlich, sondern auch volkswirtschaftlich Sinn. Es kostet die Gesellschaft Unsummen, Arbeitslose zu unterstützen, Schulabbrecher rutschen oft in die Kriminalität, das bedeutet, wir brauchen mehr Polizei, mehr Gefängnisse, mehr Überwachung. Ein Kind in einer Besserungsanstalt beschäftigt zusätzliche Erzieher, es benötigt medizinische und psychiatrische Betreuung, all das ist teuer. Wenn man sich die Mehrkosten mit einem Aufenthalt auf einem Reiterhof ersparen kann, macht die Ausgabe Sinn.« Wieder klangen seine Worte wie ein Auszug aus einer Wahlrede.

»Wirst du so argumentieren?«, fragte Greta so rasch, dass Julius nichts einwenden konnte.

»Das wäre der Plan.«

»Ich halte es für einen guten Plan«, pflichtete Julius ihm bei.

»Prima. Dann hole ich jetzt die Nachspeise«, verkündete Greta erleichtert. Sie stand auf, Michael folgte ihr schnell. »Ich helfe dir.«

»Danke.«

Die Küche war Teil des Wohnzimmers, doch wegen eines Einbauschranks konnte man vom Esstisch aus nicht zum Herd sehen, wo Greta jetzt stand. Michael nutzte die Gelegenheit, sich dicht hinter sie zu stellen. Sie konnte die Wärme spüren, die von ihm ausging. Wie bei ihrem letzten Treffen fühlte sie sich mit jeder Faser ihres Körpers zu ihm hingezogen. Als er zufällig ihre Hand mit der seinen streifte, war es, als würde ein warmer Windstoß sie erfassen und ein Stück weit davontragen.

»Du hast sehr nette Freunde und eine reizende Familie«, flüsterte er nah an ihrem Ohr. Wenn sie sich umdrehte, würde sie bloß den Kopf heben müssen und könnte ihn küssen. Die Sehnsucht tat weh. Auch er schien sie zu spüren. Greta konnte sein Verlangen fühlen. Aber etwas hielt sie zurück. War es ein letzter Rest Hoffnung, Gustav könnte zurückkehren? Ein schlechtes Gewissen, ihren verstorbenen Mann zu hintergehen? Ein nicht Loslassen-Können?

Als Melanie ihr zurief, sie solle ausreichend Dessertlöffel mitnehmen, war Greta erleichtert und enttäuscht zugleich. Michael machte einen Schritt zur Seite, und der magische Moment der Nähe war vorbei. Was blieb, war Bedauern in Michaels Augen, und Greta war sich sicher, dass es auch in ihren zu finden war.

25

Kinderheim Schloss Schönbrunn

»Du glaubst wohl, dass du dir mit so lächerlichen Vorhaben die Gunst von Michael Brenner erschleichen kannst.« Katharina stemmte die Hände in die Hüften und funkelte Greta an. Sie trug ein einfaches dunkles Kleid mit versetzter Taille. Am hellen Kragen befand sich eine kleine Anstecknadel, die sie als Mitglied der Sozialdemokraten auswies.

»Was sollen die Kinder mit Reitstunden anfangen? Sie brauchen handfeste Fertigkeiten, die ihnen im Leben weiterhelfen.«

Greta war es leid, ihre Argumente zu wiederholen. Sie hatte sie bereits am Vormittag im Unterricht vorgebracht. Katharina hatte sie in eine heftige Diskussion verwickelt und ihr auch in den Pausen keine Ruhe gegönnt. Jetzt startete sie im Personalraum des Kinderheims erneut einen Angriff.

»Die ganze Sache mit dem Reiterhof ist ein einziger Schwachsinn.«

»Die Fördergeber sehen das anders«, konterte Greta. Sie

hoffte, Katharina damit den Wind aus den Segeln zu nehmen.

Michael war es innerhalb kürzester Zeit gelungen, die Förderungen zu bekommen, indem er wie besprochen Kinder mit besonders auffälligem Verhalten für den mehrtägigen Ausflug angemeldet hatte. Ferdl, Emil und Fritz standen auf seiner Liste. Die Buben hatten ihr Glück kaum fassen können und sich riesig gefreut. Um den Übermut der Kinder in Grenzen zu halten, hatte Michael ihnen eingeschärft, dass es bis zur Abreise keine Verstöße gegen die Hausregeln geben dürfe. »Sonst muss ich eure Namen wieder streichen«, hatte er angedroht. Ehrfurchtsvolles Nicken war die Antwort gewesen. Selbst von Ferdl. Der schien am erstauntesten darüber, dass er mitfahren durfte.

Aber Katharina ätzte weiter: »Ferdl wird es nichts bringen, wenn er ein paar Tage bei deiner Familie wohnen darf.«

»Schau in die Gesichter der Kinder, die für die Reitertage ausgesucht wurden«, entgegnete Greta müde. »Sie alle strahlen vor Stolz und Glück.«

»Almosen von reichen Großgrundbesitzern helfen den Kindern nicht einen Schritt weiter. Das Einzige, was sie lernen werden, ist die Tatsache, dass sie bettelarm sind«, echauffierte sich Katharina. »Und dieser freche Ferdl gehört in eine Besserungsanstalt. Er ist hier nicht tragbar. Der Junge ist eine Gefahr für alle anderen.«

»Das sehe ich anders«, meinte Greta. Entschlossen drehte sie Katharina den Rücken zu und wollte den Raum verlassen, doch die rannte ihr nach und verstellte den Weg. Sie senkte nun ihre Stimme:

»Und ich rate dir, lass die Finger von Michael Brenner. Er ist ein überzeugter Sozialdemokrat, der mit einer reichen Bürgerlichen wie dir nichts anfangen kann. Frauen wie du interessieren ihn nicht.«

»Lass das meine Sorge sein«, sagte Greta. Sie wich zur Seite, genau in dem Moment, als Michael den Raum betrat.

»So ein Glück, dass ich Sie hier treffe.« Er wirkte gehetzt. Seine Locken standen ihm etwas wirr vom Kopf ab. Greta ertappte sich dabei, dass sie gerne hineingefasst und sie zärtlich glatt gestrichen hätte.

Er schien ihre Gedanken zu erraten und lächelte sie vertraut an. Ein warmer Schauer lief durch ihren Körper. Er brach abrupt ab, als Katharina sich zu Michael drängte.

»Sie haben mich gesucht? Ich würde gerne mit Ihnen über die Wahl der Kindervertreter reden.«

»Ich habe Sie beide gesucht«, sagte Michael. »Die Wahl muss verschoben werden. Claudia ist überraschend erkrankt. Sehen Sie sich in der Lage, den gesamten Nachmittagsdienst zu zweit zu übernehmen?«

»Für mich ist das gar kein Problem«, versicherte Katharina rasch.

»Greta? Ist Gisi versorgt …?« Michael räusperte sich verlegen. »Frau Weber, haben Sie jemanden, der auf Ihre Tochter aufpasst?«

Katharinas Gesichtszüge froren augenblicklich ein. Auch Greta war der Versprecher unangenehm. Sie brauchte einen Moment, bis sie antworten konnte. »Meine Tochter ist bei meiner Schwester in der Tierarztpraxis. Ich kann bleiben.«

Sichtlich erleichtert stieß Michael die Luft aus. »Sehr gut«, sagte er. »Dann würde ich Sie beide bitten, gleich ins Lernzimmer zu gehen. Die Kinder werden sich dort einfinden.«

Er schenkte beiden ein Lächeln, dann verließ er den Personalraum.

Kaum, dass er außer Hörweite war, richtete Katharina das Wort an Greta. »Warum duzt dich Herr Brenner?«

Verlegen meinte Greta: »Er hat sich bloß versprochen.«

»Und er kennt den Namen deiner Tochter.« Katharina sprühte förmlich vor Zorn. »Das ist alles bloß wegen diesen saudummen Reittagen. Du erkaufst dir seine Gunst. Ich wusste, dass du eine hinterhältige Ziege bist. Aber dass du mit derart fiesen Tricks arbeitest, hätte ich dir nicht zugetraut. Zuerst die unsinnige Idee mit Vorhängen und bunten Decken im Schlafsaal, und als du damit nicht durchgekommen bist, hast du die Reittage aus dem Zylinder gezaubert.«

»Ich werde mich von dir nicht weiter beschimpfen lassen. Wir haben zu tun«, entgegnete Greta überraschend ruhig. Sie drehte sich um, ging an Katharina vorbei den Gang entlang in Richtung Lernsaal.

Als sie den Raum betrat, hatte Katharina sie gerade wieder eingeholt. Bis auf ein paar Plätze waren alle Tische besetzt. Die Kinder tratschten mehr oder weniger laut. Die meisten arbeiteten an ihren Hausaufgaben.

»Ruhe«, brüllte Katharina ungehalten. Augenblicklich verstummten die meisten Gespräche.

»Grüß euch«, sagte Greta höflich. Einige Kinder winkten ihr schüchtern zu, andere lächelten. Sie trat zum Tisch der Erzieherinnen. Dort hatte sie letzte Woche ihren Kalender liegen lassen. Erleichtert stellte sie fest, dass er sich immer noch auf dem Tisch befand. Auf das Buch mit dunklem Ledereinband hatte jemand eine zartrosa Heckenrose gelegt. Greta kannte die Blumen, sie wuchsen im Schlossgarten. Ein paar davon hatten den Sommer überstanden und trotzten nun den herbstlichen Temperaturen mit Hartnäckigkeit.

»Oh, wie schön!«, sagte Greta gerührt. Sie hob die Blume an die Nase. Die Blüte roch nach Wärme, Sonne und Sommer. Neugierig schaute sie in die Runde und fragte sich, wer ihr wohl dieses aufmerksame Geschenk gemacht hatte. Ihre Augen trafen auf die von Ferdl. Seine abstehenden Ohren glühten dunkelrot. Beschämt senkte er den Kopf.

»Ich werde der wunderschönen Rose Wasser geben«, sagte Greta. Sie wandte sich an Katharina. »Ich laufe rasch in die Küche und bin gleich wieder da.«

»Eine Blume aus dem Schlossgarten abzureißen ist Vandalismus. Die Blumen sind Eigentum der Stadt Wien.«

»Keine Sorge«, entgegnete Greta scharf. »Die Rose bleibt im Schloss und wird das Gelände nicht verlassen. Ab jetzt verschönert sie das Lernzimmer. Der Raum bedurfte schon lange einer hübschen Dekoration.«

Ohne Katharinas Antwort abzuwarten, ging Greta los. Sie beeilte sich, damit die Kollegin nicht lange allein die Aufsicht über so viele Kinder hatte. Sie wollte ihr keinen Grund zur Beschwerde liefern. Als sie wieder zurückkam, hörte sie Katharinas aufgeregte Stimme schon am Gang.

»Alle Aufgaben sind falsch. Kannst du denn gar nicht

rechnen? Pass in Zukunft in der Schule besser auf. Ich kann dir nicht jeden einzelnen Schritt erklären.«

»Ich hasse Rechnen.« Es war Ferdl, der patzig antwortete. »Die Aufgaben sind dumm.«

»Der Einzige, der hier dumm ist, bist du. Jemand, der das kleine Einmaleins nicht beherrscht, wird es im Leben zu nichts bringen.«

»Na und?!« Ferdl hatte wieder seinen verschlossenen Gesichtsausdruck. »Was kümmert es Sie. Ich kann so viele Fehler machen, wie ich will.«

Katharina schnaufte verächtlich. »Wenn du in der Besserungsanstalt landen willst und irgendwann in der Gosse, dann mach nur so weiter«, keifte sie. »Du bist auf dem besten Weg dahin.«

Greta wusste, dass es sinnlos war, sich jetzt in das Gespräch einzumischen. Sie musste warten, bis Katharina von Ferdl Abstand nahm. Aber sie schimpfte weiter. Offenbar glaubte sie, dass sie mit ihren Drohungen und Schwarzmalereien etwas bewirken konnte. Genau das Gegenteil war der Fall, je lauter sie keppelte, umso mehr verschloss der Junge sich. Er verschränkte die Arme vor der Brust und starrte sie böse an.

»Du wirst so lange hier sitzen, bis die Aufgaben stimmen. Und wenn es der ganze Nachmittag ist, soll es mir auch recht sein.«

»Das können Sie nicht bestimmen«, knurrte Ferdl.

Katharina baute sich vor ihm auf, stemmte die Hände in die Hüften und funkelte ihn aufgeregt an. »Du wirst dich noch wundern, was ich alles kann.«

»Ich hasse Sie.« Er spuckte seine Worte förmlich aus. Katharinas Schultern und ihr Mund zuckten. Ihr eigenes Bild der Jahrgangsbesten schien gerade ins Wanken zu geraten. Sie mochte kluge Diskussionen führen können, aber sie scheiterte am Umgang mit Ferdl.

»Du bist ein hoffnungsloser Fall für die Besserungsanstalt.« Sie drehte sich auf dem Absatz um und ging zum nächsten Tisch.

Unterdessen stellte Greta das Glas mit der Rose aufs Fensterbrett, sodass alle Kinder sie sehen konnten. Ein Mädchen, das direkt daneben saß, lächelte verzückt. Greta wartete einen Moment, erst als Katharina im Gespräch mit einem anderen Buben war, ging sie zu Ferdl.

»Wo liegt das Problem?« Dabei warf sie einen Blick auf seine Arbeit. Katharina hatte alle Zahlen mit einem Rotstift durchgestrichen. Ferdl schien wirklich ein lausiger Rechner zu sein. Aber auch beim Lesen und Schreiben hatte er Probleme. Die Antwort, die unter einer Textaufgabe stand, strotzte vor Rechtschreibfehlern. Das waren Wissenslücken, die auch mit Gretas Hilfe in der nächsten Stunde nicht zu beheben waren.

»Das ist lauter Scheiß«, zischte er verbittert. Es war den Kindern nicht erlaubt, derart ordinäre Schimpfwörter zu verwenden. Greta tat so, als hätte sie es nicht gehört.

»Das sind wirklich kniffelige Aufgaben«, sagte sie, fasste nach dem Sessel neben Ferdl und setzte sich.

»Wir werden jetzt ein Beispiel gemeinsam lösen«, schlug sie vor.

»Ich bin zu blöd für die Aufgabe.«

»Das bist du definitiv nicht«, versicherte Greta ihm. »Leider wird die Zeit heute nicht reichen, um mit dir das Einmaleins zu üben. Das wirst du allein machen müssen. Aber ich kann dir eine Liste mit allen Malsätzchen schreiben, damit sollte es vorerst funktionieren.« Greta zog Ferdls Übungsheft zu sich und füllte ein ganzes Blatt mit dem Einmaleins.

»So, jetzt lesen wir gemeinsam die Textaufgabe, und dann überlegen wir, wie wir sie lösen können.«

Zu Gretas großem Erstaunen kapierte Ferdl die Aufgabenstellung. Er war ganz und gar nicht dumm. Der Junge scheiterte, weil er den Text kaum lesen konnte und die Malreihen nicht beherrschte. Es fehlte ihm die Übung. Offenbar hatte ihn nie jemand dazu animieren können, und ihm selbst fehlte die Motivation. Er glaubte nicht an sich. Beispiel für Beispiel gingen sie die Rechnungen gemeinsam durch.

»Greta, du kannst nicht ewig hier sitzen.« Katharina unterbrach die beiden ungehalten. »Du bist für die Handarbeitsgruppe mit den Mädchen eingeteilt.«

»Ich komme gleich«, sagte Greta. Immer noch fehlten zwei Aufgaben. Ferdl wirkte niedergeschlagen. Als Katharina wegsah, zog sie sein Heft zu sich. Rasch löste sie die übrigen Aufgaben. Während sie schrieb, starrte Ferdl sie fassungslos an. Gerade so, als hätte sie sich eben in eine gute Fee verwandelt.

»Das ist eine Ausnahme«, flüsterte sie ihm leise, aber bestimmt zu. »Es bleibt ein Geheimnis zwischen uns.«

Ferdl zwinkerte sie fasziniert an.

»Bis zum nächsten Mal lernst du deine Malsätzchen.«

»Warum haben Sie das gemacht?«

»Damit du das Fußballspiel nicht versäumst.«

Ferdl schien die Welt nicht mehr zu verstehen.

»Und wenn ich mir die Malsätzchen nicht merken kann?«

»Du wirst sie dir merken«, versprach Greta. »Du bist ja nicht dumm.«

Dann stand sie auf und eilte in die Handarbeitsgruppe. Sie hatte vor, mit den Mädchen bunte Pölster zu nähen, die sie auf ihre Betten legen konnten. Melanie hatte Stoffreste aus der Werkstätte mitgebracht. Sie waren bunt und fröhlich. Genau so, wie Greta sie haben wollte. Auf dem Weg zur Handarbeitsgruppe pfiff sie eine beschwingte Melodie. Sie war überzeugt, dass die Pölster wunderschön und die grauen Schlafsäle verschönern würden. Ihr Blick fiel auf die Rose. Sie verbuchte diese Geste der Dankbarkeit als weiteren kleinen Erfolg in der Arbeit mit Ferdl. Dieser Gedanke erfüllte sie mit Freude und ein wenig Stolz. Die Mischung fühlte sich gut an.

26

Kinderheim Schloss Schönbrunn

Emil bemerkte den Verlust, als er sich nach dem Fußballtraining umzog. Sein eben erst ausgeborgter Karl-May-Band war weg. Er hatte das Buch irgendwo liegen lassen. Es konnte nur während der Lernstunde passiert sein. Mit den Hausaufgaben war er so schnell fertig gewesen, dass er hinterher unter der Tischplatte heimlich weitergelesen hatte. Als Katharina zu ihm gekommen war, hatte er es rasch ins Bankfach gelegt. Dort muss es immer noch sein.

Emil wollte unbedingt wissen, wie die Geschichte ausging. Den ganzen Tag hatte er sich auf das letzte Kapitel gefreut. Wenn er sich beeilte, schaffte er es noch vor dem Abendessen, das Buch aus dem Lernzimmer zu holen. Er duschte im Eiltempo, schlüpfte in seine Kleidung, trocknete sein Haar nur halbherzig ab und lief mit tropfenden Strähnen hinauf in den zweiten Stock. Überrascht hielt er vor der Tür an. Es drangen Schritte aus dem Lernzimmer. Hatte noch jemand etwas vergessen? Vorsichtig spähte er durch den Türspalt in den Raum. Dabei drückte er sich gegen die Wand, um nicht erwischt zu werden.

Fassungslos beobachtete er, wie jemand sich an Ferdls Schulranzen zu schaffen machte. Es war eindeutig nicht Ferdl. Der Tank stand unter der Dusche und seifte sich ein. Hastig drehte die Person den Kopf in alle Richtungen. Emil machte geräuschlos einen Schritt rückwärts. Er hielt die Luft an, so aufgeregt war er. Dann wagte er es erneut und blinzelte in den Raum. Die Person ließ einen kleinen Gegenstand in Ferdls Ranzen gleiten. Emil konnte nicht sehen, was es war, aber er war sich sicher, dass Ferdl damit keine Freude haben würde.

Als die Gestalt zur Tür ging, hastete Emil über den Gang zu den Toiletten. Eilig stieß er die Tür auf und verschanzte sich dahinter. Er lauschte angespannt. Schnelle Schritte bewegten sich in seine Richtung und dann wieder von ihm weg. Er war unentdeckt geblieben. Erst als Emil die Gewissheit hatte, dass die Luft rein war, wagte er sich aus seinem Versteck.

Karl May hatte an Wichtigkeit verloren. Emil kehrte ohne das Buch in den ersten Stock zurück und ging schnurstracks in den Speisesaal, im Unklaren, was er mit dem eben erworbenen Wissen tun sollte.

27

Fasholdgasse

»Jedes Mal, wenn du Michael begegnest, ist die Luft zwischen euch elektrisch geladen. Das Knistern ist für jeden, der mit euch im Raum ist, wahrnehmbar.«

Greta antwortete nicht. Beim Gedanken an Michael seufzte sie bloß.

»Hast du jemals ein Grab für deinen Ehemann errichtet?«

Gretas Kopf schoss nach oben. Melanies Themenwechsel traf sie wie ein Schlag ins Gesicht. »Nein, natürlich nicht. Es gibt ja keinen Leichnam. Was sollte ich zu Grabe tragen?«

»Einer meiner Brüder gilt als verschollen. Wir haben seinen Namen am Familiengrabstein anbringen und eine Messe für ihn lesen lassen. Es war wie ein Begräbnis.«

Greta verschränkte abwehrend die Arme vor der Brust und schwieg.

»Ich brauche eine Zigarette. Kommst du mit auf den Balkon?«, fragte Melanie.

Es hatte in der letzten Nacht empfindlich abgekühlt.

Zum Rauchen ging Melanie trotzdem jedes Mal ins Freie. Greta folgte ihr mit einer Tasse Tee in der Hand.

»Ein Begräbnis würde dir den Abschied erleichtern, mit oder ohne Leichnam«, griff Melanie das Thema wieder auf.

»Wie soll ich jemanden gehen lassen, von dem ich nicht weiß, ob er nicht doch noch am Leben ist?«

»Gustav ist tot. So schmerzlich das ist. Aber es ist die Wahrheit«, sagte Melanie. Ihre Stimme wurde sanfter. »Und im Grunde weißt du es. Du hast bloß Angst, erneut jemanden in dein Herz einzulassen. Du fürchtest, du könntest auch ihn verlieren.«

Greta drehte die Tasse in ihren Händen. Melanie hatte den Finger exakt in die Wunde gelegt. Ihre Worte schmerzten.

»Ich kenne dieses Gefühl«, fuhr Melanie fort. »Auch ich habe die Liebe meines Lebens verloren.«

»Dein Freund ist im Krieg gefallen?«

»Nein, er hat mir das Herz gebrochen. Das ist genauso schlimm.«

Greta runzelte ungläubig die Stirn.

»Ich habe ihm vertraut, und er hat mich enttäuscht. Der Mann, von dem ich glaubte, dass ich mit ihm alt werde, hat mich für eine andere verlassen.«

Greta stellte die Tasse am Fensterbrett ab. Melanie hatte noch nie Einzelheiten über ihr Liebesleben preisgegeben. Dies war das erste Mal, und Greta spürte, dass es etwas Einmaliges war. Die Freundin würde dieses Wissen nicht noch einmal mit ihr teilen.

»Was ist passiert?«, fragte sie leise.

Melanie zuckte mit den Schultern. »Er traf sich mit mir und ihr gleichzeitig. Hinterher hatte er behauptet, er hätte sich in uns beide verliebt. Sie war verheiratet und wusste von mir. Ich hatte keine Ahnung, dass er auch mit einer anderen ins Bett stieg. Das Perfide an der Sache: Ich kannte die Frau. Sie war eine Freundin, die mit mir die Kunstschule besucht hatte.«

»Wie hinterhältig«, sagte Greta.

Melanie nickte. »Ich hätte für diesen Mann alles getan. Ich wäre durchs Feuer für ihn gegangen. Nie wieder werde ich einen Kerl so nah an mich ranlassen. Das schwöre ich dir.« Melanie nahm einen Zug von ihrer Zigarette und blies den Rauch in die kalte Herbstluft aus.

»Gustav hat mich nie betrogen.«

»Deshalb ist es ja so schwer, ihn loszulassen«, meinte Melanie einfühlsam.

Greta griff nach ihrer Tasse und nahm einen Schluck. Sie verzog den Mund, sie hatte vergessen, mit Honig zu süßen.

»Habt ihr denn ein Familiengrab?« Melanie ließ nicht locker.

»Gustavs Eltern liegen in Mürzzuschlag. Ich weiß nicht, ob es dieses Grab noch gibt. Ich habe mich nie darum gekümmert.«

»Und deine Eltern?«

»Die sind auf dem Hietzinger Friedhof beigesetzt.«

»Was spricht dagegen, Gustavs Namen in den Familiengrabstein eingravieren zu lassen?«

Auf Melanies Frage folgte ein langes Schweigen. Greta

kaute auf ihrer Unterlippe, bis sie blutig war, schließlich sagte sie traurig. »Die Endgültigkeit.«

Langsam drückte Melanie die Zigarette in einem Aschenbecher aus. Sie machte einen Schritt auf Greta zu und nahm sie in den Arm. Die Freundin roch nach Tabak, Rauch und Parfüm. Greta mochte die Mischung.

»Die Endgültigkeit eines Abschieds ist immer schwierig«, sagte sie. »Egal, ob der geliebte Mensch stirbt oder einen so verletzt hat, dass man ihn für immer aus dem Leben stoßen muss. Aber glaube mir, Abschied nehmen hat etwas Reinigendes.«

Melanies Nähe gab Greta Trost und Zuversicht in gleichem Maße.

»Erst wenn du abschließt, kannst du ein neues Kapitel aufschlagen.«

»Und Gustav?«

»Der bleibt in den ersten Kapiteln deines Lebens die Hauptfigur. Diese Rolle nimmt ihm niemand weg. Auch Michael nicht.«

Greta fing an zu zittern. Ihre Bluse war zu dünn für die Temperaturen.

»Danke«, sagte sie leise.

»Dazu sind Freunde da«, erwiderte Melanie. »Und jetzt lass uns reingehen.«

28

Altgasse

Genau wie Greta vermutet hatte, fand Emma das Vorhaben, Gustavs Namen in den Familiengrabstein einzugravieren, gut.

»Das hätten wir schon vor Jahren tun sollen«, sagte sie. »Ich bin so erleichtert, dass du endlich dazu bereit bist.«

Greta fiel es schwer zu antworten. Tief in ihrem Inneren war sie sich immer noch nicht sicher, ob sie das Recht dazu hatte, Gustav für alle Welt sichtbar als tot zu erklären.

»Du wirst sehen, der Abschied wird dir guttun.«

»Warum glaubt ihr alle, genau zu wissen, was mir guttut?« Greta fühlte sich wie ein bevormundetes Kind. Die Vorstellung gefiel ihr nicht.

»Bis jetzt hast du mich immer nach meiner Meinung gefragt«, entschuldigte sich Emma. »Dass du selbst Entscheidungen triffst, ist neu für mich.« Sie legte den Kopf schräg und grinste. »Gib mir ein bisschen Zeit. Ich muss mich an die neue Greta erst gewöhnen.«

Greta wollte widersprechen, doch bevor sie es tun

konnte, sagte Emma liebevoll: »Ich mag die neue Greta und bin unheimlich stolz, dass du meine Schwester bist.«

Damit nahm sie Greta den Wind aus den Segeln.

»Wann willst du zur Bestattung gehen?«, fragte Emma.

»Besser, ich bringe es gleich hinter mich, bevor der Mut mich wieder verlässt«, sagte Greta traurig.

»Heute Nachmittag?«

Greta konnte nicht antworten. Ein dicker Kloß saß in ihrem Hals.

»Und eine Abschiedsmesse?«, fragte Emma.

Greta schüttelte den Kopf. Sie hatte schon so viele Messen für Gustav lesen lassen. Es war genug. »Ich werde mich still von ihm verabschieden.«

»Wie du meinst.«

Aus alter Gewohnheit stand Greta auf und fing an, den Küchentisch abzuräumen. Die Umbauarbeiten in der Altgasse hatten noch nicht begonnen, aber Emma hatte einen Teil des Geschirrs bereits in Kartons verpackt, die am Boden herumstanden. Es fiel Greta schwer, sich zurechtzufinden.

»Lass alles stehen«, forderte Emma. »Ich mach den Abwasch später.«

»Ich halte es nicht aus, wenn das schmutzige Geschirr den ganzen Tag hier herumsteht.«

Emma lachte. »Ach, Schwesterherz, manche Dinge ändern sich wohl nie. Ganz egal, wie selbstständig und selbstbewusst du bist. Unordnung wird dir immer ein Gräuel sein.«

»Tja«, sagte Greta grinsend. »Selbstständigkeit bedeutet nicht, dass man unordentlich werden muss.«

Emma lachte. »Hauptsache, du kannst endlich die Frau werden, die du längst hättest sein können. Mit Ordnungsdrang oder ohne.«

Kurz überlegte Greta, ob sie Emma erklären sollte, dass ihr ein bisschen mehr Ordnungsliebe durchaus nicht schaden würde, aber dann ließ sie es bleiben. Sie würden immer unterschiedlich sein. Und das war gut so.

»Am Wochenende fahren wir noch einmal auf das Gut Winter.« Emma wechselte das Thema. »Eine Menge Vorbereitungsarbeiten für das Reitwochenende mit den Kindern stehen an. Willst du mitkommen?«

Eigentlich wäre Greta lieber in Wien geblieben, aber die Art, wie Emma die Frage stellte, verriet Greta, dass sie sie gerne dabeihätte.

»Sebastian wird auch mitfahren. Es ist möglich, dass Eleonore jemanden an ihrer Seite benötigt, dem sie ihr Leid ausschütten kann. Sie mag Sebastian, aber sie kann die Rolle nicht akzeptieren, die er möglicherweise bald in Bernds Leben einnehmen wird.«

Jetzt musste Greta lachen. Sie hatte geahnt, dass Emma einen Hintergedanken hegte. »Du willst dir das Jammern deiner Schwiegermutter ersparen.«

Schuldbewusst verzog Emma den Mund. »Bin ich so leicht zu durchschauen?«

»Oh ja.«

»Das tut mir leid«, sagte Emma. »Eleonore hat eine schwierige Zeit vor sich. Sie will keine Heimkinder auf dem Hof haben, und auch mit Sebastian hat sie ihre Probleme. Es ist Gisis hartnäckiger Überredungskunst zu verdanken, dass sie dem Reitwochenende zugestimmt hat. Deiner Tochter kann sie nichts abschlagen.«

Greta schmunzelte. Nur zu gut konnte sie sich vorstellen, wie Gisi gejammert und Eleonore schließlich eingelenkt hatte.

»Ich komme mit«, versprach Greta. »Du hast in den letzten Wochen so oft auf Gisi aufgepasst, dass ich dir etwas schulde.«

»Du schuldest mir gar nichts«, entgegnete Emma. »Auf Gisi aufzupassen ist keine Last, sondern ein Geschenk.

Wir fahren dieses Wochenende und nehmen einen Zug am frühen Freitagnachmittag.«

»Gisi und ich werden mit gepackten Reisetaschen pünktlich bereitstehen.«

»Wunderbar, ich danke dir.«

29

Kinderheim Schloss Schönbrunn

Emil kam zu spät zur Lernstunde. Ein paar Kinder seiner Klasse hatten eine Exkursion in den Stephansdom gemacht und waren auf den Nordturm gestiegen. Emil war das einzige Kind aus dem Kinderheim gewesen. Das Mittagessen hatte er vorhin allein im riesigen Speisesaal eingenommen. Die Linsen waren kalt gewesen, aber das hatte ihn nicht gestört. Er hatte in Ruhe das letzte Kapitel seines Buchs lesen können. Wieder einmal hatte Old Shatterhand die bösen Schurken bekämpft und war als strahlender Sieger hervorgegangen. Aufgekratzt und höchst zufrieden lief Emil über die Stufen in den zweiten Stock und schlitterte übermütig wie auf Schlittschuhen die letzten Meter über die glatt polierten Fliesen des langen, schmalen Gangs. Am Ende hielt er abrupt inne.

Die Tür zum Lernzimmer war weit offen. In der Mitte stand Veronika. Die strenge Erzieherin war also wieder zurück. So leise wie nur möglich schlich Emil zu seinem Platz. Die Stimmung im Raum war angespannt. Man hätte eine

Stecknadel fallen hören können. Veronikas Gesicht war dunkelrot vor Zorn, sie nahm den Neuankömmling gar nicht wahr. Jetzt erst sah Emil, dass Ferdl in einer Ecke mit dem Gesicht zur Wand stand. Jemand flüsterte leise. Sofort drehte sich Veronika in die Richtung, aus der die Stimmen drangen.

»Will noch jemand in eine Ecke?«, schrie die Erzieherin. »Es gibt noch drei.«

»Diebstahl ist ein schlimmes Verbrechen. Man wandert dafür ins Gefängnis. Ich hoffe, dass euch das allen klar ist!«

Emil nahm neben Fritz Platz. »Wer hat denn etwas gestohlen?« Er sprach so leise, dass nur der Freund ihn hören konnte. Der wagte es nicht zu antworten. Er schrieb Ferdls Namen auf einen leeren Zettel. Auch Emil stellte die nächste Frage schreibend.

»Was hat er gestohlen?«

»Veronikas Fülfeder.« Fritz schrieb Füllfeder mit nur einem »l«. Emil musste den Impuls unterdrücken, den Fehler auszubessern.

»Du bist ein kleiner schmutziger Dieb. Ich werde dafür sorgen, dass du die Bestrafung erhältst, die dir zusteht«, donnerte Veronika in Ferdls Richtung.

Nun drehte der Tank sich um. Seine Hände waren zu Fäusten geballt. In seinen Augen kündigten sich Tränen der Hilflosigkeit und Wut an. »Ich war das nicht«, beteuerte er.

»Halt sofort deinen dreckigen Mund, sonst wasch ich ihn dir mit Seife aus«, schrie Veronika. »Die Füllfeder lag in deinem Federpennal. Wie ist sie dort wohl hingekommen?«

Ferdls Augen konnten die Tränen nicht länger halten. Er

stampfte auf und schrie so laut, dass alle zusammenzuckten: »Ich hasse euch alle. Geht zur Hölle.«

Hemmungslos weinend, stürmte er aus dem Raum. Es war das erste Mal, dass Emil ihn heulen sah.

»Komm sofort zurück«, forderte Veronika. »Wenn du nicht augenblicklich umdrehst, landest du heute noch in der Besserungsanstalt.«

»Soll ich ihn zurückholen?« Die Frage kam von Katharina. Jetzt erst nahm Emil die andere Erzieherin wahr. Sie stand etwas abseits und hatte das Geschehen beobachtet.

»Nein, Sie bleiben hier«, keifte Veronika. »Er soll sich im Waschraum ausheulen, bis er sich wieder beruhigt hat.«

Katharina schien erleichtert, dass sie Ferdl nicht hinterherlaufen musste.

»Aber diesmal hilft ihm auch das Heulen nicht. Er ist zu weit gegangen. Diesmal wird das Gfrast die Konsequenzen für sein Tun zu spüren bekommen.«

Katharina nickte zustimmend. Emil wünschte, Greta wäre hier oder Michael Brenner oder Claudia. Alle waren netter.

»Merken Sie sich eines«, sagte Veronika zu Katharina. »Diese Kinder sind die Brut vom asozialen Gesindel der Stadt. Die meisten landen irgendwann hinter Gittern.«

Sie sprach so laut, dass alle Kinder ihre Worte hören konnten. Einige zogen niedergeschlagen die Köpfe ein. Katharina widersprach nicht, aber sie schien über die Worte ebenso entsetzt wie die Kinder. Veronika stampfte zu ihrem Schreibtisch, stützte sich mit den Händen daran ab und brüllte in den Raum. »In einer Viertelstunde will ich, dass alle mit den Hausaufgaben fertig sind. Ihr sollt euch anstrengen und nicht bloß Löcher in die Luft starren.«

Emil zeigte auf und bat Katharina zu sich. »Ich muss auf die Toilette«, sagte er leise.

Sie schaute auf ihre Armbanduhr. »In einer halben Stunde ist die Lerneinheit zu Ende.«

»Das halte ich nicht aus.« Er schlug ein Bein über das andere und hielt sich beide Hände auf den Unterbauch.

»Na, meinetwegen. Lauf los. Aber das bleibt eine Ausnahme.«

Emil zischte los, bevor Veronika etwas dagegen einwenden konnte. Die Erzieherin war mit dem Ereignisbuch beschäftigt. Hier wurden alle Vorfälle festgehalten, die in irgendeiner Form erwähnenswert waren. Sicher schrieb sie einen Eintrag über Ferdls Fehlverhalten. Emil lief erneut über den Gang und hielt vor dem Waschraum. Er wusste, dass er gleich das volle Ausmaß von Ferdls Ärger und Zorn abbekommen würde. Vielleicht schlug Ferdl wieder zu. Emil würde sich zu wehren wissen. Trotz der Aussicht auf einen Kampf hatte er das Bedürfnis, nach dem Tank zu schauen. Er wusste, dass Ferdl den Füllhalter nicht genommen hatte.

»Verschwinde«, brummte Ferdl grimmig. Der Junge hockte zusammengekauert am Fliesenboden des Waschraums. Emil trat trotzdem näher.

»Du sollst verschwinden, Kleiner«, Ferdl wurde lauter. Mit dem Handrücken wischte er über seine laufende Nase. »Kannst du nicht hören?«

Emil ging neben ihm in die Knie und setzte sich. »Ich weiß, dass du die Füllfeder nicht geklaut hast.«

Ferdl hob den Kopf. Eine dunkle Strähne klebte verschwitzt in seiner Stirn. Er schob sie weg.

Emil nannte Ferdl einen Namen. Der Tank starrte ihn fassungslos an. »Das kann nicht sein.«

»Doch, ich schwöre es.« Emil hielt zwei Finger zum Schwur hoch. »Ich habe es gesehen.«

»Das glaubt mir niemand.«

Emil antwortete nicht. Schweigend und niedergeschlagen hockten die beiden am Boden. Emil lehnte sich mit dem Rücken gegen die Wand. Die Fliesen waren kühl. Die glatte Kälte drang durch sein dünnes Hemd und kroch seine Haut entlang. Er lauschte in die Stille und erschrak. Jemand hatte den Wasserhahn nicht ordentlich abgedreht. Wassertropfen fielen in das Waschbecken. Voller Entsetzen starrte Emil zum Becken. Er wartete auf den Druck in seinem Kopf, auf das Surren in den Ohren. Ihm wurde heiß. Aber nichts kam. Es blieb bloß das beständige Tropfen. Die hässlichen Bilder blieben aus.

Langsam stand Emil auf, ging zum Wasserhahn und drehte ihn vollständig ab. Dann kehrte er zu Ferdl zurück. Er ließ sich neben ihm auf den Boden plumpsen.

»Ich werde es Greta sagen, wenn sie wieder da ist. Sie ist in Ordnung und wird mit Brenner reden, und dann wird alles wieder gut.«

Ferdl schüttelte den Kopf: »Es stimmt ja, was Veronika sagt. Ich bin der Sohn eines Verbrechers. Vielleicht haben alle recht, und ich bin wirklich schlecht.«

Emil schwieg betroffen. Er hatte selbst erlebt, wozu

Ferdl in der Lage war, wenn die Wut und der Zorn ihn packten.

»Stammen die Narben auf deinem Rücken von deinem Vater?«

Ferdl nickte.

»Das war gemein.«

Wieder ein Nicken.

»Und was hat deine Mutter getan? Hat sie dich nicht schützen können?«

»Die war stets betrunken. Hat davon gar nichts mitbekommen.«

»Verflucht.« Das Schimpfwort rutschte unkontrolliert aus Emils Mund. Normalerweise verwendete er keine Kraftausdrücke. Aber hierzu fiel ihm einfach nichts anderes ein.

Ferdl hob den Kopf: »Ja, es war ein Albtraum.«

»Willst du mitkommen, wenn ich es Greta sage, oder soll ich es allein machen?«

»Sie wird dir nicht glauben«, war Ferdl überzeugt. Er richtete sich wieder auf. »Und sie ist nicht da. Angeblich kommt sie erst am Montag wieder. Dann ist es vielleicht schon zu spät. Dann haben sie mich in eine Besserungsanstalt geschickt.«

»Es ist einen Versuch wert«, meinte Emil. »Wenn sie mir glaubt, kannst du hierbleiben und vielleicht auch noch auf den Reiterhof mitkommen.«

Ein Anflug von Hoffnung machte sich auf Ferdls Gesicht breit. Doch er wich sofort wieder dem Misstrauen. »Warum tust du das? Ich habe dich verprügelt.«

Emil zuckte mit den Schultern. »Und ich hab dir die Nase gebrochen. Wir sind quitt.«

Endlich grinste Ferdl. »Du bist in Ordnung, Kleiner.«

»Du auch.«

Emil stand auf und hielt Ferdl die Hand entgegen. Der Junge ergriff sie und ließ sich bereitwillig hochhelfen.

»Veronika redet Unsinn«, sagte Emil. »Nur weil deine Eltern Verbrecher sind, heißt das noch lange nicht, dass du das auch werden musst. Meine Mutter war Wäscherin, und ich kann dir versprechen, dass ich das nicht werde.«

»Was willst du werden?«

Emil zuckte mit den Schultern. »Vielleicht ein Arzt oder ein Rechtsanwalt, oder ich weiß noch nicht … aber ich werde was Großes.«

Ferdl gelang ein kleines Lächeln. »Das wirst du bestimmt.« Gemeinsam kehrten sie in den Lernraum zurück.

30

Südsteiermark, Gutshof Winter

Für gewöhnlich zog der Spätherbst in der pannonischen Landschaft mit Verspätung ein und fiel deutlich milder aus als in Wien, so auch in diesem Jahr. Auf den sanften Hügelketten rund um das Gut Winter ließen goldgelbe Blätter die Hänge in einem satten einheitlichen Gelb erstrahlen.

Wie erwartet, empfing Eleonore ihre Gäste mit einer üppigen Jause, die im sonnendurchfluteten Wintergarten serviert wurde. Von hier aus hatte man einen atemberaubenden Blick über die Koppel und die angrenzenden Weinberge. Die Ernte hatte längst stattgefunden, dennoch hingen noch Blätter und vereinzelt dunkle Trauben auf den knorrigen Stöcken und sorgten für weitere Farbakzente. Es war, als würde die Natur noch einmal mit aller Kraft ihre ganze Schönheit präsentieren, bevor sie sich in einen langen Winterschlaf zurückzog.

Julius' Mutter begrüßte alle sehr herzlich, nur bei Sebastian verhielt sie sich zurückhaltend. Doch der Kunsttischler wickelte sie geschickt um den Finger und überreichte ihr ein kleines Geschenk. Eine Schmuckschatulle im schlichten Design der Wiener Werkstätte, mit einem schachbrettartigen Muster am Deckel.

»Elegant und zeitlos, genau wie Sie«, sagte er charmant und deutete einen Handkuss an. Damit war das Eis gebrochen. Schon nach einer Stunde schien Eleonore vergessen zu haben, dass er der neue Liebhaber ihres Sohnes war, und wenn sie es doch im Hinterkopf hatte, so störte sie sich im Augenblick nicht daran.

Anders verhielt es sich mit Emmas und Julius' Vorhaben, Kindern aus dem Kinderheim hier Reitstunden zu erteilen.

»Im Sommer haben wir darüber noch Witze gemacht«, schimpfte sie ärgerlich. »Ich hätte Gisi niemals zustimmen dürfen. Das Ganze ist eine Schnapsidee. Was denkt ihr euch alle bei dieser verrückten Sache? Ihr holt nicht irgendwen aufs Gut, sondern verwahrloste Kinder. Sie sind wild und undiszipliniert und werden uns ausrauben.«

»Unsinn, Mutter!« Bernd bremste ihren Redeschwall. Ihre Worte waren ihm in Sebastians Gegenwart sichtlich unangenehm.

»Du musst dir wirklich keine Sorgen machen«, versuchte Greta Eleonore zu beruhigen. »Die Kinder sind alle sehr, sehr nett. Sie freuen sich riesig auf die Tage am Reiterhof. Alle wissen ganz genau, was für ein großes Geschenk diese Erfahrung ist. Niemand wird versuchen, dich auszurauben.«

»Natürlich freuen sie sich«, brummte Eleonore verärgert. »Welches Kind will nicht reiten?«

Greta hätte ihr gerne widersprochen und gesagt, dass sie selbst nie dieses Bedürfnis verspürt hatte. Aber sie behielt den Gedanken für sich und versuchte, Eleonore von der Ehrlichkeit der Kinder zu überzeugen.

»Die Mädchen und Buben, die wir ausgesucht haben, haben alle sehr tragische Schicksale. Es ist ein Wunder, dass sie nicht alle den Verstand verloren haben. Die Tage auf dem Gut sind eine Möglichkeit, dass die Kinder wieder einmal etwas Schönes im Leben erfahren dürfen.«

Emma warf Greta einen vorsichtigen Blick zu. Greta hatte ihr ein paar Geschichten über Ferdl erzählt. Ihn als vorbildhaften Jungen zu bezeichnen war gewagt. Aber Greta fuhr leidenschaftlich fort, sie pries die guten Eigenschaften der Kinder und appellierte an Eleonores soziales Gewissen, an ihre Mütterlichkeit und ihre Pflicht der Nächstenliebe als gute Christin. Es dauerte den ganzen Nachmittag, aber nach dem dritten Glas Rotwein aus der Gegend war Eleonore weichgeklopft. Emma hatte dafür gesorgt, dass das Glas ihrer Schwiegermutter immer voll war.

»Bist du jetzt auch eine Sozialdemokratin?«, fragte Eleonore mit schwerer Zunge.

»Nein«, antwortete Greta wahrheitsgemäß. »Ich finde sehr, sehr viele Errungenschaften sinnvoll und gut und freue mich, dass sich Wien zu einer lebenswerten Stadt entwickelt, in der die Armut schrumpft. Aber ich will mich keiner Partei anschließen.«

»Das ist eine gute Entscheidung«, meinte Eleonore. Damit waren die Themen »Heimkinder« und »Politik« vorerst vom Tisch. Sie würden wiederkehren, sobald über die konkrete Vorbereitung für die Tage mit den Kindern gesprochen wurde und Eleonore wieder ganz nüchtern war. Aber jetzt forderte sie ihr Recht als Gastgeberin ein. Sie überschüttete Greta mit ihren Geschichten, die sie sonst nur Bernd oder der Köchin erzählen konnte. Jeder wusste, dass Bernd ihr nicht zuhörte und die Köchin sich nur in begrenztem Ausmaß für die Geschicke von Eleonores Bekannten interessierte. Heute saß Sebastian neben Greta. Geschickt nutzte sie die Gunst der Stunde, stand auf, um kurz auf die Toilette zu gehen, und kam nicht mehr wieder. Noch vor einem halben Jahr wäre Greta zurückgekehrt, jetzt musste Sebastian an ihrer statt den Geschichten lauschen. Greta hatte kein schlechtes Gewissen. Sebastian war so verliebt, dass er Eleonores Redefluss gerne in Kauf nahm.

Nach der Jause folgten ein Abendessen und eine lange Nacht. In gemütlicher Runde wurde diskutiert und gelacht. Greta genoss den Austausch mit Emma und Julius. Erst als sie müde im Bett lag, wurde ihr bewusst, wie intensiv sie sich selbst an der Diskussion beteiligt hatte.

Zufrieden schlief Greta neben Gisi ein. Das letzte Bild, das vor dem Einschlafen vor ihrem geistigen Auge auftauchte, war das von Michael. Er lächelte ihr zu und breitete seine kräftigen Arme weit aus. Sie versprachen sich Zärtlichkeit, Liebe und Geborgenheit. Greta sehnte sich danach.

31

Kinderheim Schloss Schönbrunn

»Der Junge ist eine Gefahr für die Gesellschaft. Er gehört weggesperrt und ist im Heim auf keinen Fall mehr tragbar.«

Emil stand vor dem Büro des Direktors. Michael Brenner saß darin und sprach mit Frau Veronika. Während es Emil schwerfiel, Brenners Stimme zu hören, war es ein Leichtes, Frau Veronikas aufgeregtes Keifen Wort für Wort zu verstehen.

Emil trat näher und legte das Ohr gegen die Tür. Fritz stand Wache. Sollte jemand den Gang betreten, würde er Emil rechtzeitig warnen.

»Ferdl streitet ab, dass er die Füllfeder gestohlen hat«, sagte Michael Brenner. »Für gewöhnlich steht der Junge zu seinen Fehlern.«

»Sie werden dem Gfrast doch nicht etwa glauben.« Frau Veronikas Stimme überschlug sich förmlich.

»Ferdl hasst alles, was mit der Schule auch nur im Entferntesten zu tun hat«, fuhr Brenner fort. »Warum sollte er ausgerechnet eine Füllfeder stehlen? Noch dazu eine, die keinen Wert besitzt.«

»Es ist eine gut funktionierende Füllfeder«, widersprach Frau Veronika.

»Ferdl hat selbst eine ähnliche.«

»Vielleicht wollte er mich bloß ärgern. Er ist eine hinterhältige und böse Kröte.«

»Es macht absolut keinen Sinn, dass er das getan haben soll ...«, überlegte Brenner. »Er freut sich seit Tagen auf den Ausflug in die Südsteiermark. Ferdl ist nicht dumm. Er weiß, dass er nicht fahren darf, wenn er sich in Schwierigkeiten bringt.«

»Ich bezweifle sehr, dass er so weitsichtig ist.« Emil konnte Frau Veronikas Schnaufen durch die geschlossene Tür hören und sah ihr verkniffenes Gesicht förmlich vor sich.

»Ich werde noch einmal mit dem Buben reden«, sagte Brenner. »Und vielleicht auch mit den anderen Kindern. Irgendetwas an der Sache irritiert mich.«

»Mein Latein ist langsam am Ende. Was wollen Sie dem Jungen noch alles durchgehen lassen?«, schrie Frau Veronika. »Entweder Sie zeigen dem Jungen Konsequenzen, oder ich schalte die Fürsorge ein. Wenn Sie nicht in der Lage sind, Entscheidungen zu treffen, dann sind Sie hier wohl fehl am Platz.«

Eine Pause folgte. Als Brenner antwortete, war seine Stimme voll von unterdrückter Wut.

»Ich glaube, Sie verkennen gerade Ihre und meine Rolle. Ich bin Ihr Vorgesetzter.«

»Sie können mir gar nichts anhaben«, sagte Frau Veronika. »Mein Mann ist ein führendes Gewerkschaftsmitglied. Ich arbeite für einen sozialdemokratischen Verein, die Kinderfreunde. Als Arbeitnehmerin habe ich Rechte. Ich muss mir nicht alles von Ihnen gefallen lassen.«

»Sie müssen sich gar nichts gefallen lassen«, sagte Brenner. »Es steht Ihnen frei zu gehen.«

»Pah, Sie glauben, dass Sie mir drohen können.« Frau Veronika war außer sich vor Zorn. »Es gibt Arbeitsverträge. Ich habe mir nichts zuschulden kommen lassen. Wenn Sie mich grundlos rauswerfen, erfährt das jeder in der Partei, und Sie können Ihre weitere Karriere an den Nagel hängen.«

»Ich habe nicht vor, Sie rauszuwerfen«, entgegnete Brenner. »Aber es obliegt mir zu entscheiden, was mit Ferdl passiert.«

»Wenn der Junge morgen nicht weg ist, melde ich das beim Jugendamt und schalte die Polizei ein, schließlich wurde ich bestohlen. Ein asoziales Kind gehört in die Besserungsanstalt, und damit basta.«

Emil hörte, wie ein Sessel verrückt wurde. Rasch machte er einen Schritt zur Seite und sauste über den Gang zu Fritz. Als die Bürotür geöffnet wurde, hatte er den Freund am Treppenansatz erreicht. Veronika stapfte wutentbrannt in ihre Richtung. Als sie sie erblickte, erhob sie zornig die Stimme. »Ihr habt hier nichts verloren. Schaut, dass ihr schleunigst ins Lernzimmer kommt.«

Noch bevor sie weiterschimpfen konnte, flitzten Emil und Fritz die Stufen hinauf.

32

Friedhof Hietzing

Greta und Emma gelangten über das Tor in der Maxingstraße auf den Friedhof. Der Weg zum Familiengrab war ihnen gut bekannt. Sie hatten ihn in ihrem Leben schon unzählige Male zurückgelegt. Zuerst, um ihre Mutter zu besuchen, seit einigen Jahren, um ihren verstorbenen Vater zu betrauern. Sein Leichnam lag in einem Massengrab an der Grenze zwischen Rumänien und Serbien, wo er im letzten Kriegsjahr gefallen war. Am Hietzinger Grab befand sich nur der Schriftzug seines Namens.

Das nasskalte Novemberwetter war wie geschaffen für einen Friedhofsbesuch. Der gekieste Boden war über und über mit feucht glänzendem Laub bedeckt. Bei jedem Schritt raschelten die Blätter unter ihren Füßen. Beim Ehrengrab des Schriftstellers Franz Grillparzer bogen sie in einen schmalen Gang nach links. Hier und dort waren Erdhaufen aufgeschüttet, darauf befanden sich grüne Kränze.

Nach wenigen Metern hatten sie das Familiengrab erreicht. Zwei Buchsbäumchen begrenzten die Stelle. Violettes Erikakraut blühte zwischen dunkelgrünen Efeublättern. Der schwarze Grabstein bildete das Zentrum. Unter den Namen der Eltern leuchtete Greta der ihres Ehemanns golden entgegen: Gustav Weber (28.03.1892 bis Jänner 1919). Die Buchstaben waren vertraut und doch fremd. Greta versuchte, Gustavs Gesicht vor ihrem inneren Auge aufziehen zu lassen. Aber es wollte ihr nicht gelingen. Alles, was sie sehen konnte, war ein Soldat mit dunklem Haar, der ihr aus dem wegfahrenden Zug zuwinkte. Sie erkannte auch sich selbst, wie sie ein Taschentuch in die Höhe hielt und so kräftig damit über dem Kopf wedelte, bis ihre Hand schmerzte. Erst als der Zug aus ihrem Blickfeld verschwunden war, erlaubte sie ihren Tränen freien Lauf.

Greta zwinkerte. Feiner Nieselregen holte sie aus ihren Tagträumen zurück. Ihre Kehle war eng, sie schloss für einen Moment die Augen. Und da war es endlich, Gustavs Lächeln, mit dem sie Sicherheit und Liebe verband. Doch seine Lippen verschwanden sofort wieder. Trotz geschlossener Augen liefen Tränen über Gretas Wangen. Warm, schwer und salzig tropften sie auf ihre Brust. Sie spürte, wie Emma ihre Hand ergriff und drückte. Dankbar nahm sie die Berührung wahr und ließ sich bereitwillig von Emma in den Arm nehmen.

Eine Weile standen sie einfach nur da. Als Greta die Augen wieder öffnete, sah sie Gustavs Namen nur noch verschwommen. Mit dem Handrücken strich sie über ihre Augen. Die Endgültigkeit ihres Verlusts schmerzte. Sie würde Gustav nie wiedersehen, nie wieder mit den Fingern durch sein Haar streichen oder ihren Kopf an seiner Schulter betten. Alles, was ihr blieb, war die Erinnerung an ihn. Doch die verblasste und wurde mit jedem Tag, der verging, vager. Genau wie der Schriftzug hinter dem Schleier ihrer Tränen.

»Leb wohl, Gustav«, sagte sie mit belegter Stimme. Sie holte eine Kerze aus ihrer Handtasche und stellte sie in die Laterne neben dem Grabstein. Emma ging neben ihr in die Knie und half ihr beim Entzünden eines Streichholzes. Gretas Hände zitterten so heftig, dass ihr das Hölzchen immer wieder entglitt. Emma nahm ihr die Schachtel ab. Schon bald flackerte eine kleine Flamme hinter dem Glasfenster.

Greta legte ihre Hand auf den Grabstein und fuhr mit dem Zeigefinger langsam den Schriftzug von Gustavs Namen ab. Buchstabe für Buchstabe. Der Stein war kalt, glatt und abweisend. Dann hauchte sie einen Kuss auf ihren Finger und drückte ihn auf das »G«.

»Du wirst immer einen Platz in meinem Herzen haben«, sagte sie heiser. »Ich lass dich gehen.«

Langsam richtete sie sich wieder auf. Eine Weile verharrte sie noch stehend vor dem Grab. Sie blickte auf die Flamme, die jetzt ruhig und gleichmäßig Licht spendete. Irgendwann sah Emma sie fragend an.

»Ja!«, sagte Greta. »Es ist genug.«

Dann drehte sie sich um und verließ gemeinsam mit Emma den Friedhof. Sie würde wiederkehren. Aber sie würde nicht mehr darauf hoffen, dass Gustav zu ihr zurückkam.

33

Kinderheim Schloss Schönbrunn

Ferdls Platz war beim Frühstück leer. Fritz und Emil starrten betroffen auf den Sessel.

»Ferdl musste gleich nach dem Aufstehen zu Brenner ins Büro«, erklärte einer von Ferdls Zimmerkameraden.

»Warum?« Ein vorlautes Mädchen mit dunklen Zöpfen beugte sich neugierig über den Tisch. Emil kannte ihren Namen. Seit Tagen beobachtete er sie. Es war Frieda. Sie interessierte sich für Bücher, genau wie er.

»Er wird in eine Besserungsanstalt gebracht. Seinen Koffer hat er schon gestern Abend packen müssen.«

»Ferdl hat die verdammte Füllfeder nicht gestohlen«, entfuhr es Emil lauter, als er es gewollt hatte. Einige Kinder schauten zu ihm.

Auch Claudias Aufmerksamkeit hatte er auf sich gezogen. »Tischgespräche dürfen sein«, sagte sie streng. »Aber ich will kein Geschrei.«

Emil senkte die Stimme wieder. »Ist Greta hier?« Er und Fritz hatten beschlossen, die Erzieherin ins Vertrauen zu ziehen. Sie würde ihnen glauben und dann mit Brenner reden. Wenn Emil dem stellvertretenden Direktor seine Beobachtungen mitteilte, würde dieser ihn bloß auslachen. Niemand außer Greta würde ihm Glauben schenken. Emil hoffte inständig, dass Greta Brenner die Situation erklären würde.

»Greta ist krank. Sie kommt erst in ein paar Tagen wieder«, sagte Frieda. Sie hatte kirschrote Lippen und das hübscheste Lächeln, das Emil sich nur vorstellen konnte. Frieda würde ebenfalls mit in die Südsteiermark fahren.

»In ein paar Tagen ist es zu spät«, meinte Fritz besorgt. »Dann ist Ferdl in der Anstalt. Wer dort landet, kommt nicht mehr raus. Das ist wie ein Gefängnis.«

»Woher weißt du das?«, wollte Frieda wissen.

»Das weiß man halt.« Fritz zuckte mit den Schultern.

Emil starrte weiter auf den leeren Sessel. »Wenn Greta nicht kommt, muss ich mit Brenner reden.«

»Das ist sinnlos«, war Fritz überzeugt.

»Wovon redet ihr? Was müsst ihr Brenner sagen?« Frieda war neugierig.

»Nichts, was für Mädchenohren bestimmt ist«, sagte Fritz wichtig. Doch Emil sah das anders. Er wollte auch Frieda in sein Geheimnis einweihen. Er senkte seine Stimme, sodass nur sie und Fritz ihn hören konnten.

»Ich habe beobachtet, wer die Füllfeder in Ferdls Schulranzen gesteckt hat.«

Friedas Augen weiteten sich fasziniert, während Fritz entsetzt wirkte.

Emil drehte entschuldigend die Handflächen nach oben, und Fritz seufzte.

»Wer war es?«, fragte Frieda.

»Schwörst du, dass du es nicht herumerzählst?«

»Ja klar!« Frieda hob die Hand zum feierlichen Schwur.

Emil wandte sich zu ihr und flüsterte einen Namen in ihr Ohr. Frieda roch nach Lakritze. Er mochte auch ihren Duft.

Kaum, dass sie den Namen gehört hatte, riss sie den Kopf zur Seite. »Das kann nicht sein!«

»Doch, ich schwöre es dir.«

Friedas Gesicht wurde ernst. »Das glaubt dir niemand.«

Niedergeschlagen nickte Emil. »Ich weiß. Die Einzige, die mir zuhören würde, wäre Greta. Aber sie ist krank, und wer weiß, wann sie wiederkommt.«

Frieda senkte die Stimme. »Ich mag Ferdl nicht. Er hat mich ständig an meinen Zöpfen gezogen. Aber eine Besserungsanstalt hat er nicht verdient. Da geht er vor die Hunde.«

»Was sollen wir tun?«, fragte Emil.

»Was ist, wenn wir mit dem eigentlichen Dieb reden?«, schlug Frieda vor.

»Dass sie uns auch hintergeht und fertigmacht? Hast du den Verstand verloren?« Fritz wurde wieder laut. Sofort ruhte Claudias strenger Blick auf ihm. Fritz zog seinen Kopf zwischen die Schultern und duckte sich.

»Wir könnten einen Brief schreiben und den Dieb bitten, die Sache klarzustellen«, schlug Frieda vor.

Emil fand es schön, dass sie ein »wir« benutzte. Fritz war nicht überzeugt. »Glaubst du allen Ernstes, dass diese hinterhältige Person sich mit einem Brief von uns einschüchtern lässt?«

»Hast du eine bessere Idee?«, fragte Frieda genervt.

Fritz hatte keine.

Emil starrte weiter auf den leeren Platz. Er musste etwas unternehmen. Andernfalls würde er sich ständig Vorwürfe machen. Entschlossen stand er auf. »Ich rede mit Brenner.«

»Das ist sinnlos!« Fritz hielt ihn am Ärmel fest, doch Emil schüttelte ihn ab.

»Wir werden sehen«, sagte er.

»Na gut, dann komme ich mit dir.« Fritz stand ebenfalls auf. Die Serviette, die auf seinem Schoß gelegen hatte, rutschte auf den Boden und mit ihr die Brösel der Frühstückssemmel. Hastig kniete er sich nieder, hob die Serviette auf und schob die Brösel zusammen, bevor Claudia es bemerkte.

»Ich begleite euch auch«, meinte Frieda. »Zu dritt haben wir vielleicht mehr Überzeugungskraft.«

Sowohl Emil als auch Fritz sahen Frieda überrascht an.

»Du bist ein Mädchen«, wiederholte Fritz irritiert.

»Eben«, antwortete Frieda. »Wir sind tausendmal tapferer und mutiger als Buben.«

Sie fasste Emil an der Hand und zog ihn mit sich. Fritz hatte alle Mühe, den beiden hinterherzulaufen. Als Frau Claudia die Kinder bemerkte, waren sie bereits beim Ausgang und kurz darauf vor dem Büro von Michael Brenner.

»Wer klopft an?«, fragte Fritz.

Noch bevor Emil antworten konnte, hob Frieda die Hand und übernahm das Klopfen. Schon nach wenigen Augenblicken näherten sich Schritte, und Michael Brenner öffnete die Tür. Die Überraschung auf seinem Gesicht hätte nicht größer sein können.

»Nanu«, sagte er erstaunt. »Haben wir uns verabredet?«

»Nein.« Es war Frieda, die das Reden übernahm. »Emil muss Ihnen etwas erzählen.« Sie schob ihn nach vorne.

»Aha!« Brenner blickte stirnrunzelnd von einem zum anderen. »Und was wollt ihr zwei von mir?«

Fritz starrte schweigend zu Boden, und Frieda antwortete beherzt: »Wir begleiten Emil.«

»Ach ja.«

»Dazu sind Freunde nämlich da«, sagte Frieda wichtig.

»Na, dann kommt mal rein.« Brenner öffnete seine Tür weit und ließ die Kinder eintreten. »Ich bin gespannt, was Emil mir erzählen will.«

Frieda ging als Erste ins Büro. Emil und Fritz folgten ihr. Zu Emils großer Überraschung saß Ferdl auf einem Stuhl vor Brenners Schreibtisch. Er hielt den Kopf gesenkt und wirkte völlig geknickt. Als er Emil, Fritz und Frieda erblickte, hellte sich sein Gesicht auf. Neue Hoffnung machte sich darauf breit.

»Ich nehme mal an, dass das, was du mir erzählen willst, in irgendeiner Form mit Ferdl zu tun hat«, riet Brenner.

Emil nickte tapfer.

»Ich besorge noch ein paar Sessel. Wartet kurz.« Er ging durch eine Verbindungstür ins Nebenzimmer und kam gleich darauf mit drei übereinandergestapelten Sesseln wieder zurück. Jedes Kind bekam einen. Er selbst hievte seinen eigenen hinter dem Schreibtisch hervor und bat Emil und die anderen, mit ihm einen Kreis zu bilden.

»Also, dann wollen wir mal«, sagte Brenner. Er lehnte sich nach hinten und sah Emil erwartungsvoll an. Dem blieben vor Aufregung die Worte im Hals stecken. Nervös begann er zu zittern. Diesmal hörte er nicht die Wassertropfen, sondern alles, woran er denken konnte, war Ferdls blanke Angst. Emil fühlte sich an sein eigenes Entsetzen erinnert. Es kroch seinen Rücken entlang und nistete sich in seinem Nacken ein.

Da stieß Frieda ihn sanft mit der Fußspitze gegen das Schienbein. »Na los!«, schien sie ohne Worte zu sagen.

Auch Fritz machte Emil Mut. Er nickte ihm aufmunternd zu und deutete wortlos den Indianergruß an.

»Ich weiß, wer die Füllfeder in Ferdls Schulranzen getan hat«, platzte Emil hervor. »Es war nicht Ferdl.«

Es folgte ein langes Schweigen.

»Warst du es, Emil?«

»Was? Nein!« Emils Stimme überschlug sich.

Brenner hob überrascht die Augenbrauen. »Du willst jemanden verpetzen?«

Sofort verneinte Emil: »Ich will, dass Sie die Wahrheit kennen und mein Freund nicht in die Besserungsanstalt abgeschoben wird.«

Beim Wort »Freund« schielte er zu Ferdl, dessen Körperhaltung sich änderte. Er streckte die Schultern durch.

»Dort gehört Ferdl nicht hin«, ergänzte Fritz.

Frieda stimmte ihm zu. »Ferdl soll mit uns zum Reiterhof kommen.«

Interessiert lehnte Brenner sich nach vorne. Er stützte beide Ellbogen auf seinen Oberschenkeln ab. »Na, jetzt bin ich aber gespannt, wer diese verflixte Füllfeder genommen hat und warum.«

Emil holte tief Luft, dann fing er an zu erzählen. Brenners Augen weiteten sich, und Emil war sich nicht sicher, ob das Staunen oder die Abscheu größer war. Aber eines schien sicher, er war stolz, dass sie zu ihm gekommen waren, um das Problem zu lösen.

34

Fasholdgasse

»Du kannst unmöglich mit Fieber ins Kinderheim gehen.« Melanie hatte Kräutertee aufgegossen und Greta eine dampfende Kanne neben das Bett gestellt. Ein Topf Honig und ein Teller mit Zwieback standen daneben.

»Ich muss gehen«, entgegnete Greta. »Wer soll die Kinder auf die Tage auf Gut Winter vorbereiten?«

»Das werden Michael und deine Kolleginnen auch ohne deine Hilfe schaffen.«

»Ich will dabei sein«, seufzte Greta.

»Du bist gestern über eine Stunde im Nieselregen gestanden. Ganz klar, dass du krank bist«, schimpfte Melanie. »Es ist ein Wunder, dass Emma nicht auch mit Fieber im Bett liegt.«

Tatsächlich war Greta erst zu Hause aufgefallen, dass sie völlig durchgefroren vom Friedhofsbesuch zurückgekommen war. Da hatten auch die heiße Dusche und der Tee nicht mehr helfen können. Heute hatte sie Fieber und eine laufende Nase.

»Kurier dich in Ruhe aus, und wenn du wieder gesund bist, kannst du immer noch mit den Kindern die Reise planen.«

Greta wollte widersprechen und Melanie erklären, dass es nicht nur darum ging, einen Koffer zu packen, sondern ums Erarbeiten von Verhaltensregeln im Zug, auf dem Hof und im Umgang mit den Tieren. Aber Melanie war mit ihren Gedanken schon wieder woanders.

»Ich muss jetzt los«, sagte sie. »Wir sehen uns am Abend wieder. Ich nehme uns Brot vom Bäcker mit. Du bleibst im Bett.«

Greta nickte brav. Sie war ohnehin zu schwach zum Einkaufen. Kaum dass Gisi in die Schule und Melanie in die Arbeit gegangen waren, klopfte es an der Tür. Es war Emma, die einen großen Topf Suppe anschleppte.

»Melanie hat mich angerufen und mir gesagt, dass du krank bist. Das war der verdammte Nieselregen gestern. Wir hätten an einen Regenschirm denken sollen.«

Greta holte ihren Morgenmantel und zog ihn über.

»Geh wieder ins Bett«, forderte Emma. »Ich trag die Suppe in die Küche, erledige deinen Abwasch und bring dir dann frischen Tee ans Bett.«

»Ich habe frischen Tee«, versicherte Greta.

»Dann ruh dich einfach nur aus.«

»Musst du nicht in die Praxis?«, fragte Greta.

»Julius übernimmt meine Aufgaben. Ich habe ihm gesagt, dass du krank bist.«

Greta war gerührt, wie fürsorglich sich Melanie und Emma um sie kümmerten. Gehorsam kroch sie wieder unter ihre Decke. Aus der Küche hörte sie das Klappern von Geschirr. Emma wusch tatsächlich ihr schmutziges Geschirr ab.

Greta fielen die Augen zu. Sie schlief tief und fest ein. Als sie wieder erwachte, war es Mittag. Emma saß neben ihr am Bett und war ebenfalls eingenickt.

»Du bist immer noch da?«, fragte Greta erstaunt. Sie fühlte sich deutlich besser. Der starke Kopfschmerz hatte nachgelassen.

Emma gähnte und streckte sich. »Ich bin eingeschlafen«, gestand sie. »Leider muss ich dich jetzt allein lassen. Dabei hätte ich gerne noch mit dir über die Kinder gesprochen, die aufs Gut kommen werden.«

»Ich erzähle dir morgen von ihnen«, versprach Greta.

Emma beugte sich zu ihr und drückte ihr einen Kuss auf die Stirn.

Greta hielt ihre Hand fest. »Danke, Emma.«

»Wofür?«

»Für den Besuch am Friedhof, für die Zeit, die du Gisi schenkst, für die Suppe, die du mir vorbeigebracht hast, für dein Engagement für die Heimkinder, für …«

»Psst!« Emma legte Greta einen Finger auf ihren Mund. »Du bist meine Schwester, das ist alles selbstverständlich.«

»Das ist es nicht«, widersprach Greta. Doch Emma wollte es nicht hören. Sie schüttelte den Kopf und verabschiedete sich von Greta. Bildete Greta es sich bloß ein, oder waren Emmas Wangen runder und ihre Brüste voller geworden? Es war Wochen her, dass sie das letzte Mal darüber gejammert hatte, ihre Blutung bekommen zu haben. Konnte es sein, dass Emma guter Hoffnung war?

Greta wünschte es ihr inständig. Sie nahm sich vor, ihre Schwester weiter zu beobachten. Wenn der Zeitpunkt stimmte, würde sie sie fragen.

Als Emma weg war, stand Greta auf und ging in die Küche. Die Arbeitsplatte glänzte. Das Geschirr war weggeräumt, und am Herd stand ein Topf duftender Suppe. Gretas Magen knurrte. Da klopfte es erneut an der Tür. Wer konnte jetzt noch vorbeischauen? Hatte Emma etwas vergessen? War Gisis Nachmittagsunterricht ausgefallen, oder hatte Melanie wieder mal ihren Schlüssel nicht mitgenommen?

Sie ging ins Vorzimmer und öffnete. Es war Michael, der im Flur stand. Auch er hatte ein Geschenk dabei. Einen ganzen Gugelhupf.

»Es sind ganz viele Rosinen drin«, sagte er. »Ich habe mehrere Handvoll zugefügt. Es ist mein erster Gugelhupf. Ich hoffe, er ist gut geworden.«

Greta war gerührt. Er hatte für sie gebacken. »Er schmeckt bestimmt köstlich.« Sie bat Michael herein. Siedend heiß fiel ihr ein, wie sie wohl aussah. Ihr Haar war ungekämmt, sie trug ihren Morgenmantel. Beschämt zog sie den Mantel enger um ihren Körper. »Bitte entschuldige. Ich bin nicht ganz …« Sie blickte an sich herab.

»Du bist krank«, sagte er prompt. Dann lächelte er. »Und ich versichere dir, dass du selbst in diesem Zustand sehr, sehr hübsch bist.«

Blut schoss in Gretas Wangen und färbte sie dunkelrot.

»Ich wollte gerade Suppe essen. Emma hat sie vorbeigebracht. Willst du auch eine Schüssel?«

»Sehr gerne. Ich hatte keine Zeit zum Mittagessen. Der Vormittag war sehr turbulent.«

»Ach ja? Was ist passiert?«

Greta wollte Suppe in Schüsseln füllen, aber Michael drängte sie auf einen Sessel und übernahm die Aufgabe. Bereitwillig nahm sie Platz.

»Es ist eine sehr lange Geschichte, die ich dir irgendwann in aller Ausführlichkeit erzählen werde. Die Eckdaten in Kürze: In Ferdls Schulranzen wurde Veronikas Füllfeder gefunden.«

»Oh, mein Gott!« Greta schlug sich die Hand vor den Mund. »Er wird doch nicht die Füllfeder gestohlen haben. Warum hätte er das tun sollen? Das macht keinen Sinn.«

»Dieselbe Frage habe ich mir auch gestellt«, sagte Michael. »Heute Morgen kamen Emil, Fritz und Frieda zu mir ins Büro, um mir etwas zu gestehen. So dachte ich zumindest.«

»Oh nein!« Greta fragte sich gerade, ob diese Variante nicht noch viel schlimmer war. Sie mochte die drei Kinder sehr. Die Vorstellung, dass sie etwas so Hinterhältiges getan hatten, passte nicht in das Bild, das sie von ihnen hatte.

»Ich will nicht glauben, dass sie Ferdl das antun wollten.«

Michael stellte eine Schüssel mit dampfender Gemüsesuppe vor Greta auf den Tisch. Er nahm sich selbst einen Schöpflöffel voll und setzte sich zu ihr.

»Die drei haben nichts Böses getan«, beruhigte er sie.

»Es war Katharina, die die Füllfeder in Ferdls Ranzen gesteckt hat.«

»Katharina?« Greta war fassungslos.

»Jetzt erzähle ich doch ausführlich.«

»Ja bitte«, forderte Greta.

»Ich habe genauso reagiert wie du«, gab Michael zu. »Ich wollte es einfach nicht wahrhaben. Aber Emil war mit seiner Erzählung überzeugend. Warum hätte er sich so eine Geschichte ausdenken sollen? Er wusste, dass sie ihm bloß Ärger einbringen würde.«

Greta dachte über seine Worte nach. Er hatte recht. Eine Erzieherin des Diebstahls zu bezichtigen war keine Kleinigkeit. Emil musste klar sein, was er damit auslöste. Er war ein kluger Bub.

»Was hast du getan?«, fragte Greta.

»Ich habe Katharina zur Rede gestellt.« Michael machte eine Pause. Er rührte in seiner Suppe.

»Und?«, bohrte Greta ungeduldig nach.

»Ich denke, dass ich sie überrumpelt habe. Wäre sie vorbereitet gewesen, hätte sie wohl alles abgestritten.«

»Sie hat es zugegeben?«

»Nicht direkt«, sagte Michael. »Zuerst wollte sie es abstreiten. Aber dann hat sie gemeint, sie hätte die Füllfeder versehentlich eingesteckt, und neben Ferdls Schreibtisch wäre sie ihr aus der Rocktasche geglitten und direkt in seinem Schulranzen gelandet.«

»Und du hast diese haarsträubende Geschichte geglaubt?«

»Nein.« Michael schmunzelte.

»Ich hoffe, du hast sie sofort von der Schule geworfen.«

Amüsiert zog Michael beide Augenbrauen hoch. »So drastische Maßnahmen aus deinem Mund? Denkst du nicht, jeder hat eine zweite Chance verdient? Auch Katharina?«

»Hat es ihr denn leidgetan? Zeigte sie Reue?«

»Ja, ich denke, dass es ihr leidtut.«

»Sie hat mit keinen Konsequenzen zu rechnen?«, fragte Greta.

»So würde ich das nicht sehen …« Michael nahm einen Löffel Suppe. »Hm, schmeckt gut.«

Ungeduldig wartete Greta, dass Michael zu Ende erzählte.

»Katharina musste Veronika die Sache beichten. Die hat sofort Direktor Grünspan informiert. Er bat mich, die Sache möglichst diskret zu regeln.«

»Was? Warum diskret?«, fragte Greta.

»Katharina ist Parteimitglied. Sie hat Kontakte zu einflussreichen Genossen. Es würde kein gutes Bild auf die Schule werfen, wenn die Geschichte publik würde.«

»Einem Kind wurde unrecht getan«, empörte sich Greta.

»Du hast völlig recht«, stimmte Michael zu. »Deshalb habe ich sie auch gebeten, sich nach einem anderen Ausbildungsplatz umzusehen.«

»Du hast sie von der Schule geworfen.«

Michael wiegte verlegen den Kopf. »So kann man das wohl nicht sagen.«

Genervt verdrehte Greta die Augen. »Diese ganze Freunderlwirtschaft in der Partei ist mir einfach zuwider«, sagte sie. »Wer Mist baut, muss dafür die Konsequenzen tragen. Das ist es doch, was wir den Kindern beibringen.«

»Ich stimme dir in jedem Punkt zu«, sagte Michael zerknirscht. »Auf alle Fälle hat sich Katharina abgemeldet.«

»Freiwillig?«

»Sie hat einen Verwaltungsposten im Rathaus bekommen.«

»Ist sie dafür denn qualifiziert?«

Michael zuckte mit den Schultern. »Ich weiß es nicht.« Dann grinste er. »Auf alle Fälle kann sie dort nicht viel Schaden anrichten.«

»Hoffen wir es«, meinte Greta.

»Bei der Gelegenheit habe ich dafür gesorgt, dass auch Veronika einen anderen Aufgabenbereich bekommt. Sie wird in Zukunft ebenfalls in der Verwaltung arbeiten und nur noch mit Akten zu tun haben.«

»Das ist gut«, stimmte Greta ihm zu.

»Was mich an der ganzen Sache am meisten freut«, sagte Michael. »Unsere Rechnung scheint aufzugehen. Wir wollen die Kinder zu mündigen Bürgern erziehen, die Recht von Unrecht unterscheiden können und sich für ihre Freunde einsetzen. Und genau das haben die drei getan. Obwohl nicht klar war, ob sie sich Ärger einhandeln.«

Greta pflichtete ihm bei. Die drei hatten vorbildlich gehandelt. »Ende gut, alles gut«, meinte sie erleichtert.

Michael schob seinen Suppenteller zur Seite. Er stützte seine Ellbogen am Tisch ab und sah Greta direkt in die Augen. Ihr wurde heiß, obwohl sie kein Fieber mehr hatte. Bestenfalls erhöhte Temperatur.

»Was uns beide betrifft, hatte ich auf einen Beginn gehofft.«

»Das ist gut«, sagte Greta. »Denn den wünsche ich mir auch.«

»Tatsächlich?« Seine Augen waren voller zärtlicher Neugier.

»Wenn es dich nicht stört, dass ich Witwe bin.«

»Witwe?«, wiederholte Michael ungläubig.

»Ja, das bin ich.«

»Es stört mich nicht im Geringsten, dass du verwitwet bist.«

Auch Greta schob ihren Suppenteller zur Seite. Sie langte über den Tisch und ergriff Michaels Hände. »Ich denke, dass ich endlich bereit für einen Neubeginn bin.«

Es waren die Worte, auf die er sehnsüchtig gewartet hatte. Michael stand auf und besiegelte ihre Antwort mit einem Kuss, der einen leidenschaftlichen Start in eine neue Lebensphase versprach.

Nachwort

Mit Fortsetzungen und zweiten Bänden ist es immer eine schwierige Sache. Findet man ein Thema, das ebenso interessant ist wie das im ersten Band? Im Fall von Schönbrunn war es ein Glücksfall. Das Schloss bot eine wunderbar spannende Kulisse für eine weitere Geschichte mit einem völlig anderen Schwerpunkt.

Geht man heute an einem Sommertag am Schloss vorbei, sieht man eine schier endlose Schlange von Touristen, die darauf warten, den einstigen Wohnsitz der Habsburger zu besichtigen. Es fällt schwer, sich vorzustellen, dass hier einmal ein Kinderheim untergebracht war.

Am 11. November 1918 dankte Kaiser Karl ab. Von der Öffentlichkeit unbemerkt reiste er mit seiner Familie nach Schloss Eckartsau und danach weiter ins Exil. Das Schloss Schönbrunn stand leer und ging 1919 in den Besitz der neu gegründeten Republik über. In den Wirren der Nachkriegszeit gelang es dem Vizebürgermeister Max Winter, einen Teil des Schlosses dem Arbeiterverein »Kinderfreunde« zur Verfügung zu stellen. Neben einem Kinderheim entstand im

Schloss eine Ausbildungsstätte für Pädagogen. Dr. Otto Felix Kanitz leitete das Institut.

Nach den Schrecken des Ersten Weltkriegs war man bestrebt, auch in der Pädagogik neue Wege zu bestreiten. Die Schönbrunner Schule entwickelte ein Pädagogik-Modell, das Gewalt als Erziehungsmethode strikt ablehnte. Die Gemeinschaft stand im Mittelpunkt. Kindern sollten die Werte der Demokratie nahegebracht werden, unterstützt durch angewandte Psychologie. Es bedurfte hartnäckiger Überzeugungsarbeit, einen Paradigmenwechsel herbeizuführen. Es ist engagierten Vortragenden wie Felix Kanitz, Alfred Adler, Josef Luitpold Stern und vielen anderen mehr zu verdanken, dass neue Konzepte verwirklicht und Kindern eine gewaltfreie Erziehung ermöglicht werden konnte.

Der Geist dieser Bewegung wurde durch den Ungeist von Diktatur und Terror vernichtet. Nach den Kämpfen vom 12. bis 15. Februar 1934 wurden die Kinderfreunde als Organisation durch den Ständestaat verboten. Das Vermögen und die Heime wurden beschlagnahmt. Die Reformpädagogik der Schönbrunner Schule geriet in Vergessenheit. Zahlreiche Pädagog*innen der Schönbrunner Schule wurden kurze Zeit später Opfer des Nationalsozialismus.

Die Recherche zu diesem Buch war voller schöner Überraschungen. Es lohnt, sich mit der »Schönbrunner Erzieherinnenschule« auseinanderzusetzen. Leider hat die Institution nie den Stellenwert in der Wiener Geschichte erhalten, der ihr zustehen würde.

Wer neugierig geworden ist: Vom 23. Mai bis 5. Oktober 2007 gab es im Österreichischen Staatsarchiv eine Ausstellung »Die Pädagogen des Schönbrunner Kreises«. Die Festschrift dazu ist im Internet abrufbar.

Zu guter Letzt möchte ich mich wie immer bei all den Menschen bedanken, die mir beim Entstehen der Geschichte geholfen haben. Bei meiner wunderbaren Lektorin Tabea Horst, die den Finger auf offene Wunden legen kann, ohne dabei Schmerz zuzufügen. Sie hat die Schwachstellen der Geschichte wie immer sofort erkannt. Bei meiner Agentin Franka Zastrow, die mit mir durch dick und dünn geht und immer an meiner Seite ist. Bei meiner Tochter Ida, die mich auch dann noch motivieren kann weiterzuschreiben, wenn ich den Text längst aufgeben möchte. Und bei Ihnen, liebe Leser*innen, Buchhändler*innen und Bibliothekar*innen.

Ich hoffe, dass ich Sie auch weiterhin mit meinen Geschichten unterhalten darf.

Herzlichst

Ihre

Beate Maly